Que o Oriente me oriente

Mariana Freitas

Que o Oriente me oriente

Letramento

Diretor Editorial | Gustavo Abreu
Diretor Administrativo | Júnior Gaudereto
Diretor Financeiro | Cláudio Macedo
Coordenador Editorial | Luís Otávio
Logística | Vinícius Santiago
Assistente Editorial | Laura Brand
Revisão | LiteraturaBr Editorial
Capa | Wellinton Lenzi
Projeto Gráfico e Diagramação | Ana Barbini

Referência para citação

FREITAS, Mariana. Que o oriente me oriente. Belo Horizonte(MG): Letramento, 2018.

Dados Internacionais de Catalogação na Publicação (CIP)
Bibliotecária Juliana Farias Motta CRB7- 5880

F866q Freitas, Mariana

Que o oriente me oriente / Mariana Freitas. –
Belo Horizonte(MG): Letramento, 2018.

198 p. 15,5 x 22,5 cm.

ISBN: 978-85-9530-133-7

1. Literatura chinesa (Português).2. Ficção chinesa.I. Título

CDD 895.13

Belo Horizonte - MG
Rua Magnólia, 1086
Bairro Caiçara
CEP 30770-020
Fone 31 3327-5771
contato@editoraletramento.com.br
grupoeditorialletramento.com
casadodireito.com

Grupo Editorial Letramento

Aos meus pais, que cultivaram minhas
asas e me ensinaram a ter fé.

Às minhas irmãs, pelas valiosas dicas,
sugestões, ajuda e leitura do manuscrito.

Ao meu companheiro, primeira pessoa a acreditar
neste livro. Seu apoio, amor, cuidado e paciência
foram indispensáveis para sua realização.

Ao meu filho, meu menino passarinho.
Meu mestre e aprendiz.

Sumário

Prólogo

Minhas referências sempre foram diferentes da maioria das pessoas que conheço. Talvez pelo fato de que eu nunca tenha realmente experimentado a sensação de pertencer a lugar algum. Meu pai era chinês, da maior metrópole da China continental, Xangai. Ele falava que, no fundo, tinha buscado a cidade dele na cidade que mais tarde escolheria para morar. Afinal, ele via uma certa semelhança entre Xangai e São Paulo. Misturadas, cinzas, densas. Cidades glamorosas e decadentes.

Minha mãe, por outro lado, como uma típica tibetana de Lhasa, cresceu em um ambiente completamente oposto a esse. Ao invés de reclamar do caos da sua nova morada, ela desenvolveu a habilidade de encontrar silêncio em meio às agitadas ruas de São Paulo, apenas fechando os olhos e recitando seus mantras. Aliás, ela nunca reclamava. O silêncio e a fé eram seus refúgios. Foi ensinada desde criança a não contestar e a se resignar diante dos conflitos que ameaçavam a identidade de seu povo. Ela aceitava e se calava diante de tudo o que o destino lhe impunha. Papai era atitude, mamãe resiliência.

Só a distância entre os dois mundos dos meus pais já seria o suficiente para que eu me sentisse um pouco diferente, mas como se isso não bastasse, eu nasci no Brasil.

Mesmo sendo de São Paulo e nunca ter viajado para lugar algum, em casa eu sempre fui chinesa. Desde que aprendi a falar, me comunicava com meus pais exclusivamente em mandarim e seguia tradições chinesas e tibetanas. Jamais, por exemplo, entrei em casa com o sapato que usara na rua para "não poluir o nosso lar com energia de fora", como mamãe já dizia. Ela colocou um pequeno armário ao lado da porta de entrada com pantufas ou chinelas que deveríamos calçar ao chegar. Também nunca utilizamos talheres em nossas refeições. Comemos com os kuaizi, aqueles palitinhos que encontramos em restaurante japonês no bairro da Liberdade. Nossos almoços sempre foram acompanhados de chá ou apenas água quente. Celebramos o ano novo na data do calendário lunar, quando já é quase carnaval no Brasil. E todo primeiro dia do ano, trocamos as bandeirinhas de oração tibetanas que colorem o telhado de casa.

Mas na rua eu sou brasileira. Apesar de falar mandarim, só sei ler e escrever em Português. Com amigos eu substituía os kuaizi por garfo e faca, o chá pelo cafezinho. Cresci com poucas amizades e praticamente sem conviver com outros mestiços como eu. Mas na medida do possível, tentei sempre levar uma vida normal. Estudava, ia pro ballet e, de vez em quando, pra casa de alguma amiga. Só que eu me sentia diferente. E, na verdade, eu sou diferente. Todo mundo dizia que eu era a perfeita mistura dos meus pais. A cara da minha mãe, mas ao invés da pele morena tibetana, amarela como meu pai. Na escola, as crianças faziam questão de me relembrar isso com os milhares de apelidos, ora bonitinhos, mas, na maior parte das vezes, ofensivos, perversos. Os apelidos sempre me acompanharam. Eles variavam entre xing ling, japinha, ninja, gueixa, amarelinha e tantos outros nomes que se referenciassem, mesmo que de longe, à minha figura asiática. A menina de rosto e corpo esguio, quase raquítico, quase sem curva. A menina pequena, com estatura exageradamente baixa para padrões brasileiros. A menina de cabelo liso e negro, da pele amarelada.

Eu tenho uma aparência frágil. Mas no fundo sei que não é só a aparência. Essa confusão de identidade acabou me transformando em uma pessoa insegura e curiosa. É como se eu buscasse, em todos os lugares ou em todas as pessoas, o caminho pra preencher meus espaços e me sentir aceita. Essa tem sido uma busca incessante pra mim. E ela normalmente me leva a terrenos desconhecidos, mesmo quando me parecem tão familiares. Cresci tentando resolver esse medo de ser julgada, de não me enquadrar. Lembro de quando pequena ter perguntado ao meu pai porque a gente era tão diferente e porque nenhuma das crianças entendia o que falávamos. Ele riu e disse que as pessoas iguais são muito chatas. Sua resposta, na realidade, foi uma tentativa frustrada de me fazer aceitar com bom humor a nossa condição de waiguoren no Brasil, ou, literalmente, pessoa de fora. A vida de imigrante não é fácil e ele sabia muito bem disso.

Mas eu amava o bom humor do meu pai. Ele sempre via o copo mais cheio que vazio. As lembranças que tenho dele são tão vivas... Aprendi cedo que quando uma pessoa morre, ela continua viva dentro da memória de quem fica e é por isso que as lembranças que tenho do meu pai têm cor e até cheiro, são quase palpáveis. Já se passaram quinze anos da sua partida e eu ainda consigo me lembrar, com riqueza de detalhes, o dia em que ele se foi. Eu era só uma garotinha de oito anos, trançando os cabelos pra ir pro colégio. Era uma quinta-feira chuvosa. Tomamos café da manhã e nos preparamos pra sair de casa. Ele sempre me deixava na aula e depois seguia pro trabalho. Nesse dia, quando paramos na escola, papai me abraçou e me falou que eu era o seu maior presente.

Isso ficou muito marcado porque ele não costumava falar de sentimento assim. Aliás, lá em casa, de uma maneira geral, temos uma certa dificuldade em explicitar afetividade por meio de palavras. Descobri isso quando ouvi pela primeira vez uma amiga se despedindo de uma conversa ao telefone com um "eu também te amo, mãe." Lembro do quanto estranhei aquilo porque meus pais e eu não usávamos essa frase com frequência, mas nem por isso eu questionava o amor deles um pelo outro e por mim. Era só um pouco diferente. Nosso amor era evidente em pequenos gestos de cuidado, como guardar a melhor parte do prato do almoço na geladeira, ou mesmo na forma de cumprimentarmos desejando boa sorte uns aos outros ou perguntando se já havíamos comido. Os chineses costumam fazer essa pergunta como um gesto de preocupação com o bem-estar do outro. Acredito que deve ter alguma relação com a fome que matou milhões de pessoas na China no fim dos anos 50. Meu pai, todos os dias ao chegar em casa após o trabalho, mesmo sabendo que minha mãe e eu o esperávamos pra jantar, nos perguntava: vocês já comeram? Acho que essa era a forma dele dizer "eu te amo."

No dia que papai morreu, como de costume, se despediu de mim dizendo nuli xuexi, uma recomendação pra que eu estudasse bem. Eu o abracei e não percebi mais nada diferente além da rara declaração explícita de que eu era o seu maior presente. Ao final da aula, a professora me chamou num canto, disse que a minha mãe não iria poder me buscar e que ela própria me levaria para casa. Ela me deu um saco de pipocas pra eu ir comendo no caminho, talvez como uma forma de consolo. Até hoje associo a morte do meu pai com pipoca e incenso.

Quando cheguei em casa, lembro de ter visto pela primeira vez minha mãe chorar. Havia uma movimentação de vizinhos no portão e o cheiro forte de incenso invadia o ar até chegar na esquina. Minha mãe me explicou que meu pai tinha sofrido um acidente de carro e que não iria mais voltar. Nunca mais. Mesmo encarando a morte de uma maneira mais resignada do que a ocidental e me transmitindo toda a confiança e proteção que foi possível a ela oferecer, minha mãe não conseguiu evitar que eu me sentisse devastada e abandonada. Fiquei algumas horas encolhida embaixo da cama, sem entender muito bem o que estava acontecendo. Não sei ao certo quanto tempo fiquei lá, mas chorei até cair no sono, cantarolando a canção de ninar que ele sempre cantava pra eu dormir. Essa foi a última vez que eu cantei essa canção. Pra mim, ela foi embora com ele, e levou junto uma parte de mim que eu nem sei exatamente qual é.

Acredito que ter sido privada do convívio com uma figura masculina e ter tido contato com a morte tão novinha, definiram a minha forma de viver e de ver o mundo. Eu senti muita falta dele em vários momentos, mas principalmente quando comecei a me interessar por garotos. De alguma forma, eu acredito que papai teria me dado umas dicas pra me apegar menos às pessoas e não esperar que elas ajam da forma que eu agiria. Acabei transferindo minha carência dele pra todo rapaz que me interessei. E, obviamente, eles não conseguiram supri-la.

Com o tempo, minha mãe e eu aprendemos a lidar com a ausência do meu pai e apoiamos uma na outra pra continuarmos nossas vidas no Brasil. Ela pensou em voltar pro Tibete após a morte dele, mas a vida já não era fácil nem pra quem havia nascido e permanecido lá. Imagina para uma tibetana que imigrou para outro país com um homem da China continental e nunca mais retornou? Ela sabia que seria muito mais difícil e não estava disposta a sacrificar a liberdade que eles haviam conquistado pra mim.

Assim, continuamos no Brasil. E só sobrou a minha mãe pra cuidar de mim, me ensinar sobre a vida e lidar com meus conflitos. Ela foi meu porto seguro. Era sábia. Se expressava apenas com um olhar. Tinha a habilidade de se comunicar por meio do silêncio. Era infinita e sensível. Aprendi com ela a ter fé. Minha mãe me ensinou que não importa a religião, mas a fé é necessária, pois qualquer lugar pode se tornar uma prisão pra quem não acredita em nada. E a fé dela era tão orgânica. Tão linda de se ver e tão certa quanto o ar que respirava. Mas por mais que eu tenha absorvido essa certeza da existência de um plano espiritual, minha fé nunca foi tão intensa quanto a de mamãe. E por ironia do destino, é justamente por ela que estou agora questionando essa mesma fé, pois não sobrou nada em mim depois que ela também morreu.

Enquanto eu me preparo pra descer do avião do outro lado do mundo e pisar pela primeira vez na terra dos meus ancestrais, continuo me sentindo díspar em meio a essas pessoas que se assemelham fisicamente a mim. No Brasil, eu não sou totalmente brasileira. Mas aqui também não sou chinesa. Me sinto uma forasteira em meio a tanta gente nesse aeroporto. Me pergunto o porquê de precisar passar por isso. Por que a minha mãe não podia estar vivendo essa experiência comigo? Por que ela não resistiu mais um mês? Por que eu não pude viver o luto da minha mãe sem sair da minha zona de conforto? Será que é porque minha zona de conforto nunca foi tão confortável assim?

Eu tenho vinte e três anos e sou completamente sozinha no mundo. Meus avós paternos morreram na época da Revolução Cultural na China. Cinco anos depois que meu pai nasceu, a Revolução começou e, com ela, a perseguição aos intelectuais. Como meus avós eram ambos professores, foram enviados para o campo para serem "reeducados" pelos camponeses e nunca mais voltaram. Meu pai acabou sendo criado pelos avós dele, que perderam o contato comigo e minha mãe logo após a sua morte. Eu nunca os conheci e nem sei se ainda estão vivos. Provavelmente não. A minha mãe, diferente de meu pai que era filho único, tem uma irmã mais velha e um irmão mais novo, mas perdeu contato com toda a família quando decidiu ir pro Brasil com meu pai. Mas esse era um assunto que ela evitava de todas as formas. No fundo, acho que sua maior lamentação foi ter perdido o contato com o irmão, com quem era mais apegada. Nas raras vezes que falou dele, não conseguiu disfarçar as lágrimas, e minha mãe não era mulher de chorar na minha frente.

Em São Paulo, eu até tenho alguns primos de segundo e terceiro grau, parentes dos tios e primos do meu pai, que primeiro imigraram pro Brasil. Mas apesar de morarmos na mesma cidade, já faz um bom tempo que não tenho notícia deles. Com certeza, tenho familiares em Xangai e em Lhasa, mas mesmo se quisesse encontrá-los, não faço ideia de onde eu teria que começar a procurar. Também fiz alguns poucos amigos no colegial e na escola de medicina chinesa, mas já perdi o contato com a maioria deles. A única amiga que fui realmente próxima, a Júlia, já nem mora mais no Brasil.

Agora estou aqui, na China e sozinha, para dar continuidade a um plano meu e da minha mãe. Mal cheguei e já estou ansiosa pra concluir logo essa viagem e voltar a São Paulo. Não que eu ainda tenha qualquer coisa que me prenda por lá, mas eu simplesmente não sei o que faria aqui. Tampouco acredito que seria capaz de me adaptar. E no Brasil, pelo menos, minha mãe deixou tudo preparado pra depois da sua partida. Na verdade, preparamos juntas. E também planejamos essa viagem, pois acreditávamos que daria tempo de realizá-la antes dela morrer.

Nos últimos meses, ela só falava nisso. Estava sonhando em retornar ao país dela e do meu pai depois de mais de trinta anos. A ideia era refazer o percurso que ele fez até encontrá-la. Mas inesperadamente, tudo foi interrompido antes do previsto. E me deixou assim, desconstruída e com muito medo. Medo do que me espera, medo do que eu já passei, medo desse avião, de toda essa gente ao meu redor. Medo de não conseguir cumprir as expectativas dos meus pais, mesmo sem que eles estejam aqui pra ver. Medo de falhar.

Aliás, o medo de falhar, assim como os apelidos, também me acompanha ao longo da vida. Meus pais eram muito exigentes com meus estudos. E depois que o papai morreu, piorou. Porque era ele o provedor da casa. Então na sua ausência, mamãe colocou muita pressão pra que eu estudasse e me tornasse uma profissional bem-sucedida, já que ela tinha abandonado tudo para seguir meu pai. Ela não parecia se arrepender dessa escolha, apenas não queria o mesmo caminho pra mim. Dizia que se eu resolvesse seguir um grande amor, mesmo assim eu teria que concluir os estudos, e que jamais deveria me tornar dependente de ninguém.

Imagino que diante da opressão que deve ter vivido no Tibete, um grande amor talvez tenha sido a salvação da minha mãe. Ou no mínimo foi uma razão forte o suficiente pra que ela arriscasse recomeçar a vida em um ambiente totalmente diferente do dela. Mas não deve ter sido nada fácil sair de Lhasa e cair na loucura de São Paulo. Dois opostos. Minha mãe não gostava muito de falar nisso. Sempre que eu perguntava sobre a sua mudança pro Brasil, o semblante dela se transformava, assumindo um ar nostálgico, de quem provavelmente precisou abdicar muita coisa pra seguir adiante. Mas ao mesmo tempo, ela tinha o dom do desapego e tenho certeza que isso foi fundamental pra sua adaptação por aqui. Sua forma serena de falar, as pausas que fazia nos momentos mais oportunos, seu olhar perdido no horizonte, contemplando a simplicidade. Ela via beleza em tudo. Até no caos, no barulho, na poluição.

Dificilmente eu vi a minha mãe se abalar de verdade com alguma coisa. E uma das raras vezes em que isso aconteceu foi quando papai morreu. Até quando foi diagnosticada com câncer, ela sofreu menos. Compreensivo. Sem meu pai, ela era uma imigrante sozinha, com uma criança pequena. Teve muito medo de não conseguir me sustentar. E a única forma de me prevenir de uma possível privação como as que ela sofreu, seria me incentivando a estudar e ter uma boa profissão. Eu ouvi o seu conselho e, influenciada pela admiração que eu tinha pelo meu pai, acabei seguindo os seus passos.

Ele era formado em medicina tradicional chinesa. Desde que migraram pro Brasil, papai abriu uma pequena clínica onde oferecia tratamentos e remédios naturais, que plantávamos em casa. Quando morreu, a clínica já havia crescido muito e papai já tinha uma quantidade grande de pacientes fiéis. Por isso, mamãe e eu nunca passamos necessidades. Aos poucos expandimos nossa farmácia importando remédios da China e do Tibete. Eu segui o fluxo natural das coisas e aos poucos fui tomando a frente dos negócios até entrar na Escola Brasileira de Medicina Chinesa e começar a oferecer os meus próprios atendimentos médicos. Me especializei em acupuntura e agora estudo massoterapia. Acho que meu pai se orgulharia do caminho que trilhei, mas eu ainda sinto que falhei com minha mãe.

Como poderíamos imaginar que uma vida saudável e dedicada a promover a saúde seria completamente consumida por um câncer avassalador que não permitiu ser combatido? Ainda me atormentam o sentimento de impotência e o fantasma da culpa por ter falhado no tratamento da minha mãe. No fundo eu sei que não tinha muito o que ser feito considerando o seu diagnóstico, mas cresci acreditando no poder das ervas e das terapias alternativas. Para mim era inaceitável perdê-la assim. Tentamos de tudo, da medicina chinesa à ocidental. Importamos, inclusive, taturanas secas do Tibete, um remédio caro e poderoso no combate ao câncer. De chá de berinjela à quimioterapia, nada fez efeito. Queimávamos incenso diariamente em frente à estátua do Buda da medicina que temos na clínica, mas ele parecia não nos escutar. A doença já chegou imponente, dominando o corpo pequeno da minha mãe e, sem que permitíssemos, a nocauteou.

O diagnóstico veio há exatamente seis meses. Um tumor maligno no cérebro, em estágio avançado. Os médicos deram no máximo seis meses de vida. Ela viveu quatro. Mas nesses quatro meses vivemos intensamente a presença uma da outra. Foi a minha mãe que não permitiu que eu me entregasse à tristeza, e não o contrário. Ela sempre muito prática, dividiu o nosso tempo entre o tratamento da doença, em criar a estrutura necessária pra minha vida sem ela, em preparar sua alma para a próxima jornada que enfrentaria, e em momentos de reinvenção da nossa relação.

Fizemos um acordo e seguimos um cronograma em que todos os dias depois do trabalho, do tratamento, ou de resolver alguma burocracia, por mais cansadas que estivéssemos, fazíamos algum programa juntas que nos desse prazer ou paz. Isso incluía desde aulas de tai chi chuan a passeios no Parque Ibirapuera, no MASP ou em qualquer outro lugar que nos convidasse a ser explorado. Mas à medida que a doença avançava, priorizávamos os prazeres simples, como cozinhar juntas ou ir ao cinema, ou ver fotografias antigas em casa, enquanto tomávamos nosso chá oolong. Ao mesmo tempo, eu me dedicava a pesquisar sobre a doença e sobre tratamentos alternativos.

Ela me contava histórias. Acho que o tumor atingiu alguma parte do cérebro que reativava a memória antiga, porque ela relatava em detalhes experiências da sua infância e adolescência. De repente voltou a falar de sua família tibetana, um assunto raramente presente na minha casa. Me contava histórias do seu irmão Goba. Falava sobre a jornada dela e do meu pai, e dizia que um dia eu encontraria o amor também. Eu desacreditava. Aliás, é difícil acreditar em qualquer coisa quando se percebe que a única pessoa que se tem no mundo, tem data certa pra morrer.

Foi em um dia desses, perdida em suas histórias, que surgiu a ideia dessa viagem. Mamãe estava justamente me falando do trajeto que meu pai fez de Xangai ao Tibete. Eu fiquei imaginando um jovem médico se aventurando sozinho pra pesquisar sobre a medicina tibetana e, surpreendentemente, encontrando o amor. Naquela época, início dos anos 80, a China ainda não era a grande potência de hoje, com milhares de quilômetros de ferrovias conectando o país de um lado a outro, através de seus trens balas. Minha mãe disse que ele precisou ir de coletivo de Xangai à cidade vizinha, Suzhou. De lá, pegou um ônibus precário e lotado de passageiros amontoados uns nos outros, carregando filhos, trouxas e galinhas, com destino à Zhengzhou, uma cidade no noroeste da China. Lá, havia uma linha ferroviária ligando o Norte ao Oeste do país. Esse trajeto durou seis dias. O trem de Zhengzhou a Chengdu levou mais dois. E de Chengdu, ainda restava o percurso rodoviário na estrada Sichuan-Tibete. Ao todo, papai levou mais de dez dias pra chegar ao seu destino final. Enquanto eu me deliciava na beleza da história e na forma apaixonada que a minha mãe falava, ela me interrompeu e sugeriu que fizéssemos o mesmo percurso juntas.

Na hora fiquei assustada e não acreditei que ela estivesse falando sério. Na verdade, achei uma loucura, considerando sua debilidade física. Mas vi o brilho em seu olhar e percebi o quanto era importante pra minha mãe fazer isso. Retornar ao Tibete comigo seria realmente simbólico. Pra me animar, ela disse que hoje em dia já é possível percorrer os quase 5 mil quilômetros que separam Xangai de Lhasa, em dois dias, dentro de um trem confortável e direto. Então decidimos ali, naquela noite, que realizaríamos seu último desejo. Na mesma semana compramos as passagens aéreas de São Paulo pra Xangai. Em seguida, começamos a organizar a viagem de trem de Xangai pra Lhasa. Pensamos em todos os detalhes e organizamos tudo, mas a mamãe não resistiu e morreu um mês antes de realizarmos a viagem dos seus sonhos.

Planejamos viajar em pleno outono, no mês de outubro. Mamãe dizia que essa era a estação mais bonita. Dizia que era preciso sensibilidade pra consegui ver a beleza existente na melancolia amarela do outono. “As folhas secas caindo nos relembram das nossas fraquezas e pequenez. Quero que você veja isso, minha filha. A queda das folhas nos prepara pra reclusão do inverno. Como se as árvores estivessem se desapegando do que as prendem ou do que já não lhes pertence mais.” Quando ela adoeceu, percebi que a vida é tão frágil quanto as folhas que se soltam durante essa estação.

Mas minhas folhas caíram sem que eu estivesse pronta. Desde o diagnóstico eu sabia que o câncer era fulminante e que ela estava enfraquecendo muito a cada dia. Mesmo assim, queríamos acreditar que aquele ato impulsivo de comprar a passagem daria força pra ela resistir. Eu também tinha a ilusão de que comigo ela estaria segura e de que, caso sua condição piorasse durante a viagem, pelo menos estaríamos juntas aonde ela gostaria de estar e eu seria capaz de encontrar ajuda, ou até quem sabe a sua cura, por aqui. Planejamos viajar dentro da previsão de tempo que os médicos nos deram, então não me senti imprudente. Hoje eu encontro justificativas numa tentativa de tornar as coisas mais leves.

Além da dor da perda, eu não conseguia me conformar com a interrupção do nosso sonho. Como eu queria estar fazendo essa viagem com mamãe. Mas quando estou precisando muito de consolo, gosto de pensar que ela foi antes, só para ser privada do imenso sofrimento físico que o câncer causa na vítima em seu estágio final. A minha mãe sofreu. Passou por toda dor dos tratamentos agressivos de quimio e radioterapia. Teve a sua vaidade feminina totalmente destruída quando seu cabelo caiu. Mas ela não chegou a ser corroída pela doença. Poucos dias antes de morrer, as queixas de dores de cabeça, que costumavam ser frequentes no começo, diminuíram. Pensamos até que poderia ser um sinal de recuperação. Dentro das limitações óbvias, ela até que estava com uma aparência razoavelmente saudável pra quem se encontra com um câncer em estágio final. Eu me enchi de esperança, mas infelizmente ela morreu pouco tempo depois dessa breve melhora, enquanto dormia. Tinha o semblante tranquilo e não aparentava estar sentindo muita dor.

Na verdade, mesmo tendo partido antes do previsto, mamãe já estava preparada. Eu não. Ela tentou me preparar. Como uma típica tibetana, acreditava em reencarnação quase como um dogma, da mesma forma que um cristão acredita na ressurreição de Cristo. E apesar de não ter sido particularmente religiosa, mamãe buscava viver em paz e fazendo o melhor que podia pra ser uma pessoa boa. Assim ela acreditava que poderia conseguir sair da roda do karma e não precisaria pagá-lo em uma próxima vida. E eu tenho certeza que, qualquer que seja o nosso destino depois que morremos, o dela será leve, como foi a sua passagem por aqui.

Assim que soube que a doença era fatal, mamãe iniciou um processo íntimo de preparo pra morte, tentando em vão me confortar, me ensinando alguns elementos da sua fé. Ela falava sobre o karma, sobre desapego e generosidade, e sobre a condição de impermanência em que vivemos, princípios do budismo que ela aplicava em sua vida prática, mas nunca havia tentado me explicar com palavras, até ser diagnosticada com câncer. Ela me parecia tão resignada. Eu, por outro lado, na maioria das vezes, não compreendia e não aceitava que ela iria me deixar. Tentava encontrar a cura. Tive esperança até o último dia.

Mas a verdade é que continuo sem compreender o meu karma. Será que existem mesmo vidas passadas? E se existem, me pergunto o que eu posso ter feito em uma vida anterior pra perder meus pais assim tão nova. Será que abandonei meus filhos? Terei sido uma pessoa má? Acho que jamais vou ter resposta pra essas perguntas. Também não acredito que algum dia eu seja capaz de enxergar a vida da maneira que ela enxergava. Mas eu tentei. E em certo momento, até me enganei, dizendo pra ela e pra mim mesma que entendia. Mas quando mamãe partiu eu realmente percebi o quanto eu ainda estava longe de aceitar a morte da forma que ela aceitava.

Um pouco antes de morrer, ela me disse que não estava com medo. "Quem tem medo de morrer tem medo de viver, minha filha." E era justamente como eu estava me sentindo agora, com medo de viver. A minha primeira reação foi desistir da nossa viagem imediatamente. Não porque eu não quisesse vir. Pelo contrário, não apenas pela história da minha família, mas também pela minha profissão, esse é um lugar que sempre quis visitar. Mas agora não. Agora eu estava de luto e vulnerável. Agora eu tinha muito medo e só queria ficar em paz. Não queria atravessar o mundo sozinha e não havia mais ninguém que pudesse me acompanhar. À medida que o tempo passava, a data da viagem se aproximava e eu continuava sem saber o que fazer.

Nos primeiros dias, eu cuidei apenas do funeral, que também seguiu as orientações da minha mãe. Ainda em vida, ela me explicou algumas das principais tradições fúnebres tibetanas. A primeira delas só pode ser realizada com os Dalai Lamas e Panchen Lamas. Trata-se de uma espécie de mumificação dos corpos que, após passarem por um processo de conservação, são embalsamados com sais e ervas, para em seguida, serem colocados em estufas e santuários dentro dos templos. Aos meros mortais, como minha mãe ou eu, por exemplo, restam outras tradições um tanto chocantes pros costumes ocidentais. Eu própria não pude evitar a surpresa e o horror que fiquei ao escutar, pela primeira vez, sobre o quase extinto ritual de se pendurar em árvores corpos de bebês que morreram antes de completar um ano ou, o ainda mais chocante, funeral celeste.

Cada um desses rituais, segundo a minha mãe, é justificável perante a fé budista. Os corpos normalmente são entregues ao céu ou à água. Alguns são lançados em rios sagrados para servirem de alimentos aos peixes, outros são cremados. O funeral dos bebês, por exemplo, está associado à crença de manutenção da pureza de essências. Os corpos, envoltos em tecidos ou colocados em cestas, são amarrados em árvores na esperança de que essas crianças renasçam também como árvore, assim permanecerão isentos de contato com os males da humanidade. Mas o mais agressivo em minha opinião, é o funeral celestial. Essa é uma das práticas mais comuns no Tibete e representa dois dos principais princípios do budismo: o desapego e a generosidade.

Na crença tibetana, o espírito abandona o corpo no momento da morte, inutilizando o corpo físico. Em uma demonstração de desapego, as famílias autorizam que os corpos dos parentes mortos sejam então levados aos pontos mais altos do Himalaia, onde são oferecidos como alimento a seres vivos celestiais, os abutres. No alto da montanha, em meio a cantos e orações, o rogyapa, um monge que exerce a função de "quebrador de ossos", prepara o seu facão e mutila o corpo em frente aos urubus que aguardam a sua vez de se banquetearem. Após a finalização do corte, o rogyapa convida os animais a se alimentarem. O que sobra dos ossos é, em seguida, triturado com um martelo até se tornar pó.

A partir do relato de mamãe, consegui identificar uma certa beleza desconcertante no ritual, mas apesar de entender o princípio da generosidade envolvido nele, devo confessar que enquanto ela falava, tive um ataque de pânico, asco e medo. Ela entendeu e tentou cessar meu pranto afirmando que não faríamos isso com o corpo dela. Certamente foi um consolo, porque eu não sou tão desapegada assim. Mas, ao mesmo tempo, estava disposta a respeitar a sua vontade e faria o que ela me pedisse, por mais doloroso que fosse pra mim.

Mamãe percebeu o quanto tudo aquilo me soava absurdo e insuportável. Ela sabia como seria difícil a minha aceitação. Afinal, eu não era tibetana, nem chinesa, nem mesmo budista. Em toda a minha vida eu nunca nem tinha saído do Brasil e também não seguia nenhuma religião específica. Já a minha mãe, só o fato de ter nascido e morado no Tibete por quase metade da sua vida, acabou moldando a sua fé. Apesar disso, ela não era uma religiosa fervorosa. De vez em quando ia ao CEBB, o Centro de Estudos Budistas Bodisatva, de São Paulo, mas não frequentava templos ou igrejas. Eu até me surpreendi com todos esses ensinamentos que ela me transmitiu antes de morrer, pois nem sabia que ela sabia dessas coisas. Mas, se por um lado eu admirava o fato dela tentar me transmitir conforto, ao mesmo tempo, em alguns momentos de desespero, eu chegava a ter raiva da sua resignação. Minha mãe acreditava que a vida dela não estava acabando, mas apenas atravessando um estágio de transição. Enquanto isso, pra mim, a minha própria vida parecia acabar.

Depois de uma conversa dolorida sobre o assunto, enfim decidimos que quando chegasse a hora e independente de onde estivéssemos, cremaríamos seu corpo, um costume também muito praticado no Tibete. Eu guardei suas cinzas em um pequeno vaso em formato de bule, que ela havia trazido de lá. Era um vasinho de cobre com algumas pedras de turquesa e coral talhadas à mão. Procurei o pessoal do CEBB, que conseguiu que um lama me orientasse e conduzisse o ritual de cremação.

Os dias foram passando e eu continuava inconsolável e sem querer viajar. Deitava todos os dias no tapete do seu quarto, em frente às cinzas, aos prantos. Me imaginava no colo dela e acendia incensos o tempo inteiro, suplicando pra que Deus, Buda ou qualquer força energética superior a mim pudesse me consolar. Tentava conversar com ela. Perguntava o que ela queria que eu fizesse a partir daquele momento. Eu nunca tinha resposta. Até que um dia eu tive uma experiência espiritual.

Se a minha mãe, altamente espiritualizada, não era particularmente religiosa, eu muito menos. Mas acabávamos seguindo algumas tradições budistas e até católicas, influenciadas por tantos anos vivendo no Brasil. E por isso acabei misturando minhas crenças. Acredito em um pouco de tudo, mas nunca fui, e acho que nunca vou ser, tão evoluída quanto a minha mãe. E apesar de ter me revoltado um pouco com Deus depois da sua morte, sempre fui mais gnóstica do que cética. Minha fé é minha religião. E acho que essa abertura me faz perceber alguns sinais espirituais do dia a dia, que às vezes vêm de maneira subliminar, outras explícitas. Nesse dia, por exemplo, eles vieram através de um estranho.

Faltando duas semanas pra viagem acontecer e com passagem e visto na mão, eu ainda estava confusa, inconsolável e desencorajada de vir pra China sozinha. Até que um dia, depois de um daqueles momentos que já se tornavam rotineiros, de desespero e súplicas por respostas, resolvi dar uma volta no Parque Trianon. Eu gosto muito desse parque. Talvez por ele ser uma espécie de oásis no meio da loucura que é a Avenida Paulista, com seus arranha-céus, trânsito e multidões circulando por entre bancos, escritórios e comércio. Quando criança, sempre que meus pais tinham algum assunto pra resolver na Paulista e eu estava junto, fazíamos questão de parar por pelo menos meia hora no Parque Trianon e contemplar os resquícios de Mata Atlântica, que há mais de um século resistem ao tempo e ao concreto.

Não por acaso, nesse dia eu me sentei em um banco do parque ao lado de uma estátua de um Fauno. É uma escultura em granito com mais de três metros de altura de uma figura mitológica de um deus, que mescla a imagem humana com a de um bode. Ele está segurando um cacho de uvas e uma flauta. Não sei por quanto tempo eu fiquei ali sentada observando a obra, até cair em um pranto dolorido e ininterrupto. Para minha sorte era um dia de semana em horário comercial, então o parque estava vazio. Foi quando ele apareceu. Era um velhinho de uns setenta e poucos anos. Sujo, maltrapilho. No sorriso largo, a falta de alguns dentes. Ele poderia ser um mendigo, desses que ficam deitados no chão das estações de metrô, ou na própria Paulista e, que apressados, não notamos a presença.

Ele se aproximou de mim e, como se ignorasse o fato de eu estar chorando, perguntou, sorrindo "Você sabia que o nome dessa escultura vem do latim e significa destino ou profeta? Um bom nome pra um deus da mitologia romana, você não acha?."

Ele estava se referindo ao Fauno. Eu não estava com a menor vontade de conversar, muito menos com um estranho que surge repentinamente e invade o meu momento de dor pra falar sobre mitologia. Apesar do meu desinteresse, fiquei um pouco intrigada com o fato daquele velhinho ter conhecimento disso. Olhei pra ele e fui incapaz de pronunciar qualquer palavra. Mas meu olhar não conseguiu disfarçar minha surpresa. Ele percebeu.

"Eu não quero assustar você, criança. Mas quando te vi chegando no parque, percebi sua tristeza e achei que talvez você precisasse de ajuda."

"Infelizmente, não tem nada que o senhor possa fazer pra me ajudar." Respondi ainda chorando e agora também um pouco assustada.

"Quando te vi de longe entrando no parque e sentando aqui nesse banco, eu já sabia que tinha que conversar com você."

"Quem é você?" A essa altura meu pranto estava ainda mais forte. O medo continuava me consumindo, mas agora eu queria saber quem era aquele homem. Será que ele estava apenas com dó de mim e resolveu se aproximar com uma história facilmente comprável por uma pessoa tão vulnerável quanto eu me encontrava naquele momento? Tentei duvidar. Esperei que ele me pedisse dinheiro. Mas na verdade, tudo o que eu queria era um conforto. Eu realmente havia suplicado isso a Deus.

"Não precisa ter medo. Eu sou apenas um mensageiro."

"Olha, se isso for uma brincadeira, o senhor me desculpe, mas esse realmente não é um bom momento."

"Eu não faria piada com alguém que está sofrendo. Apenas senti que você precisava de consolo e escutei uma voz que me pedia pra eu te falar que você não está sozinha."

"Se isso fosse mesmo verdade, a última coisa que você diria é que eu não estou sozinha."

"Eles cumpriram suas missões nessa vida. Estão em outro plano agora. Um plano necessário. Você precisa ter fé e aceitar que não vai mais ter a presença física dela, mas nunca vai estar realmente só, porque há uma legião de guardiões ao seu redor."

Nessa hora eu desmoronei. Eu me questionava como aquele homem poderia saber sobre meus pais e a única explicação que me parecia aceitável, era mesmo espiritual. Era muito improvável que eu já o tivesse conhecido em algum outro momento da minha vida, e ele parecia saber exatamente o que eu estava passando. Tive medo, mas queria continuar ouvindo o que ele tinha a dizer, porque precisava de respostas, sinais, consolos e maneiras de despejar minha dor em algum lugar longe de mim.

Nem mesmo com os monges do CEBB eu consegui superar minha introspecção e conversar sobre meus sentimentos. Eles até tentaram, mas eu estava fechada. Na verdade, me sentia impotente e com vergonha de ter sido incapaz de salvar mamãe, mesmo trabalhando com medicina chinesa. Estava desmotivada a sair de casa e só a ideia de ter que pegar um voo sozinha pro outro lado do mundo me apavorava. Mas agora, aquele estranho parecia ter conseguido quebrar o muro que construí ao meu redor, e feito com que eu finalmente demonstrasse minhas fraquezas pra alguém, mesmo que isso não tivesse partido espontaneamente de mim.

"Eu tô tão sozinha." – fiz uma pausa e continuei: – "Como você sabe disso? Você conhecia meus pais?"

"Eu não conhecia seus pais. Nem mesmo sei ao certo o que aconteceu com eles ou qual é o seu problema. Mas recebi a mensagem de que precisávamos conversar e estou disposto a dividir sua dor com você, nem que seja só por alguns minutos."

Ainda chorando muito, em um ato de impulso, abracei o velhinho. Inexplicavelmente senti um conforto que não experimentava desde bem antes da minha mãe adoecer. Ele continuou falando:

"Jamais se sinta culpada. Não havia nada que pudesse ter sido feito pra evitar os desígnios de Deus. Você ainda tem um longo destino pela frente e vai precisar de força e coragem pra percorrê-lo. E se você não fosse capaz de passar por isso, teria ido junto com ela. Você é muito mais forte do que se enxerga, mas precisa evoluir pra aprender a se desapegar e continuar sua jornada. Você vai encontrar suas respostas nessa viagem. Descubra quem você realmente é, e ofereça sua singularidade pro mundo. Uma vez escutei alguém dizer que 'quando me desapego daquilo que sou, me torno aquilo que ainda posso vir a ser'.

Não se esqueça disso, menina. Você ainda pode ir longe e viver uma vida extraordinária."

Esse era um provérbio antigo chinês. Qual a possibilidade daquele senhor conhecê-lo? E de saber que eu me sintia culpada pela morte da minha mãe? Nesse momento eu soube que aquela mensagem era realmente pra mim. Assumi que esse encontro inusitado e misterioso em frente ao Fauno, no meio do parque Trianon, tinha sido, sim, uma resposta às minhas súplicas. Aquele estranho que me pareceu tão familiar à dor da minha perda, conseguiu retirar da minha alma o peso da culpa, ao mesmo tempo que me encorajou a seguir o meu caminho.

Ainda fiquei mais meia hora conversando com ele no parque. Sabia que provavelmente nunca mais iríamos nos reencontrar e que obviamente a minha dor não tinha acabado, mas ele conseguiu me ajudar e me dar a motivação que eu precisava pra realizar essa viagem.

Nos despedimos com um abraço apertado enquanto ele pronunciava as palavras boa sorte. Boa sorte é também o significado da expressão tibetana tashi delek, a forma mais comum de cumprimento no Tibete, o equivalente ao nosso tudo bem. Era assim que minha mãe me cumprimentava todos os dias. Ao invés de um bom dia, tashi delek ou boa sorte. Com esse último sinal, fui embora do parque bem mais leve do que cheguei e decidida que iria realizar o desejo da minha mãe. E já que ela não podia vir comigo em vida, pelo menos suas cinzas me acompanhariam. E foi assim que vim parar aqui.

Capítulo I
China ou o Começo

Estou completamente exausta. Nunca imaginei que passar um dia dentro do avião pudesse cansar tanto assim. Na minha ansiedade de chegar logo ao meu destino, cometi a ingenuidade de comprar uma passagem em um voo direto de São Paulo a Xangai. O resultado foram mais de trinta horas entre aviões e aeroportos. Pra completar, meu assento era na fileira do meio do avião. E na poltrona do meio. Do meu lado direito, uma família chinesa. A mulher, o marido e um bebê de colo que chorava o tempo inteiro. Do meu lado esquerdo, um brasileiro de uns 40 anos, vindo pra China a trabalho. Nossa conversa se limitou a isso. Passei a maior parte do tempo lendo, assistindo filme ou tentando dormir.

Acabamos de pousar no aeroporto internacional Pudong, em Xangai. São quatro horas da tarde no horário local. Isso explica o meu sono incontrolável, afinal, a essa hora – cinco da manhã em São Paulo – eu estaria no auge do meu descanso. As portas do avião finalmente se abrem e caminhamos para o controle de imigração. E agora? Será que devo entrar na fila de cidadãos chineses ou estrangeiros? Por via das dúvidas, acho melhor ir pra fila de estrangeiros. É a certa. O policial que me atende na imigração é rápido e não me pergunta nada. Apenas confere minha foto, certifica-se que sou eu, carimba meu passaporte e me deseja uma boa visita à China. Já com a minha bagagem em mãos, vou a um balcão de informações pra descobrir qual a melhor maneira de chegar até o hostel que eu reservara online.

A atendente solicitamente escreve algumas linhas de ônibus e instruções de como chegar ao meu endereço, mas leva um susto quando eu a interrompo pra dizer que não consigo ler hanzi, os caracteres chineses. Sem disfarçar a surpresa, ela me pergunta como é possível que eu fale em perfeito mandarim, mas não consiga ler. Resumidamente, digo que não sou chinesa e que aprendi a falar com meus pais, mas não sei ler e nem escrever. Com um sorriso no rosto, ela amassa o papel na minha frente e sugere que eu vá de trem bala até uma estação de metrô no centro da cidade. De lá, pelo que entendi, devo pegar o metrô ou um táxi até o hostel. Resolvo seguir seu conselho e continuar meu caminho procurando as placas indicando o maglev, o trem bala que conecta o centro de Xangai com o seu aeroporto internacional.

O aeroporto é enorme. Durante o longo caminho até chegar ao maglev, paro pra trocar mais um pouco de dinheiro e descobrir que as taxas nas casas de câmbio do aeroporto são altíssimas. Também compro um chip de celular chinês pra facilitar meu acesso à internet. Finalmente chego à estação de partida do maglev. Tudo muito moderno. A entrada é parecida com uma estação qualquer de metrô, com exceção do raio-x de segurança pra fiscalizar as malas, parecido com os de aeroportos. Finalmente estou na plataforma e, em menos de dois minutos, o trem chega. Por fora, nada de especial. Apenas um trem comum.

Entro, coloco minha bagagem nos compartimentos reservados, e sento em uma das confortáveis poltronas distribuídas em pares opostos, fazendo com que os passageiros fiquem de frente uns para os outros. Procuro um lugar vazio, sem ninguém ao redor. Como não está muito cheio, tenho sucesso. Do meu assento, é possível visualizar um painel digital indicando a hora local e a velocidade do trem, que por enquanto encontra-se parado. Enquanto o resto dos passageiros embarca, resolvo testar a internet no meu celular. Minha primeira descoberta: o Google está fora do ar. O Facebook também. Que estranho. Será que fui enganada pela atendente e esse chip, na verdade, não me permite acessar a internet? Não pode ser isso porque o site do UOL abriu. O da Folha de São Paulo também. Tento checar meus e-mails. Gmail não está funcionando, mas o Yahoo sim. Nem

Instagram. Mas o que será isso? Eu já tinha ouvido falar que a internet é censurada na China, mas será que eles realmente vivem sem Google ou é algum problema específico com o meu pacote de internet? Vou ter que descobrir isso logo.

O trem começa a se movimentar e os números no painel disparam, chegando a atingir 350km/h após apenas dois minutos depois de partirmos. Decido não lamentar pelo Google, mas por curiosidade, digito maglev e Xangai no buscador do Yahoo. Descubro que a velocidade pode chegar a 501km/h, permitindo que os 30km de distância entre o aeroporto e o centro da cidade sejam percorridos em menos de oito minutos. Mais incrível ainda é a tecnologia por trás desse tipo de transporte. Essa velocidade só é possível porque o trem literalmente levita do trilho, por meio de atração e repulsão magnética, ou seja, ímãs, daí a origem do nome maglev. Como o único atrito do trem é com o ar, esse é também um meio de transporte econômico e não poluente. Enquanto mato a minha curiosidade, não consigo evitar de sentir um pouco de medo. Imagina um acidente nessa velocidade? Não sobra nada. Melhor não focar nisso. Então continuo lendo e descubro que devido à tecnologia de ponta utilizada, os maglev são caros de serem produzidos e, por isso, Xangai foi a primeira e continua sendo a única cidade no mundo a possuir uma linha comercial desse tipo de transporte, operando desde 2004. De repente, o medo dá lugar a um sentimento de privilégio por ter, por acaso e ingenuamente, começado minha aventura na China dentro de um veículo tão singular. Mal acabo de ler sobre o maglev e chegamos ao destino final. O percurso durou exatos sete minutos e vinte segundos. Incrivelmente rápido.

A parada final do maglev é dentro da estação de metrô Longyang. Daqui eu vou pegar um táxi, porque ao ver o mapa do metrô de Xangai até desanimo de tentar entender aonde estou e pra onde eu vou. São milhares de linhas coloridas e as estações estão todas escritas em hanzi. Apesar de ter conseguido encontrar um mapa em pinyin, um sistema fonético de escrita dos caracteres em alfabeto romano, continuo achando difícil entender. Também não é pra menos. Enquanto o metrô de São Paulo possui cinco linhas e 74km de trilhos em operação, o de Xangai é o maior do mundo, com 567km de extensão, dezesseis linhas e 337 estações. Com certeza vou querer explorá-lo antes de ir embora, mas agora estou muito cansada pra isso.

Finalmente estou dentro de um táxi. Mostro o endereço do hostel pro motorista, mas ele não lê pinyin. Que maravilha. No final, consigo ler nos tons corretos e ele entende pra onde eu quero ir. Fiquei imaginando como a maioria dos estrangeiros faz pra se comunicar com os taxistas por aqui. A corrida dura mais ou menos meia hora e é a primeira vez que consigo ver um pouquinho de Xangai através da janela do carro. Já está escurecendo, então vejo a cidade começando a se iluminar.

Xangai é assustadoramente grande. Hoje consegui finalmente ver a semelhança que meu pai se referia dessa cidade com São Paulo. Mas aqui as proporções são ainda maiores. E os prédios daqui parecem ter mais vida. Boa parte dos arranhas céus são iluminados com cores neons. Prédios arco-íris, rosa, azul, verde florescente. As ruas são verdadeiras obras de engenharia. Subimos em uma rodovia elevada das ruas principais, de onde é possível ver carros em baixo, na frente, aos lados. Viadutos gigantescos e tesourinhas cruzando umas seis rodovias ao mesmo tempo. E tudo cercado pelos prédios altos, modernos e coloridos. Parece um cenário de um jogo de vídeo game. O trânsito também é uma loucura. Mas junte aos engarrafamentos de São Paulo, bicicletas por todos os lados, motos, mobiletes, tuc-tucs, que são uma espécie de moto-taxi em que o veículo é adaptado com uma cabine ou charrete pro passageiro se sentar atrás, e buzina. Muita buzina. Fiquei até com um pouco de medo da corrida de taxi. Toda hora achava que iria acontecer um acidente, mas aparentemente, eles se entendem e se respeitam dentro do caos organizado que é o trânsito de Xangai.

Enfim chegamos ao hostel. Acabei priorizando custo-benefício e localização na hora de escolher. Já que eu teria que passar alguns dias por aqui antes de seguir viagem pro Tibete, pensei que seria uma boa vantagem ficar bem localizada. Então escolhi um lugar no centro, apenas cinco minutos a pé da maior praça da cidade, a Praça do Povo. Apesar de ser um albergue da juventude, eles tem a opção de suítes privadas, e eu fiquei realmente feliz por ter feito essa escolha quando vi meu banheiro exclusivo. Fiz o check-in rapidamente e cheguei ao meu quarto às seis e meia da tarde. Já estava escuro. Sem forças nem pra trocar de roupa, caí na cama e apaguei. Só acordei agora, às dez da noite.

Eu não fazia ideia do tamanho do erro que é dormir imediatamente após chegar aqui. Se eu já estava sofrendo com a diferença do fuso horário, agora é que eu vou demorar ainda mais pra fazer meu corpo entender que estamos onze horas na frente do horário brasileiro. Quando acordei, meu relógio biológico me dizia que eram onze da manhã e eu estava faminta. Ligo no restaurante do hostel, mas, pra minha tristeza, a cozinha não está mais aberta. Não tenho outra alternativa a não ser me abalar no meio da noite, numa cidade maior do que São Paulo, pra procurar algum lugar pra comer. Mais uma vez, fiquei feliz por ter escolhido um hotel centralizado, pois não foi tão difícil encontrar comida nas redondezas.

Pedi algumas dicas de restaurantes pra chinesinha simpática da recepção, guardei o papel com o mapa que ela desenhou e um cartão do hostel na bolsa, e saí na direção que ela me indicou. Na verdade, mesmo se eu não tivesse pedido sugestões, tenho certeza que acabaria chegando no mesmo lugar, guiada pelo olfato. Aliás, se me perguntassem agora qual a minha primeira impressão de Xangai até o momento, resumiria tudo em duas palavras: contrastes e cheiros.

Atravesso algumas avenidas largas e movimentadas, mas acabo optando em me manter nas ruazinhas estreitas, onde a mistura de cheiros se espalha pelo ar. Cheiros bons e ruins. Marcantes. Cheiros de comida, incenso, gasolina, lixo, tudo junto. Viro uma esquina e descubro de onde eles vêm. A recepcionista havia me indicado um lugar, não muito longe do hostel, com uma variedade enorme de restaurantes chineses e barraquinhas vendendo comida na rua. Algumas delas familiares a mim, outras, eu não fazia ideia do que eram. Estou com muita fome, mas também tão impressionada, que resolvo dar uma explorada inicial no espetáculo visual e olfativo que é esse lugar, para só, então, escolher o que comer. Essa rua é a materialização do ditado de que chinês come tudo que voa que não seja avião, tudo que nada que não sejam navios e tudo que tem quatro pernas que não sejam mesas ou cadeiras.

Eu já estou acostumada com as esquisitices da medicina chinesa. Quando criança observava meu pai preparando os remédios, que aos olhos ocidentais, mais parecem porções mágicas dentro de potes de vidro. Fui crescendo e manuseando os ingredientes exóticos sozinha. De sopa de taturanas a fetos de ratos em conserva. Até sangue de cobra é receitado em alguns casos de impotência sexual, por exemplo. Mas por mais bizarro que isso possa soar, hoje em dia me choco menos com o que utilizamos na medicina chinesa do que com o pouco que sei sobre a culinária. Pelo menos na medicina há um propósito vital para se consumir tais ingredientes.

Mas, de certa forma, eu me encantei um pouco com essa rua. O lugar é um verdadeiro mosaico de cheiros, cores e formas, com seus restaurantes com patos ressecados pendurados do lado de fora, bichos vivos em aquários, e uma quantidade enorme de cozinhas ambulantes improvisadas em charretes, mobiletes ou bicicletas. Quem opta por algum dos restaurantes, tem o luxo de comer sentado do lado de dentro, ou em mesinhas espalhadas na calçada do estabelecimento. Mas também há os que preferem enfrentar filas enormes pelas comidas das barraquinhas ambulantes e comerem ali mesmo, em pé e na rua, enquanto jogam os restos da sua janta também nas calçadas. Não me parece muito limpo, mas pela popularidade, deve ser razoavelmente seguro comer por aqui.

Na barraquinha de churrasco, um chinês de uns 60 anos, com a unha do dedinho enorme, assa os ingredientes na grelha, enquanto fuma o seu cigarro. A versão do churrasquinho de rua chinês é bem diferente da brasileira. O churrasco não é servido com arroz, mandioca, vinagrete ou feijão tropeiro. Por aqui, além das carnes, uma grande variedade de legumes, vegetais e tofu são distribuídos em espetinhos e expostos em pequenas cestinhas, em uma mesa improvisada, em cima da bicicleta.

Caminho mais um pouquinho e vejo alguns restaurantes de frutos do mar completamente diferentes do que eu conhecia, porque os ingredientes estão todos vivos. Milhares de animais marítimos expostos dentro de aquários pro freguês escolher e o cozinheiro preparar na hora. O cardápio varia entre peixes, camarões, caranguejos gigantes, lulas, siris, ostras. Uns bichos que eu nunca tinha visto, parecidos com girinos, e até sapos-boi. Todos vivos, espremidos em tanques minúsculos, enquanto esperam pra serem escolhidos e tornarem-se refeições. O choque visual e o cheiro fazem meu estômago embrulhar. Observo a cena até a hora que um homem coloca um sapo vivo dentro de uma sacola pra um freguês, e este parte satisfeito em sua bicicleta. Versão drive-thru.

Por medo de me arriscar, acabo escolhendo a opção mais familiar, um restaurante de jiaozi, pequenas tortinhas que parecem mini pastéis, com recheios que variam entre carne de porco, legumes, frutos do mar etc. Eu adoro esses bolinhos e o cheiro do restaurante relembra minha infância, quando meus pais costumavam fazer jiaozi em casa. Esta era provavelmente a escolha mais desinteressante que eu poderia ter feito diante de tanta possibilidade exótica.

Mas eu vou ter tempo pra explorar os sabores da China depois. Hoje é apenas meu primeiro dia. Não há necessidade de começar um tour gastronômico agora. Estou cansada e é madrugada. Depois do jantar, tenho a impressão de sentir a presença dos meus pais me acompanhando na caminhada de volta ao hostel. É tão real que, mesmo sendo de São Paulo, não tenho medo de andar sozinha a uma hora da manhã, numa cidade estranha pra mim. Menos de quarenta minutos depois, já estou em segurança no meu quarto.

Mas às seis da manhã acordo e, por mais que eu tente, não consigo voltar a dormir. Aproveito a falta de sono para conferir alguns detalhes da viagem pro Tibete. Quando for oito e meia, vou ligar pra agência de turismo e dizer que já estou na China. Depois que decidimos fazer essa viagem, mamãe e eu iniciamos uma longa pesquisa sobre como chegar até Lhasa. Descobrimos que, apesar de ser filha de uma tibetana com um chinês, eu ainda era considerada uma estrangeira e, por isso, precisaria passar pelo mesmo processo comum a todo estrangeiro que deseja viajar pro Tibete.

Em função do histórico de conflitos entre as duas regiões, o procedimento pra conseguirmos visitar o Tibete não é tão simples e nem tão econômico quanto viajar pela China. Visitar o Tibete significa visitar um território historicamente disputado, logo, com fiscalização, policiamento e burocracia em excesso. O primeiro passo que tivemos que tomar, ainda do Brasil, foi contatar uma agência de viagens chinesa, pois somente desta maneira os estrangeiros são autorizados a visitarem a região. Em outras palavras, atualmente não há possibilidade para um turista que não seja chinês, de conseguir viajar sozinho e independente pra lá. Mesmo o meu caso, que a princípio viajaria acompanhada de uma tibetana - minha própria mãe, não foi o suficiente pra que eles me liberassem de ser incluída em um grupo turístico, organizado e guiado por um agente de viagens chinês.

Como não há saída pra essa regra, fizemos uma longa pesquisa sobre as agências e escolhemos uma que pareceu ser confiável. A partir daí, montamos com eles o roteiro dos locais que queríamos visitar. Um mês depois, estou aqui, ansiosa, pra pegar o trem para Lhasa. Quanto maior a antecedência em encontrar a agência, melhor, porque o "visto" tibetano – um documento de permissão, sem o qual eu não posso visitar a região, demora um pouco pra sair.

Sem mamãe por perto, foi bem mais difícil resolver as coisas por aqui, então solicitei à própria agência, que me auxiliasse também na compra da passagem do trem de Xangai pra Lhasa. Eles compraram, mas preciso ir até a estação com o documento de permissão, e retirá-la por conta própria. Daí a minha urgência em ligar pra agência. Preciso perguntar se eles já enviaram a minha cópia do "visto" tibetano aqui pro hostel, pra que eu possa seguir viagem. Minha passagem de trem foi comprada pra daqui a três dias.

Durante o café da manhã, telefono para a agência e sou informada de que o documento já foi enviado e que deverá chegar até amanhã. Que alívio. Como não há nada que eu possa fazer antes disso, vou explorar a cidade. Hoje é domingo e o dia está bonito. Uma névoa cobre quase todo o céu azulado. Eu não sei dizer bem se é apenas uma neblina ou se é poluição, mas aqui o dia não é tão claro como no Brasil. Apesar do sol, o vento forte do outono e a névoa me lembram a terra da garoa. Mas o friozinho matinal vai passando aos poucos, à medida que caminho pelas ruas de Xangai.

Começo meu passeio na Praça do Povo, uma praça pública enorme, localizada no coração da cidade, que abriga a sede do governo municipal, dois grandes museus e um teatro. A praça, que na verdade é também um parque arborizado, é um dos pontos turísticos mais importantes e populares de Xangai, com vários bares, restaurantes, cinemas, lojas e hotéis ao seu redor. Mas não foram essas atrações que seguraram minha atenção. Pelo menos, não no início. Atraída pelas cores amareladas das últimas folhas que ainda permanecem nas árvores, prefiro conhecer a praça a partir do seu interior.

À medida que entro nesse parque enorme, uma música magneticamente me atrai pro centro. É instrumental, com sons de corda e sopro. A melodia é suave, mas ao mesmo tempo profunda e relaxante, boa para meditar ou fazer massagem. Ao segui-la, sou surpreendida por um grupo de aproximadamente dez velhinhas dançando juntas e sincronizadas, ao som alto de música clássica chinesa, tocada em um radinho de pilha, apoiado em um banco da praça.

Não consigo conter um sorriso ao ver tanta beleza, poesia e vitalidade juntas. As senhoras são realmente idosas, mas a idade não parece ser nenhum empecilho para suas habilidades rítmicas. Flexíveis, bem-humoradas e, principalmente, se divertindo, as velhinhas sabem cada passo da coreografia. Algumas delas seguram leques vermelhos nas mãos, dando ainda mais graciosidade a esse número praticamente imperceptível aos olhos dos locais que circulam pelo parque e ignoram o espetáculo. Enquanto se exercitam, elas se apresentam pra uma audiência invisível.

Como estudante de medicina tradicional chinesa, eu sei o quanto a relação com o corpo está relacionada à cultura oriental. A gente acredita que o bem-estar físico é diretamente ligado à saúde mental. Corpo e mente são parte de um todo, de uma unidade vital. E a dança, assim como o tai chi chuan, proporcionam uma circulação saudável do qi, equilibrando assim, a mente e o corpo, o ying e o yang, as forças masculina e feminina que cada pessoa carrega dentro de si. Essas velhinhas devem ter consciência disso e também devem ter uma saúde melhor do que muitos jovens sedentários que eu conheço.

Completamente absorta no espetáculo de ritmo e graciosidade das velhinhas, eu sento ao lado do radinho e contemplo a cena, enquanto meus pés de bailarina se coçam pra me juntar ao grupo. Uma delas, que aparenta ser a líder ou a coreógrafa, parecendo adivinhar meus pensamentos, se aproxima e diz: “Ni hao, mei nv! (Olá, moça bonita!) Você quer se juntar a nós e se exercitar um pouco?”

Eu não penso duas vezes. Estava só esperando o convite. Levanto e deixo a dança dominar meu corpo, como ela sempre faz, e me entrego a esse instante de troca de energia, de sorrisos e de afeto com as velhinhas. Esse é o meu primeiro momento mágico dessa viagem, um momento de conexão espiritual. Por alguns minutos, eu me sinto completa. Como se aqui fosse a minha casa. Como se eu pertencesse a esse espaço de tempo. Como se anos de crise de identidade tivessem sido cessados em apenas alguns minutos. Como se eu não fosse brasileira. Como se eu tivesse finalmente me encontrado. E como se a minha dor estivesse adormecida. Esse sempre foi o efeito transcendental da dança em mim.

Minha mãe me matriculou no balé a pedido meu, quando eu tinha apenas cinco anos de idade. Assim como em quase todos os lugares que eu frequentava, lá também eu era a mais diferente, e as outras meninas reforçavam nossos contrastes das maneiras mais cruéis possíveis. Somada à minha aparência díspar, eu ainda carregava o fardo da competitividade exacerbada que reina entre as bailarinas. Até crianças podem ser perversas. À medida em que fui crescendo e me destacando, essa tendência só piorou, a ponto de eu querer abandonar o balé quando entrei na adolescência por não conseguir tolerar mais a perseguição das outras meninas.

Acabei desistindo das aulas, mas nunca parei de dançar. Até na nossa casa pequena, eu afastava os móveis e encontrava espaço pra me alongar e entrar em contato com a minha essência, dançando. E, apesar de não ser particularmente atraente, acho que as marcas que a dança deixou em mim não passam despercebidas na rua. Minha espinha e meu pescoço são mais eretos e a forma que eu carrego o meu corpo demonstra que ele aprendeu com o movimento, um certo conhecimento que nunca vai deixar de ter.

E nesse instante aqui no parque, mais uma vez, experimento esse aprendizado. Coloco em prática esse conhecimento acumulado no meu corpo. E a sensação é maravilhosa, de completude. Talvez seja mais intensa, pelo fato de estar no país do meu pai. E porque eu me sinto aceita no meio dessas mulheres que eu nunca antes tinha visto, e que, quem sabe, poderiam até mesmo ter alguma ligação comigo ou com a minha família.

Meu devaneio é interrompido ao final da música, no momento em que elas começaram a se despedir. A líder recolhe o seu radinho de pilha e novamente se aproxima de mim com curiosidade: "Eu percebi que você pegou os passos bem rápido. Dança bem. Você é dançarina?"

"Não, mas danço desde criança."

"Deu pra perceber. Você realmente sente a música."

"É que dança não é necessariamente um esporte pra mim. É cura. É contato com a energia interna."

"Exatamente isso, minha filha. Entendo o que você quer dizer. Já tivemos vários casos de senhoras que estavam doentes quando começaram a participar do nosso grupo, e tiveram melhoras impressionantes em espaço curto de tempo... Mas acho que você poderia ter investido numa carreira com dança. Tenho certeza que teria sido boa. Só que agora você já está meio velha pra começar uma carreira."

Se tem uma coisa que eu já tinha percebido pelos chineses que eu conheci no Brasil é que eles não têm muito filtro. Não por maldade, mas talvez por ingenuidade, falam tudo na lata, na cara. Se acharem que estou velha, vão dizer. A mesma coisa se estiver muito gorda ou muito magra. Se cansada, falam do tamanho das olheiras, e assim vai. Também costumam perguntar sobre salário, maridos, filhos, enfim. Eu já nem me ofendo mais. Sei que é cultural e às vezes até ingênuo.

"É, não tenho pretensão de começar uma carreira agora."

"Quantos anos você tem?"

"Vinte e três."

"Você é casada?"

Sabia que essa seria a próxima pergunta. "Não."

"Já está na hora de casar. Você não vai querer virar sobra de ninguém, não é?"

Meu Deus, que pressão. Eu adorei dançar com a velhinha, mas agora já estou louca pra conseguir uma maneira de me livrar dela. Como assim, sobra? Tento não encompridar a conversa e mudar de assunto, voltando ao tópico da dança.

"Eu gostei muito de dançar com vocês. Vocês dançam aqui todos os dias?"

"Dançamos de domingo a quinta-feira, sempre nesse mesmo horário. Você pode se juntar ao grupo se quiser."

Agradeço o convite e, pra não estender mais ainda nosso diálogo indiscreto, resolvo omitir o fato de que não sou de Xangai. Disse apenas que normalmente estou ocupada nesse horário, mas que tentaria voltar.

"Está certo. Quando quiser vir, será bem-vinda. E olhe, considere encontrar um bom marido e ter logo um filho. Não é bom que a mulher espere muito tempo. Por que você não aproveita já que está aqui na praça e dá uma passada na feira de casamento que vai começar daqui a pouco? Já devem ter alguns pais por lá anunciando os filhos. Quem sabe você não sai daqui hoje já com um bom partido?"

"Feira de quê?" Perguntei assustada. Eu nunca tinha ouvido falar nisso e, sinceramente, fiquei curiosa pra saber o que era.

"Você nunca ouviu falar na famosa feira de casamento que acontece todos os fins de semana aqui na Praça do Povo? Você não é daqui? Como não conhece?"

Não adiantou evitar contar minha história. Ela acabou percebendo. "Não, não sou daqui e já estou indo embora em três dias. Estou apenas de passagem. Mas me conta um pouco mais sobre essa feira."

"Ah, então você se interessou no meu conselho, não é? Se seus pais não estiverem aqui, eu posso te ajudar a fazer um anúncio, mas você vai precisar me contar tudo a seu respeito. De onde veio, quanto ganha por mês, sua altura, peso, signo do zodíaco chinês, de onde vêm seus pais, enfim. Quanto mais detalhes, mais atrativo vai ser o seu anúncio."

"Eu não quero ser anunciada. Só quero saber o que é e como funciona essa feira."

"Então vem comigo que eu te levo até lá. Já deve ter começado."

Sem conter minha curiosidade, acompanho a senhora até a tal feira. Em menos de dez minutos de caminhada já começo a ver uma multidão aglomerada no outro extremo da praça. Parece algum evento público de grande porte, como um show ou algum tipo de competição ou maratona. À medida que nos aproximamos da multidão, a quantidade de pessoas parece aumentar. Embora a maioria seja chinesa, há alguns poucos estrangeiros camuflados, com o mesmo olhar curioso que eu, tirando fotos e filmando toda a movimentação.

Pelo que pude perceber, grande parte das pessoas que está aqui são idosos ou adultos, conversando sem parar uns com os outros, mostrando pedaços de papéis que parecem ser perfis de pessoas, com fotografias, datas de nascimento, medidas etc. Eu nunca na minha vida vi nada parecido com isso. Varais e murais enfeitam a praça com milhares de cartazes, com os mesmos tipos de anúncio, cercados de gente ao redor. Muita gente. Numa tentativa de chegar perto dos murais, acabo me perdendo da senhora que me levara até lá. Apesar de não conseguir ler o que está escrito, eu consigo identificar que são descrições de pessoas. Já que em meio aos chineses eu não chamo tanta atenção, minha aparência se tornou uma vantagem pra eu conseguir me aproximar, e acabou sendo fácil me infiltrar pra escutar alguns diálogos.

Basicamente, eles negociam casamentos entre seus filhos, e os cartazes são suas "propagandas". Me aproximo de uma senhora que está concentrada lendo alguns anúncios e pergunto: "A senhora encontrou alguma coisa interessante?"

"Essa moça aqui parece ser boa pro meu filho, você não acha? É de família, estudada e aparenta estar com saúde boa pra poder me dar um neto logo."

"Será que seu filho não consegue escolher a esposa sozinho?"

"Eu só tô ajudando ele, minha filha. Ele escuta minha opinião, mas no final é ele que vai decidir. Não é, filho? Você gostou dessa aqui?"

O rapaz, constrangido com minha presença, consentiu discretamente com a cabeça, sem sequer olhar pra mim. Obviamente ele não está muito confortável com a situação. Eu nem o havia percebido ao lado da senhora, pois ele tem uma postura acuada e está o tempo inteiro olhando para o chão. Ela continua a conversa:

"Está vendo, ele precisa concordar antes de tentarmos agendar um encontro. Mas ele é um menino bom. Sabe da importância em continuar a família. O dia que ele tiver um herdeiro vai ser o dia mais feliz da minha vida. Vou ter certeza de que cumpri bem meu papel de mãe."

O garoto continua mudo e constrangido enquanto lágrimas surgem nos olhos de sua mãe ao falar em tornar-se avó.

"Agora só falta encontrar uma boa moça. Vinte e sete anos já está passando da hora de se casar. E além do mais, meu filho, você já tem todos os pré-requisitos, inclusive um apartamento... a propósito, você também está procurando um noivo?"

Agora sou eu que estou constrangida e evito o olhar dos dois. Melhor tentar dar um jeito de sair de fininho: "Não. Estou só de passagem, observando a feira. Nem moro aqui. Aliás, meus pais estão me aguardando pra almoçarmos juntos. Eu preciso ir. Foi um prazer conhecer vocês".

Continuo minha caminhada ainda tentando entender o significado do casamento pros chineses e como funciona a negociação aqui na feira. De repente, escuto um senhor falando para o outro que a filha não sabia que ele a anunciara, mas como ela já estava com vinte e cinco anos e não apresentava nenhum namorado pra família, ele estava começando a se preocupar. O outro respondeu:

"Sim, é motivo de preocupação mesmo. Eu não entendo o que está acontecendo com essa nossa nova geração. Meu filho também tem a mesma idade, já tem um trabalho bom, está quase conseguindo comprar um apartamento, mas sempre que pergunto sobre casamento, ele diz que acha difícil encontrar garotas interessadas. Então acabou concordando quando eu sugeri que viria pra feira tentar encontrar uma candidata pra ele... a propósito, o que a sua filha faz?"

"Ela faz mestrado em Suzhou. Está estudando pra se tornar professora. Ela quer ensinar chinês como uma segunda língua pra estrangeiros. Minha filha é muito inteligente. E muito bonita também. O senhor pode ver aqui na foto, olha só... e o seu filho? O que faz? O senhor disse que ele tem um bom trabalho? Quanto ele ganha?"

"Meu filho tem uma lojinha no taobao que vende telefones, computadores, iPads e acessórios pra celular. Ele administra tudo. É um trabalho corrido, porque ele precisa estar conectado a um telefone o tempo inteiro pra atender todos os pedidos online. Mas isso tem dado um bom lucro. Ele chega a fazer até dez mil yuans por mês e nos ajuda em casa."

"Mas ele estuda? Faz faculdade?"

"Ele já terminou a faculdade. Fez administração de empresas. Ele tem a intenção de vender a loja do taobao e abrir uma empresa física de telefonia. Mas precisa de mais capital pra isso."

O que será que é taobao? Pensei.

"Talvez a gente pudesse tentar organizar um encontro dos dois, seu filho e minha filha. Ela vem uma vez por mês ou de quinze em quinze dias nos visitar. No final de outubro, deve vir de novo. Poderíamos tentar organizar pra essa data, o que acha?"

"Eu acho uma boa ideia. Vou guardar o cartaz da sua filha pra mostrar pro meu filho, e você fica encarregado de organizar o encontro de acordo com a data que ela vem pra Xangai. Não esqueça de me avisar com antecedência. Aqui está o meu cartão. Pode telefonar diretamente pra mim." O homem segurou um cartão de visitas com as duas mãos e entregou pro pai da menina, olhando-o nos olhos.

"Obrigado."

Os dois pareceram animados com a possível negociação. Se despediram sorrindo e foram conversar com outros candidatos. Observando os cartazes, percebo que os anúncios não são exclusivos de pessoas jovens. Chego a ver um, inclusive, com uma foto de um idoso de 70 anos. Ouvindo um diálogo ao redor dele, descubro que se trata de um viúvo a procura de uma segunda parceira pra dividir com ele o resto dos seus dias.

Estou muito impressionada com a feira. Tão impressionada que perdi a noção da hora. Só me dou conta de que já são uma da tarde pela fome que repentinamente começo a sentir. Procuro alguma coisa pra comer aqui perto da Praça do Povo e, em seguida, continuo meu passeio por Xangai.

A cidade é diferente durante o dia, mas a imensidão dos prédios é igualmente impressionante sem as luzes neon. Impressionante também é a massa cinzenta espalhada pelo ar. Não dá nem pra enxergar o topo de alguns arranha-céus. Vendo pessoas na rua usando máscaras de oxigênio, acabo concluindo que, infelizmente, é, sim, poluição. As ruazinhas estreitas, adormecidas na minha caminhada de ontem à noite, hoje estão vivas e cheias de cor, som e cheiro. Quando olho pra cima, minha visão se perde entre as gambiarras feitas com fios de eletricidade instalados uns por cima dos outros; longas massas de noodles secando em postes; e muitas roupas penduradas pelas janelas dos prédios, em varais feitos de bambu. Do lado de fora das casas, pequenas hortinhas se misturam a baldes e vassouras. Banquinhas de frutas se perdem em meio a pequenas lojinhas de antiguidades. Nas ruas, pessoas de todas as idades andam de bicicleta, conversam uns com os outros e distribuem sorrisos sinceros. Alguns trabalhadores carregam pilhas enormes de papelão ou sucata em carrocerias improvisadas em suas bicicletas. É uma paisagem tão inédita pra mim.

De uma dessas ruazinhas vejo um prédio futurístico, parecendo uma torre com três bolas gigantes. Uma grande na base, outra no centro e uma pequena no topo. Sigo em direção a ele. Caminho uns vinte minutos, avistando a torre sem parar, mas parece que nunca vou alcança-la. Até que depois de mais de meia hora de caminhada chego em uma orla e o prédio está, na verdade, do outro lado da água. Despropositadamente, eu havia chegado ao famoso Bund, outra grande atração turística de Xangai, uma região construída às margens do rio

Huangpu, afluente do Yangtze, maior rio da China. Mamãe uma vez me disse que a primeira ligação dela com o papai foi pelas águas, já que todos os principais rios da China, inclusive o que estou diante agora, nascem no Tibete. O Huangpu abastece Xangai e corta a cidade ao meio, dividindo-a entre os lados Leste – Pudong, e Oeste – Puxi.

Na orla do Bund, é possível ver explicitamente essa divisão. Pudong é o lado moderno de Xangai, onde a torre das bolas está localizada. A vista de onde estou, no Puxi, é magnífica. Do outro lado da água, há uma infinidade de arranha céus com design ultramodernos. São hotéis, prédios comerciais, escritórios, que, refletidos nas águas do Huangpu, proporcionam a ilusão de serem ainda mais altos do que realmente são. Alguns parecem naves espaciais com suas janelas espelhadas e formatos arredondados. Janelas de vidro transparente e torres cortando o céu. Me sinto na cidade dos Jetsons, o desenho animado da família do futuro que eu assistia quando era criança.

Enquanto observo a imensidão de concreto na minha frente, começo a pensar que é daquele lado da cidade que o dinheiro corre. É ali que acontece grande parte dos negócios que movimentam um dos maiores centros econômicos da Ásia e do mundo. Lembro ter estudado sobre isso nas aulas de história do colegial. Desde a derrota da Dinastia Qing pelos britânicos na primeira guerra do ópio, Xangai foi aberta pro comércio exterior, utilizando justamente esse rio pra trocar mercadorias com a Inglaterra, França e Estados Unidos.

"Se quiserem se dar bem no futuro, vão pra China. Lá é a bola da vez da economia mundial." Durante muitos anos, essa frase que escutei da boca do meu professor de história, martelou minha cabeça. E mesmo com todas as oscilações que a China sofreu nesses quase dois séculos após a abertura dos portos, Xangai se manteve forte e, por isso também, sempre atraiu investimento e disputa internacional.

E agora eu estou aqui. Frente a frente com o Rio Huangpu. É como estar dentro de um livro de história. Dentro do livro da minha estória. Meu interesse nas aulas sobre a China era muito maior do que o dos outros alunos. Era como se a cada descoberta, eu também estivesse estudando um pouco sobre o meu pai e sobre mim.

Aqui no Bund a aura cosmopolita de Xangai é explícita. Chineses se misturam a uma quantidade grande de estrangeiros em frente as águas que dividem o lado moderno do lado antigo da cidade, que em minha opinião, é ainda mais bonito. Enquanto Pudong exibe ousadias arquitetônicas de até seiscentos metros de altura, os prédios do Puxi são clássicos. O da alfândega, por exemplo, é quase uma réplica do famoso Big Ben de Londres. Nunca estive na Europa, mas consigo ver explicitamente sua influência na arquitetura de Puxi, com prédios antigos que me transportam no tempo para um Xangai dos anos 30, famosa pelo glamour e por seus clubes de jazz. Agora consigo entender porque Xangai é conhecida como a Paris do Oriente, muito embora as bandeiras da China penduradas em frente às fachadas dos prédios, me relembram de onde estou. Imagino quantos enredos incríveis devem ter se desenrolado nesse cenário de contrastes. Quantos romances nasceram embaixo dos tetos desses hotéis, restaurantes, bares e clubes de jazz. Quantas histórias meu pai deve ter protagonizado nas ruas de Xangai.

Como eu gostaria de ter tido a chance de ter vindo aqui com ele, com minha mãe. Como eu gostaria de não estar me sentindo sozinha agora. De repente me bate uma melancolia. O fato é que mesmo antes de tê-los perdido, eu já era uma garota solitária. E mesmo vendo toda essa gente aqui, não tenho vontade de interagir com ninguém. Acho que é um pouco mais do que mera timidez. Talvez seja medo de enfrentar meus próprios fantasmas. Não quero precisar falar de mim pra ninguém. Não quero que um estranho sinta pena de mim. Minha autopiedade já é suficientemente incômoda. É quase como se eu tivesse vergonha de quão miserável a minha vida se tornou de seis meses pra cá.

E justamente por não querer posar de vítima, não tenho vontade de dividir minha estória, afinal não sou a única pessoa no mundo com problemas. Mas sei que ninguém quer ser completamente sozinho. Todo mundo tem pavor de solidão. As pessoas têm medo de estarem desacompanhadas, de não serem capazes de gostarem de suas próprias companhias. Por isso vemos tantas sombras nas esquinas. Quantas pessoas solitárias recorrem a um cigarro, a uma bebida ou a qualquer outra válvula de escape pra preencher o vazio de estarem com elas? Raras são as que estão realmente conectadas a si mesmas a ponto de conseguirem se sentir plenas ao estarem só. Minha mãe talvez fosse uma delas. Eu não.

Sempre fui meio solitária, mas não significa que eu me sentisse confortável sozinha. Tive uma melhor amiga na escola que foi, por muito tempo, a minha confidente e uma pessoa que me ensinou algumas lições valiosas sobre tranças, maquiagens e garotos. Mas como muitas amizades na vida, com o passar dos anos, um muro invisível foi sendo construído entre nós duas e a falta de convívio inevitavelmente nos afastou involuntariamente. Eu não a culpo e também não me responsabilizo por isso. Talvez ambas não tenhamos nos esforçado o suficiente para manter a proximidade mesmo com a distância física. Mas aceitei como um ciclo natural. Nunca a deixei de amar e até hoje guardo numa caixinha os bilhetes que trocávamos durante as aulas e algumas memórias importantes de primeiras vezes que dividi com ela.

Seu nome era Júlia, uma garota muito especial. Não era a mais bonita da escola, nem da sala de aula, mas era naturalmente atraente. Aquele tipo de gente que todo mundo gosta de estar perto. Talvez pela sua risada contagiante, ou pelo seu humor inteligente e perspicaz. A Júlia era leve e incrível com palavras. E eu não sei por qual motivo, mas ela acabou escolhendo ser a minha melhor amiga e eu tinha um orgulho enorme disso. Na verdade, não tínhamos muito em comum. Eu era tímida e ela extrovertida. Eu sentava na frente, ela no fundo. Eu acho que foi a sua curiosidade de ver o mundo que fez com que ela quisesse me conhecer melhor e sentar perto de mim na escola. Quanto mais ela descobria sobre a minha família e eu, mais ela queria estar perto. Quando a mamãe morreu, ela foi a primeira pessoa que eu pensei em fazer contato. Mandei um e-mail e ela me respondeu com sua leveza típica. Ofereceu colo, mas está morando em Londres. É claro que está. É a cara da Júlia cair no mundo e sair explorando por aí. Mesmo depois de tantos anos, eu pensei em convidá-la a vir comigo pra China. E tenho certeza que o seu espírito audacioso diria sim, mas senti que talvez esse fosse o momento de enfrentar a minha mais desconfortável solidão, sozinha.

Mas apesar de estar só, em vários momentos consigo sentir a presença dos meus pais comigo. Consigo visualizar meu pai caminhando por essas ruas há trinta, quarenta anos. Como a paisagem deve ter se transformado com o tempo. Aposto que esses prédios futurísticos ainda nem existiam na época dele. Por isso, em sua homenagem, papai, hoje vou te apresentar o novo Pudong. Vou encerrar o meu primeiro dia em Xangai, atravessando o Rio Huangpu e subindo naquela torre moderna do outro lado.

Descobri que ela se chama Pérola do Oriente e, por dentro, é ainda mais admirável do que por fora. No interior da torre de 468 metros de altura, tem restaurante panorâmico, museu sobre a história de Xangai e até um hotel. Começo o passeio pela esfera mais alta e menor dentre as três em destaque. Ela é conhecida como a "cápsula do espaço." A sala é uma espécie de miniplanetário, com uma réplica do sistema solar em um ambiente mega interativo. Mas incrível mesmo é a esfera do meio. Aqui, todas as paredes, incluindo o teto e o chão, são de vidro. É o único observatório do mundo totalmente transparente, com 360 graus de vista de tirar o fôlego. Me sinto levitando sob o céu de Xangai. Os tons alaranjados do pôr do sol de outono, embora um pouco ofuscados pela névoa da poluição, ficam ainda mais belos sob o Rio Huangpu e cortados pelos arranha-céus do Bund. Uma boa maneira de me despedir do meu primeiro dia, que foi tão cheio de surpresas e lembranças de papai.

Capítulo II
Xangai ou O Susto

Depois da calmaria do pôr do sol na Pérola do Oriente, caminho de volta pro hostel. Estou em uma das maiores avenidas comerciais de Xangai, a East Nanjing Road. Nunca fui a Nova York, mas pelo que já vi nos filmes, essa rua se parece com a Times Square, só que a daqui é exclusiva para pedestres. Luzes por todos os lados. Outdoors gigantescos estampando propagandas de Nike, Chanel, Apple, enfim todas as grandes marcas. Lojas que são verdadeiros templos do consumo, com vitrines atraentes em seus três, quatro ou cinco andares. Também têm cafés, bares e restaurantes nessa avenida. E tem gente. Muita gente. E barulho, e cheiros e movimento. Tudo misturado. Trenzinhos circulando do início ao fim da avenida, carregando turistas dispostos a gastar. Chineses ambulantes dispostos a vender. Turistas estrangeiros e locais. E mais velhinhos dançando coreografias marcadas, ao som de seus radinhos de pilha. Um verdadeiro formigueiro humano, com luzes, som e cor.

De repente, vejo um M amarelo enorme e só então percebo que estou morrendo de fome. Talvez eu tenha caído na armadilha do consumo. Ou tenha sido apenas uma combinação de excesso de cansaço, falta de coragem em me arriscar ou preguiça de passar muito tempo escolhendo o que comer. Ou então eu sou apenas mais um clichê do estrangeiro que prefere comer McDonalds do que comida asiática, como se eu não fosse asiática. O fato é que no meu segundo dia de China jantei na McDonalds.

O menu não é muito diferente do brasileiro, mas a decoração sim. De um lado, papéis de parede com fotos de famílias brancas e felizes, comendo seus McLanche Feliz e ironicamente, praticando esportes. Não tem nenhuma foto de chinês. Do outro lado, várias frases positivas, quase auto ajuda, sobre a importância em adotar estilos de vida saudáveis. O paradoxo estampado na parede. Nas mesas, vários chineses e chinesas jovens, sentam em grupos. Alguns vestem uniforme escolar, em pleno domingo. Muitos apenas conversam entre si, outros estão aficionados em seus telefones e iPads, há ainda alguns dormindo e estes não são apenas jovens. Mas o que mais me chama a atenção é a quantidade de adolescentes lendo e estudando nas mesas da lanchonete.

Minha curiosidade não me deixa em paz enquanto eu não me sento em uma mesa ao lado de um casalzinho vestido com uniforme. Eles devem ter uns dezesseis, no máximo dezessete anos. Após observá-los tão concentrados se ajudando mutuamente, inicio uma conversa.

"Vocês estão vindo da escola? Vocês têm aulas aos domingos?" A menina me olhou com surpresa e respondeu.

"É porque o ano letivo acabou de começar no mês passado. E esse é o nosso último ano do ensino secundário. Então, as aulas são muito mais intensas e longas. Temos que ir pro colégio aos sábados e domingos. Hoje a aula começou às dez da manhã e terminou agora a pouco, às cinco da tarde. Mas, durante a semana, temos que estar na escola antes das oito e também só saímos às cinco. É que agora a nossa escola está nos preparando pro gaokao, em junho do ano que vem."

Eu perguntei: "O que é o gaokao?".

"Você deve ter estudado fora da China pra não saber o que é o gaokao, né? O gaokao é o exame nacional de entrada na universidade e acontece na mesma data, uma vez por ano e no país inteiro. A gente só tem uma chance por ano. Se eu não passar ano que vem, vou perder um tempão da minha vida sem poder entrar na faculdade. São dois dias de prova e praticamente quase todos os jovens chineses participam. Na última edição, em junho, quase dez milhões de estudantes fizeram a prova. Como a concorrência é muito alta, temos que estudar em dobro." O menino a interrompeu pra fazer uma piada.

"Aqui, na China, a quantidade de tempo que a gente passa na escola cresce junto com a gente (risos)." Continua falando, mas agora em tom mais sério. "Até pra entrar nas escolas secundárias a gente tem que passar num teste difícil e concorrido, imagina o gaokao, que é pra entrar na faculdade. Os professores e nossos pais começam a nos colocar pressão pra passar nesse exame desde que estamos no ensino fundamental. Eu não consigo imaginar a desonra que vai ser pro meu pai se eu não for aprovado ano que vem. Essa possibilidade não existe, então eu tenho que estudar muito esse ano."

Como filha de orientais, eu entendi muito bem o que ele quis dizer com desonrar o pai. Desde crianças somos educados pra respeitar os antepassados e as pessoas mais velhas. Tenho certeza que o meu medo de decepcionar os meus pais sempre esteve diretamente associado a isso. Também tenho certeza de que muitos dos jovens que são anunciados na feira de casamento que eu vi hoje cedo, concordam em se casar com os pretendentes escolhidos pela família, apenas para agradá-los.

Imagino o quanto esses meninos devem ser privados de prazeres simples, desde crianças, afim de passarem no gaokao. Pelo que entendi, eles dedicam grande parte de seus anos escolares se preparando para esse exame, parecido com o vestibular. É o desempenho nesse teste que define em qual universidade o aluno vai estudar. A diferença é que aqui, a concorrência é infinitamente maior do que no Brasil. E a pressão social também. Eu continuo em silêncio escutando os dois, enquanto a menina completa o raciocínio do namorado. Parece que eles estavam apenas esperando uma boa oportunidade pra fazerem um intervalo e desabafarem sobre os desafios que precisam enfrentar até conseguirem finalmente ingressar numa universidade.

"É por isso que desde que eu tenho seis anos de idade faço aula particular de piano, matemática e inglês. Mesmo sem eu ter muito talento pra música e detestar números, a minha mãe nunca me deixou abandonar essas aulas. Eu não tenho escolha. Sempre que eu tentava questioná-la sobre isso, ela dizia que, no futuro, caso eu não conseguisse atingir a nota de corte no gaokao, algum talento excepcional em música ou matemática poderia me ajudar a garantir a vaga em uma boa universidade. Durante toda a minha vida, ela fez questão de me relembrar que vivemos no país mais populoso do mundo e que, mesmo que eu venha a ser competente, sempre terão pessoas tão boas quanto, ou melhores que eu, disputando a mesma vaga na escola ou no emprego."

O menino continua: "Eu também sempre tive todos os dias da semana ocupados com alguma atividade, mesmo depois do horário escolar. Eu tenho aula de xadrez todo sábado e de caligrafia chinesa aos domingos. Durante a semana, pelo menos uma noite, por duas horas, tenho aula particular de inglês com um professor estrangeiro que vai na minha casa. Em véspera de prova, por mais preparado que eu esteja, não consigo dormir, com medo de decepcionar meus pais. Mas tenho esperança de que isso vai mudar depois que eu entrar na faculdade. Acho que lá o ritmo deve ser menos pesado e a gente pode ser mais livre."

"É, mas primeiro a gente tem que se preocupar em passar no gaokao" A menina ri e continua: "Isso que ele tá falando é muito comum aqui na China. Talvez você não tenha tanta familiaridade porque deve ter estudado no exterior, né?" Ela mais uma vez me pergunta. Percebo que também está curiosa para saber a razão de eu não conhecer algo que parece ser tão óbvio para um chinês. É como se algum brasileiro nunca tivesse ouvido falar em vestibular ou ENEM.

"Sim, eu estudei no exterior. Eu não sabia como funcionava o sistema educacional daqui. É claro que eu sabia que entrar na faculdade é muito concorrido, mas não sabia do exame anual e nem de que vocês precisam estudar o dia inteiro, inclusive aos fins de semana."

O namorado continua: "É, mas se não for assim não tem jeito. Não tem como ser diferente. Eu preciso estudar muito agora porque só assim eu vou conseguir um emprego bom e vou poder ajudar meus pais em casa. Por isso eu não posso dar o desgosto pro meu pai de não passar no gaokao. E eu quero entrar na melhor universidade de Xangai e uma das melhores da China, então é muito concorrido. Ano passado, ficou famosa no weibo a história de um menino da província de Fujian que não conseguiu atingir a nota pra entrar nessa universidade. Ele ficou tão decepcionado com o resultado que não quis mais viver e se jogou da ponte Nanpu. Morreu afogado no rio."

Não consigo nem disfarçar meu choque, mas antes que eu pudesse falar qualquer coisa, a menina, que percebeu minha reação, tentou justificar a atitude do rapaz.

"É, mas o caso dele era diferente. Os pais não tinham tantas condições financeiras quanto os nossos, por exemplo. Ele sentia que era a única esperança de dias melhores pra família. Filho único com a mãe doente, o pai o pressionava muito pra passar numa faculdade boa e começar a trabalhar pra ajudar em casa. Eu não entendo muito bem disso, mas parece que o sistema de segurança social da China ainda não é muito bom, então em famílias carentes, é o filho - em geral homem - que, no futuro, sustenta os pais e os quatro avós. Eu acho que foi isso que aconteceu com esse menino. Quando soube que ele não tinha conseguido entrar na Fudan, o pai se enfureceu e falou pro filho que ele o havia decepcionado. Falou que o menino era um fracasso e que ele se sentia envergonhado porque o único filho não tinha conseguido realizar a única tarefa que ele se dedicava a fazer. O garoto não aguentou ver o sofrimento da família e resolveu tirar a própria vida."

A essa altura já estou quase chorando. Depois de um longo suspiro, pergunto: "Mas a vida de todos os estudantes chineses é assim? Vocês não fazem nenhuma atividade de lazer?"

"Sim. A gente joga badminton, ping pong, anda de patins e bicicleta nos parques. Sempre que é aniversário de algum colega de sala, trocamos presentes e comemoramos depois da escola. Normalmente vamos pra algum restaurante, pro cinema ou pro karaokê. A nossa vida não é ruim. Nas férias, a gente viaja com nossos pais dentro da China ou pro exterior. Algumas vezes, podemos levar algum amigo ou amiga junto. Eu encaro isso como apenas uma fase. Como ele falou, depois que a gente entrar na faculdade, tudo vai ficar melhor. Seremos mais independentes, vamos poder trabalhar, sair com mais frequência, diminuir as aulas particulares, enfim. Esse garoto que se suicidou não teve tanta sorte como nós que moramos na cidade grande. Me parece que existe uma espécie de cota pro gaokao, e nós, que já moramos em Xangai, temos uma nota de corte menor pra entrar em universidades locais, se comparado aos estudantes vindos de outras províncias. Mais uma vez, eu não sei detalhes de como funciona, mas acho que a regra muda de acordo com a província ou a origem dos alunos. Sei que estudantes de algumas minorias étnicas ou filhos de trabalhadores rurais ou imigrantes também podem tirar notas menores. Pelo menos eu acho que sim."

"Mas mesmo se eles puderem tirar notas menores, eu acho que é bem mais difícil pra um estudante vindo de outra província conseguir entrar em uma universidade de Pequim ou Xangai, do que nós que já moramos aqui. Justamente por isso, em algumas províncias, os horários escolares também são muito mais puxados do que os nossos. Na escola Hengshui, em Hebei, por exemplo, eu sei que eles têm aula de cinco e meia da manhã até as dez da noite e só têm um dia de folga por mês. Mas os alunos de lá quase sempre são bem-sucedidos no gaokao e vão parar nas melhores universidades chinesas."

"Mas até em Xangai tem umas escolas com horários puxados assim. A gente tem é sorte de não precisar estudar nelas."

"Existir existem, mas as escolas daqui que têm a carga horária muito pesada normalmente são específicas pra alunos que têm problema com disciplina. São mais focadas em ensinar os estudantes a obedecerem regras do que em passar no gaokao."

Tentando me beneficiar ao máximo dessa overdose de informação, continuo: "Escola de disciplina? Como é isso?"

O namorado continua: "É porque na verdade, não é todo mundo que pensa como nós dois e que tem medo de desonrar os pais. Eles não são maioria, mas tem muito jovem que não liga pra isso e que tem um problema sério em seguir regras. Talvez foram crianças muito mimadas, acostumadas a terem tudo e a dar as ordens na casa. Ou então foram criados com os avós enquanto os pais trabalhavam em fábricas. Daí a medida que vão crescendo, não conseguem se adaptar às rotinas da escola e têm problemas em obedecer aos professores, enfim. Na minha sala mesmo tinha um garoto assim. Ele não parava quieto. Todos os dias arrumava confusão com alguém, gritava, fazia piada com todo mundo, até com os professores. Daí chegou um dia que a diretora chamou os pais e disse que não aceitaria mais ele lá, enquanto o menino não aprendesse a obedecer regras. Ela então indicou uma outra escola específica pra isso e os pais transferiram o garoto pra lá."

"Eu só não sei como é que se ensina isso na escola..." a namorada completou.

"São escolas de treinamento. Eu também não sei direito, mas ouvi falar que é tipo treinamento militar, com horário pra dormir, acordar, fazer exercícios, estudar. E parece que os alunos também ajudam a limpar as dependências do colégio, tipo o banheiro, o quarto deles, enfim. Sei que moram na escola e que os horários também são bem puxados."

Será que fazia sentido o que eles estavam falando? Se fosse verdade, esses estudantes não tinham vida social nenhuma. Viviam pra ingressar numa universidade, ou pra aprenderem a obedecer regras. Fiquei pensando nas consequências desse sistema, tanto pra vida desses meninos, como pra sociedade chinesa como um todo. Meu lado brasileiro não acredita que seja saudável que um jovem seja submetido diariamente a excessivas jornadas de estudo e à constante competitividade e pressão. Mais surpreendente ainda é a naturalidade com que esse casal encara tudo isso. Tentando descobrir um pouco mais, continuo a conversa: "Vocês acham justo que a nota de vocês seja menor que a dos estudantes vindos de outras províncias?"

O garoto foi o primeiro a responder: "Eu acho."

A namorada olhou pra ele e pra mim, um pouco envergonhada, e disse: "justo não é, mas eu não gostaria que mudasse."

Eu nem consegui falar nada. Sem querer, já caí em julgamento nos meus primeiros dias de China. É só a minha primeira impressão, mas esse país já me parece tão ambíguo e complexo que eu não sei se algum dia eu vou ter capacidade de compreender. Quanto mais eu descubro, mais eu percebo que não conhecia nada da China do meu pai. Aliás, nem sei se a China que estou vendo agora ainda é a mesma China do meu pai. Provavelmente não. Quanto mais eu escuto histórias como essa, mais eu percebo o quão misterioso é esse lugar e o quanto eu sou ignorante. E por mais absurda que seja uma situação, por mais que eu discorde dela, consigo entender que há uma lógica por trás. E tudo isso me causa um certo fascínio que eu não consigo explicar muito bem. Parece que a menina chinesa que morava escondida em algum lugar dentro de mim, está aos poucos tomando vida e redescobrindo sua origem.

Resolvo fazer mais uma pergunta, mas dessa vez mais leve, pra matar a minha curiosidade e encerrar o assunto: "Por que vocês estão estudando aqui na McDonalds? Não seria mais confortável ir pra uma biblioteca ou pra casa um do outro?"

"A gente gosta de vir pra cá. Tem mais colegas da nossa escola que vêm também. Às vezes, a gente traz algum jogo e fica horas por aqui."

O menino respondeu. "E hoje depois da aula, me deu uma fome... Então resolvi chamar minha namorada pra vir comigo e, enquanto lanchávamos, poderíamos revisar o que estudamos hoje na escola."

"É comum estudar na McDonalds. E isso não vale só pra estudantes do ensino médio, mas pra universitários também. Quando a gente entra na faculdade, normalmente moramos dentro do campus, nos dormitórios estudantis. E nos dormitórios, os alunos normalmente precisam dividir quartos pequenos com outros colegas, então muitas vezes, perto dos exames, é comum encontrar estudantes universitários estudando de madrugada na McDonalds pra não incomodar os seus vizinhos de quarto. Muitas vezes eles acabam caindo no sono por cima dos livros, mas em geral funciona. Como as lanchonetes são abertas por 24 horas, a gente pode vir estudar a qualquer hora. E aqui é um lugar confortável também. Se sentir fome, pode comprar um lanche, se sentir sono, um café. Tem aquecedor no inverno, ar condicionado no verão. Não é tão mal."

Após ouvir essa última explicação, me despeço do casal e vou embora com a sensação de que esse foi o melhor lanche da McDonalds que eu já tive em toda a minha vida. Eu ainda queria perguntar tanta coisa pra eles, mas sabia que os dois precisavam voltar a estudar e eu também já estava exausta com tanta informação que eu havia recebido em meu primeiro dia. Não preciso ir com tanta sede ao pote. Ainda vou ter tempo pra descobrir mais.

* * *

Ao entrar no hostel, a moça da recepção me chama: "Com licença, você é a senhora Jade Li do quarto 208?"

"Sim, sou eu."

"Chegou uma correspondência pra você. Você pode assinar aqui, por favor?."

"Claro. Deixa eu aproveitar pra te fazer uma pergunta: você saberia me dizer porque eu não consigo acessar o Google ou o gmail? É algum problema na internet do hostel ou do meu celular?"

"Na verdade, é um problema na internet de toda a China. O acesso a alguns sites é bloqueado pelo governo, inclusive o Google, o Facebook e o Youtube. Por isso nós chineses acabamos criando as nossas próprias redes sociais, como o Weibo, o Weixin ou o Youku. Você só vai conseguir ter acesso a esses sites ocidentais, se instalar um VPN no seu telefone ou no seu computador."

Lembrei do casal na McDonalds falando sobre esse Weibo. Eu queria conseguir ler em chinês pra ver o que eles comentam por lá. Tenho certeza que deve ser interessante. "O que é esse VPN?"

"É uma espécie de software que cria um novo endereço de IP no seu computador e você passa a acessar a internet como se estivesse em um outro país."

"Mas isso é legalizado?"

"Sim. Existem algumas empresas que oferecem o serviço e você pode pagar mensalmente. Eles vendem pacotes de um mês, dois meses, um ano, acho que até de um dia. Talvez um desses fosse interessante pra você."

Mais outra grande contradição. Como é possível que o acesso seja proibido, mas essas empresas sejam legalizadas? De qualquer forma, pelo menos agora eu consigo entender o porquê da minha internet ser limitada, mas não vou perder meu tempo tentando resolver isso. Vou ficar poucos dias por aqui e no final das contas, um período sem Facebook pode ser até bom pra desintoxicar do vício. Me voltei pra recepcionista: "Tá bom. Obrigada pelas informações e pela minha correspondência. Boa noite."

Eu estou tão feliz. Tenho certeza que esse envelope é o documento de permissão pra viajar pro Tibete que a agência me enviou. Corro pro quarto, sento na cama, abro a correspondência e confirmo que é mesmo o documento. Acendo um incenso em agradecimento a Deus, retiro o vasinho com as cinzas da mamãe de dentro da mochila e começo uma conversa com ela:

"Bem que você me disse que ia dar tudo certo, mamãe. O visto acabou de chegar. Amanhã de manhã eu vou na estação de trem buscar a minha passagem pra partir no dia seguinte. Estou bem mais tranquila agora. Mesmo sem a senhora estar fisicamente comigo, te sinto por perto o tempo inteiro e agora já estou bem menos assustada com a jornada que vou enfrentar. Você viu tudo que eu vi hoje? Foi incrível, não foi? E é só o começo. Eu já nem lembrava de quando fora a última vez que eu havia experimentado alguma coisa pela primeira vez. Deve ter sido quando eu era pequenininha. Eu tinha esquecido do quanto essa sensação é boa. Eu me redescobri um pouco. Senti que alguma coisa fez com que eu me reconectasse com a criança que um dia eu fui. Talvez tenha sido justamente o fato de estar vendo um novo mundo pela primeira vez. É uma sensação ao mesmo tempo fascinante e assustadora. Fascinante pela oportunidade de cruzar o caminho de pessoas interessantes, culturas diferentes, expandir os sentidos e a percepção. Mas também assustadora, porque quando saio da minha zona de conforto também fico frente a frente com meus maiores medos, limitações, desafios e preconceitos. Eu percebi o quanto eu era ignorante em relação ao país de vocês. Eu não sabia nada sobre a China, mamãe. Mas tentei me abrir pro desconhecido. Acho que assim vou aprender mais sobre você e o papai, sobre mim e, consequentemente, sobre os outros. Depois que você partiu eu conheci o meu lado obscuro, e ainda estou sofrendo muito. Mas a partir do que comecei a viver aqui, decidi que quero treinar meu olhar para que, durante essa viagem, ele seja cada vez mais próximo ao da minha criança. Assim, vou me tornar mais tolerante com o diferente e uma boa aprendiz. Quero tirar o máximo de proveito de todas as experiências que me aguardam, inclusive as mais doloridas. Obrigada por ter me dado essa oportunidade. Obrigada por ter me feito atravessar o mundo e assim, enfrentar meus fantasmas, mamãe. Obrigada por estar perto, mesmo quando já não está mais no mesmo plano que eu. Obrigada por ter sido tão sensível e visionária a ponto de perceber tão cedo o quanto eu precisava passar por isso pra me entender, me aceitar, e aceitar a sua perda. Ainda lamento a impossibilidade de olhar pra esse mundo novo junto com você, mas acredito que, aonde quer que a senhora esteja, está me observando e acompanhando as transformações do meu olhar. Eu tive uma ideia, mamãe. Amanhã eu vou te levar pra ver Xangai comigo. Quando eu acordar, vou te colocar na minha mochila e vamos juntas buscar a minha passagem na estação de trem. De lá, te levo pra passear na cidade do papai. Agora eu vou tomar um banho e descansar porque estou caindo de sono. Eu te amo. Boa noite e até amanhã. Descansa, porque amanhã teremos um longo dia."

* * *

Enquanto tomo café da manhã, folheio um guia lonely planet de Xangai que peguei na recepção do hostel. Está me servindo de inspiração pra fazer um minirroteiro do que vale a pena visitar na cidade em meus últimos momentos aqui. Acho que os livros disponíveis na estante da recepção são doações de hóspedes, porque alguns deles têm anotações, textos sublinhados, desenhos, marcadores de livros e outros traços pessoais. Agora mesmo, por exemplo, acabo de encontrar dentro do lonely planet, uma fotografia rasgada ao meio com o rosto de uma garota ruiva estampado.

Ela é linda. Deve ter uns vinte e um ou vinte e dois anos. Abaixo dos enormes olhos azuis, sardinhas dão ao seu rosto, de traços finos e bem desenhados, um ar alegre, reforçado pelo sorriso largo. Acho que a câmera captou um momento de felicidade. O cabelo alaranjado natural é mais comprido do que os limites da fotografia. A foto original parece ser um retrato de duas pessoas abraçadas, mas não dá pra reconhecer nada da outra pessoa. Quem a rasgou fez questão de desaparecer com qualquer rastro da segunda figura. No verso há uma dedicatória escrita em inglês, mas eu também não consigo decifrar a mensagem, já que as frases estão cortadas ao meio. Essas são as únicas palavras que pude ler na metade da foto que está em minhas mãos: "A gente é demais! Essa (...) viagem de todas (...) por ser tão (...) pessoa e (...) muito. O (...) pra nós e (...) ser a (...)."

Estou imaginando quem pode ter escrito a mensagem. A garota ruiva ou a pessoa do lado? Quem rasgou o retrato e porque teria feito isso? Um momento de raiva, talvez? Uma decepção? Um ato de impulso? Passo uns cinco minutos observando e especulando sobre aquela fotografia e a mensagem no verso. Em um ato de impulso, acabo fazendo algo que normalmente eu sei que não faria: guardo a fotografia rasgada dentro da minha mochila e a carrego comigo pro meu passeio por Xangai.

* * *

Finalmente resolvi me aventurar no metrô de Xangai pela primeira vez. Por sorte, o meu trem parte da Shanghai Huoche Zhan, a mais centralizada das três estações de trem da cidade. Ela fica convenientemente localizada a apenas três estações da Praça do Povo, o metrô mais perto do hostel e também o mais movimentado. Eu não quero arriscar buscar a passagem amanhã antes do horário de partida, porque se acontecer algum imprevisto, tenho medo de perder o trem. Acho melhor conhecer o lugar primeiro, e ter uma ideia de quanto tempo eu levo pra chegar do hostel até lá. Eu nunca viajei de trem na vida, então não tenho a menor noção de onde esperar o embarque ou como localizar a minha plataforma, por exemplo. Hoje vai ser o meu teste. Não quero que nada dê errado amanhã.

Na estação de metrô da Praça do Povo, três linhas diferentes se encontram, e o caminho pra trocar de uma para a outra parece um labirinto com passagens subterrâneas, comércio e muita, muita gente. Hoje é segunda feira de manhã e a estação está lotada. Me sinto em um formigueiro humano. Todo mundo parece estar com pressa e ocupado, falando ao telefone, lendo jornais ou mexendo em seus celulares e tablets. Ninguém parece olhar ao redor ou perceber a presença das outras pessoas. Eu observo e me sinto sozinha de novo em meio à multidão.

Descubro aqui, mais uma vez, que fui agraciada pela boa localização do hostel. Não vou precisar nem trocar de linha pra chegar ao meu destino. É tudo bem sinalizado e cada linha tem uma cor e um número diferente, então mesmo sem conseguir ler os caracteres, ainda é possível aprender rapidamente como se locomover no metrô. A logística dos chineses realmente me impressiona. Amanhã eu vou entrar em um trem que vai atravessar o país inteiro, percorrendo quatro mil e quatrocentos quilômetros em dois dias. Também com tanta gente, é realmente necessário encontrar soluções pra desafogar o trânsito e ajudar as migrações.

Chego rapidinho na estação de trem, que também abriga uma das maiores estações de troca do metrô. É tudo enorme. Como no maglev, há um controle de segurança na entrada. Todas as pessoas precisam depositar suas bagagens e pertences em uma esteira que passa por um raio-x. Ao aproximar a minha vez, um homem fura a fila na minha frente e sai às pressas. Eu nem reclamei porque imagino que ele esteja atrasado pra pegar seu trem e pelo que percebi, as pessoas não respeitam muito as filas por aqui.

Paro num balcão de informações pra descobrir onde devo recolher a minha passagem, mas ao abrir a mochila sinto a minha pressão sanguínea cair abruptamente. Acho que vou desmaiar.

"O que houve, menina? Você está bem?" A recepcionista me pergunta.

"Não. Alguém trocou de mochila comigo." Nesse momento, caio num pranto desesperado, de quem acabou de perder o bem mais precioso que possui. Maldita hora que eu tive a estúpida ideia de trazer o vaso com as cinzas da minha mãe. Como eu posso ter sido tão burra e desatenta? Como eu não vi isso acontecer? A minha mochila era preta, comum. Não tinha nada que a diferenciasse de outra mochila preta, comum. Nenhum broche, nenhum chaveiro pendurado no zíper, nada. Ela parecia muito com essa que eu estava carregando agora. Deve ter sido o homem que furou a fila na minha frente. O que eu vou fazer? Meus documentos estão todos lá, inclusive o meu passaporte e o visto pro Tibete. A minha mãe está lá. Me perdoa, mãe. Por favor, me ajude a te recuperar.

"Calma, moça. Toma um pouco d'água e me conta o que aconteceu. A gente anuncia no alto-falante da estação, depois que você me contar."

Eu me esforcei pra tentar falar em meio a soluços e lágrimas: "Quando eu estava passando no controle de segurança na entrada da estação, um homem de uns trinta e cinco anos cortou a fila na minha frente e saiu como se estivesse atrasado. Eu acho que foi ele que trocou as mochilas. A minha é parecida com essa. Uma mochila preta, comum."

"O homem era chinês ou estrangeiro?"

"Chinês. Acho que deve ter algum documento dele aqui dentro, né?"

"Isso. Exatamente. Vamos encontrar um documento e anunciar seu nome no alto-falante da estação. Fica calma. Pode ser que a gente consiga localizá-lo. E se não conseguirmos, vamos dar um jeito de providenciar a sua passagem. Não precisa ficar assim."

"Não, não, não. Você não está entendendo. A passagem é o de menos. Eu carregava a coisa mais preciosa que possuo dentro da minha mochila. Eu não posso simplesmente perdê-la. Nós temos que encontrar esse homem, por favor, eu te imploro. As cinzas da minha mãe estão lá dentro. Eu preciso recuperá-la."

"Eu sinto muito. Vamos fazer o possível, tá bom? Mesmo se ele estivesse atrasado pra pegar o trem, ele não vai conseguir embarcar sem a passagem, então vamos torcer pra que ela esteja dentro dessa mochila."

Eu começo a rezar e a suplicar pra todos os Deuses e santos me ajudarem a encontrar a minha mãe. Peço a intercessão dela pra que a passagem do homem esteja dentro da mochila. Peço perdão por ter sido tão desatenta e por ter trazido as cinzas até aqui. Me sinto tão impotente. Minhas orações e choro são interrompidos pela boa notícia da recepcionista: ela havia encontrado a passagem e os documentos do homem.

"Atenção, senhor Hong Wei, favor comparecer ao balcão de informações da ala norte, primeiro andar da estação de trem de Xangai. Favor não embarcar no trem número T132 com destino a Dalian, pois uma das bagagens do senhor foi trocada com outra passageira. Temos a sua passagem e documentos em mãos. Favor comparecer com urgência no balcão de informações do primeiro andar, ala norte da estação de trem de Xangai, senhor Hong Wei."

Os minutos passam lentamente, como se fossem horas, e eu estou cada vez mais aflita. Me perdoa, mamãe. Eu jamais poderia imaginar que uma coisa dessas aconteceria. Tudo o que eu queria era acabar logo com isso e pegar a minha mochila com as cinzas da minha mãe de volta. Mas e se ele tivesse entrado no trem mesmo assim? E se eu perdesse o meu passaporte e o visto pro Tibete? Como é que eu conseguiria resolver isso aqui na China? Como eu faria pra voltar pra casa? Porque eu tinha que ser tão desatenta? Que agonia.

Depois de aproximadamente meia hora e da recepcionista ter anunciado umas três vezes, eu já havia perdido as esperanças e secado as lágrimas. Até que o homem aparece com a minha mochila e eu começo a rir e chorar ao mesmo tempo. Não me contive e corri pra lhe dar um abraço. Ele estranhou, se esquivou e ainda deu uma resmungada. Literalmente me ignorando, voltou-se para a recepcionista e começou a conversar com ela em xangainês, o dialeto local que eu não entendo. Dá pra perceber que ele está explicitamente com raiva, como se eu que tivesse furado a fila e cometido a estupidez da troca. Puxei então a minha mochila da sua mão e, morrendo de medo e ansiedade, abri. Graças a Deus, mamãe ainda estava lá. O meu visto e meus documentos também. Ele não havia mexido nem na minha carteira. Meu dinheiro continuava intacto e até a foto da moça ruiva ainda estava na mochila. Eu não sabia como agradecer ao universo por ter me trazido tudo de volta.

A moça entregou os seus pertences, também intactos, e ele partiu, sem nenhum sorriso ou palavra de agradecimento. Sem nenhum olhar de compaixão por mim. Eu perguntei o que eles haviam conversado e ela me explicou que o homem estava especialmente aborrecido porque Dalian, seu destino, fica no extremo Norte da China, quase na Rússia, e a viagem de trem dura vinte e quatro horas. Ele tinha urgência em voltar, porque sua esposa e três filhos estavam passando necessidade em casa, enquanto esperavam seu retorno. Ele havia perdido o emprego recentemente em Dalian, cidade da esposa, e veio pra Xangai, sua cidade natal, tentar encontrar um novo ganha pão. Pelo que ela me disse, parece que, através de algum guanxi ou o famoso "quem indica" brasileiro, ele já conseguiu um novo emprego, mas precisa começar o quanto antes. Ele estava indo hoje pra Dalian pra buscar a família e organizar a mudança pra Xangai. Mas com a confusão das mochilas, ele acabou perdendo o único trem diário pra essa cidade. Agora ele vai ter que esperar até amanhã pra viajar e só vai conseguir chegar em casa na quarta feira.

Eu lamentei a situação do homem, mas estava tão feliz por ter recuperado os meus pertences que não quis deixar ser contaminada por uma energia negativa. Agradeci inúmeras vezes pela ajuda da recepcionista e fui buscar minha passagem. Deu tudo certo. Agora eu estou com a passagem e a minha mãe em mãos e a única coisa que eu penso em fazer é agradecer. "Acho que a senhora queria mesmo passear, né, mamãe? Mas eu espero que esse tenha sido o único susto que eu vou passar nessa viagem. Por favor, não faça mais isso comigo, tá bom? Como se tivesse sido sua culpa, né? Estou brincando, mamãe. Eu sei que não foi. Agora já sei como é a sensação de ter algo valioso em mãos e deixá-lo escorrer por entre os dedos. Acho que precisamos agradecer e celebrar. Começaremos agradecendo."

* * *

O sino soou três vezes no momento em que pisei no Templo Cidade de Deus, o Chenghuang Miao, localizado na parte antiga de Xangai. Por fora, um imponente prédio de arquitetura tradicional chinesa. Por dentro, o forte cheiro de incenso ajuda a compor a aura espiritual formada pelas inúmeras estátuas e pinturas douradas, de espíritos guardiões e de deuses. A área é bem grande e o templo é divido em diferentes salões cobertos, um pátio e dois jardins. É tudo muito lindo. As paredes, a fachada e o telhado parecem ter sido esculpidos há séculos. É como pisar em anos de história. No centro, o sino enorme e pesado de bronze, acabara de ser tocado por um monge vestido com um sári vermelho e amarelo. Espalhadas pelo pátio, pequenas tochas ou espécies de lareiras abrigam as cinzas dos incensos queimados pelos monges e pelos visitantes.

Passo alguns minutos em silêncio contemplando a beleza do lugar e deixando o cheiro de incenso me invadir. Enquanto observo, imagino a quantidade de mãos que devem ter sido utilizadas para construir tamanha obra. Sinto paz. Ao fechar os olhos, penso no susto que passei esta manhã e, instantaneamente, um nó na garganta explode em lágrimas de felicidade por ter recuperado o meu mais precioso bem. Respiro fundo. Olho pro lado e vejo uma senhora curvando-se repetidas vezes em frente a uma das esculturas. Ela parece concentrada em suas preces.

Resolvo me aproximar do monge que acabara de tocar os sinos e pedir-lhe uma benção pra minha viagem, antes de queimar um incenso em agradecimento por ter encontrado as cinzas da mamãe. "Com licença, será que o senhor poderia me conceder uma benção ou pelo menos me indicar se aqui no templo há alguma estátua do Buda de proteção e superação do medo? Eu trouxe frutas e incenso para ofertar." O monge interrompe sua caminhada em direção a um dos salões e me responde gentilmente.

"Me desculpe, minha querida, mas acho que você confundiu os templos. Eu posso te dar uma benção, mas aqui não é um templo Budista. Somos Taoístas."

"Ah, então aqui não é um templo Budista?." Eu fiquei surpresa, mas pra mim não faria muita diferença, já que considero a fé mais importante do que a religião. Qualquer oração ou benção pra minha viagem são bem-vindas. Eu só quero me sentir protegida de qualquer mal, sentir menos medo e pedir pra que as cinzas da minha mãe não desaparecessem nunca mais.

"Não. Esse templo foi construído em homenagem a Qin Yubo, um sábio professor Taoísta. No salão da frente, você pode ver a estátua dele. Após a sua morte, no início da Dinastia Ming, Qin Yubo foi considerado divindade pelo imperador da época, devido à sua integridade moral. Ele havia recusado um convite para ser oficial da corte, por não concordar com um sistema político corrupto. O imperador então lhe concedeu a missão de proteger Xangai e, desde a sua morte e transformação em divindade, no século XIV, que Qin Yubo vem sendo o guardião da cidade. Esse é o seu templo, que guarda mais de quinhentos anos de história."

Uau. Um professor foi considerado divindade após a sua morte por não ter se deixado corromper. Que disparidade em relação à sociedade brasileira. Mas é melhor nem entrar nesse assunto. Apesar do meu interesse em descobrir mais sobre a história do professor e de Xangai, foquei minha próxima pergunta, mais uma vez, na religião:

"Mas se o templo é Taoísta, porque tem algumas lojinhas ao redor vendendo artigos budistas?"

"Porque o Taoísmo, junto com o Budismo e o Confucionismo é um dos três ensinamentos filosóficos que, ao longo da história, acabaram moldando as crenças e o comportamento dos chineses. Nossas religiões ou filosofias de vida não são excludentes. Qualquer pessoa, de qualquer crença, pode visitar o nosso templo. Por isso, apesar de sermos Taoístas e você, possivelmente ser Budista, nada impede que você faça suas orações e ofertas por aqui. Esse é, inclusive, um dos templos mais frequentados entre os moradores de Xangai, independente da religião praticada. A maioria vem aqui pra pedir proteção, saúde e dinheiro."

Mais uma vez eu me senti quase envergonhada pela minha ignorância. Eu nem sabia que existia templo Taoísta, apesar de agora parecer um pouco óbvio, partindo do princípio que existe templo Budista e Confucionista. De qualquer forma, eu estava feliz por estar conversando com um monge e aprendendo um pouco sobre a história das religiões na China. "Mas muita gente pratica o Taoísmo em Xangai?"

"Na verdade, os chineses, de um modo geral, não são muito religiosos. Há, inclusive, uma grande quantidade de pessoas, em especial os mais jovens, que se declaram ateus. Como eu disse, muita gente vem ao templo pra pedir sucesso profissional e dinheiro. Muitos hoje em dia usam a fé mais pra pedir do que pra agradecer. Eu não saberia quantificar os praticantes do Taoísmo, do Budismo, do Confucionismo, ou até mesmo do Cristianismo na China, mas a minha impressão é de que religião não é necessariamente uma prioridade no país, apesar da maioria do povo ainda seguir determinadas crenças e superstições."

Com isso eu me identifiquei. Agora estava melhor explicado o porquê de na minha casa a gente não seguir uma religião exclusiva. Temos um altar no qual misturamos elementos da nossa fé, e é ali que fazemos orações, oferendas e queimamos incensos. Nesse altar tem imagens de Budas, bandeirinhas de oração e até algumas imagens de santos católicos que ganhamos de alguns pacientes brasileiros.

Mas mesmo com toda essa diversidade, eu nunca tinha ouvido falar na divindade protetora de Xangai, o sábio Qin Yubo. Aliás, nem sabia que Xangai possuía sua própria divindade protetora. E menos ainda, que este seria Taoísta. Talvez por minha mãe ser tibetana, eu tendia a acreditar que o Budismo era mais popular na China. Mas pelo que o monge falou, nenhuma religião é tão popular por aqui. Fiquei imaginando quais seriam as razões pra isso e acabei criando coragem pra perguntar: "Mas por que o senhor acha que os chineses não são tão religiosos?"

"Acho que essa tendência se originou a partir da Revolução Cultural, que, na época, baniu qualquer prática religiosa."

"E por que as religiões foram banidas durante a Revolução Cultural?"

Pela reação do monge, percebi que havia feito uma pergunta indiscreta e que ele não estava disposto a responder. Mudando de assunto, ele me convidou a acompanhá-lo até um dos salões para receber a benção. Eu o segui e expliquei pra ele as minhas motivações: "Eu gostaria, mais uma vez, de te pedir uma benção, tanto para mim quanto para as cinzas da minha mãe, que carrego aqui comigo. Nós vamos fazer uma longa viagem juntas e não quero que nenhum mal da alma ou do corpo nos atinja. Mas não se preocupe que não vim só pra pedir. Quero principalmente agradecer pela graça que consegui hoje. Por aproximadamente meia hora eu sofri acreditando ter perdido esse vasinho com as cinzas dela, mas graças a Deus, consegui recuperar. Estou em estado de graças, pois isso é o que possuo de mais precioso."

O monge me ouviu com calma, segurou minhas mãos com sua mão direita, enquanto a esquerda tocava a minha testa por três vezes num movimento de limpeza, para espantar os maus espíritos. Enquanto fazia isso, ele pronunciava um mantra que eu não entendia o significado.

Quando acabou, o monge retirou um de seus braceletes de madeira do pulso e ofereceu a mim.

"Leve essa pulseira com você, minha filha. Fiz uma oração sobre ela para que corra tudo bem em sua jornada. Ela é também um escudo contra espíritos malignos. Mas saiba que você poderá ainda passar por momentos difíceis e que te causarão medo. Quando isso acontecer, o importante é não perder a fé e ter a certeza de que você está exatamente aonde deve estar. A viagem vai te ajudar a te transformar em quem você deve ser. Mesmo que não as compreenda, receba de mãos abertas e coração puro, todas as surpresas que surgirão no caminho. Nada é permanente. Muito menos a dor. Siga o caminho do meio e, ao final, você vai entender."

Agradeci suas bênçãos e segui minha caminhada pela cidade antiga de Xangai, em direção ao Yu Garden, ou Jardim da Felicidade. Tanto o templo como o jardim estão localizados aqui nessa área completamente diferente do moderno Bund, mas não menos notável. Essa é a primeira vez, desde que cheguei aqui, que estou verdadeiramente me sentindo na China que permeava a minha imaginação. Por todos os lados, há prédios de arquitetura tradicional chinesa, pagodas que parecem ter sido construídas há séculos atrás, shikumens – os casarões antigos típicos de Xangai. Em cada um deles, a riqueza dos detalhes esculpidos em paredes e telhados, forma uma poesia visual, uma sinfonia petrificada. Quanto tempo teria sido necessário pra realizar uma obra dessas? Alguns desses prédios devem ser mais velhos do que o Brasil.

Ruazinhas estreitas cortam os prédios imponentes com milhares de lojinhas vendendo artesanato e lembrancinhas chinesas. É possível encontrar de tudo, de sombrinhas a pérolas, passando por antiguidades, leques, seda, jogos de chá e de kuaizi, artesanato feito em papel e bambu, quadros de caligrafia, bloquinhos de anotação, enfim. Tudo muito lindo. Além dos souvenires, o lugar também é cercado de restaurantes e casas de chá. Mas apesar da quantidade de atrações, depois da benção do monge, o que eu mais quero é um lugar quietinho e tranquilo, então eu vou direto pro jardim.

O Yu Garden é cercado por um muro alto que não me permite ver nada do jardim pelo lado de fora. No topo do muro, o corpo de um dragão esculpido em pedra, o contorna até chegar à entrada principal, decorada com a cabeça do animal. Atravessá-lo é como entrar em um portal que separa as barulhentas ruas de comércio da cidade antiga com um cenário pitoresco e zen. A área murada é ocupada por salões, jardins ornamentais e floridos, árvores centenárias, bambus, lagos, pontes, muros com pequenos portais redondos, e caminhos de pedras, cortando a paisagem. Tudo preserva os traços da arquitetura clássica de quando o jardim foi construído, ainda na Dinastia Ming, no século XV.

Em meio a essa paisagem bucólica, uma pedra gigante, com mais de três metros de altura e cinco toneladas, de jade natural. Eu fiquei particularmente tocada ao ser surpreendida por aquela imensidão diante de mim, pois a minha família sempre acreditou no poder auspicioso da jade. Meu próprio nome é uma homenagem à pedra. Sentei em um coreto pertinho dela e fiquei ouvindo o som da água que corria no riozinho, enquanto a contemplava e pensava em tudo o que eu havia passado nos últimos dois dias. Tirei meu livro da mochila e, antes que terminasse de ler a primeira página, caí no sono. Ali mesmo, no banquinho do coreto do Yu Garden.

"Mei nv, me desculpa, mas vou ter que interromper o seu sono. Estamos fechando o jardim. Reabrimos amanhã, às oito e meia da manhã." Abri os olhos assustada e, ainda perdida, sem saber direito aonde estava, praticamente pulei do banquinho. Maldito fuso horário. Devo ter dormido no mínimo umas duas horas.

"Me desculpa, senhor. Eu já estou indo embora. Obrigada pelo cuidado em me acordar."

"Não precisa agradecer."

* * *

Ao atravessar novamente o portal pra fora do jardim, a cidade antiga já está toda iluminada. É mais bonita a noite do que de dia. Milhares de luzinhas amarelas contornam os telhados de cada uma das pagodas, lanternas vermelhas estão acesas em frente às lojas e todas as luzes refletem nas águas do laguinho localizado em frente ao portal. No centro do lago, uma casa de chá tradicional chinesa me convida de longe. Acho que essa é uma boa forma de encerrar meu dia e me despedir de Xangai.

Atravesso a ponte em formato de zigue-zague que conduz à casa de chá. Estou certa de que ela deve ter sido construída nesse formato também pra espantar espíritos malignos, já que os chineses acreditam que eles são incapazes de cruzar esquinas. Peço uma mesa no último andar, perto da janela. Daqui, consigo ver as luzes melhor. Perto de mim, um casal de estrangeiros assiste a uma tradicional cerimônia de chá chinesa. Posso ver suas expressões maravilhadas a cada movimento que a anfitriã faz para preparar e servir a degustação nos lindos jogos de chá, feitos de porcelana. Para cada chá, há um método diferente de preparo e cada um deles possui seu próprio benefício para a saúde. A anfitriã explica que o chá pu'er, por exemplo, é bom para perder peso. Marido e esposa trocam olhares e ela brinca dizendo que eles precisam comprar uma caixinha.

A garçonete se aproxima de mim: "Você gostaria de participar de uma cerimônia de chá?"

"Não, obrigada. Quero apenas uma xícara de Oolong." Enquanto degusto meu chá favorito, me despeço da cidade do meu pai e me preparo, silenciosamente, para iniciar minha jornada rumo ao Tibete.

Capítulo III
De Xangai a Nanquim ou O Trem

Até que o trem em si não é tão mal. É dividido em vagões para pessoas que querem viajar sentadas ou para as que, como eu, optam por irem deitadas. Como eu tenho mais de quatro mil quilômetros pela frente e dois dias de viagem, não quis me arriscar com a primeira opção. Dentro de cada uma das categorias, sentado ou deitado, eu ainda pude escolher entre soft ou hard, que são os assentos acolchoados ou duros. Por via das dúvidas, comprei uma cama macia, sem ter a menor ideia de como seria isso dentro de um trem. Superou minhas expectativas.

Estou em uma cabine fechada por uma porta espelhada e com tranca. No interior, quatro camas. Duas de cada lado, como se fossem beliches. Apertadinho, mas bem organizado. As bagagens são colocadas em um compartimento acima da porta, em frente às camas superiores ou embaixo das camas inferiores. Reparei que dentro da cabine tem uma espécie de interruptor com uma tampinha que, quando aberta, libera oxigênio. Li antes de vir, que esse oxigênio extra é fornecido durante toda a viagem, para evitar que os passageiros passem mal com a oscilação de altitude. Isso é bem comum, porque em algumas cidades do trajeto, atingimos mais de cinco mil metros acima do nível do mar.

Acabei de entrar na minha cabine e ainda estou me familiarizando com esse lugar que vai ser a minha morada nos próximos dois dias. Estou na cama de baixo, do lado esquerdo. Coloquei minha bagagem maior no compartimento superior, mas mantive comigo minha mochila com o vasinho da mamãe que não largo mais, meu livro, o celular, documentos, e uma bolsinha com alguns itens de higiene, já que provavelmente devo ter que passar dois dias sem tomar banho. Também deixei na mochila um cachecol, um moletom extra e um pequeno estoque de frutas, amendoim, salgadinhos e macarrão instantâneo que comprei na estação.

Acabei de perceber que não trouxe nenhuma roupa de cama. Apesar de haver um travesseiro com fronha e os colchões estarem cobertos com lençol e uma coberta, estou sem coragem de usar a roupa de cama do trem. Não sei quantas milhares de pessoas já passaram por aqui e ficaram dias viajando, deitadas nessas mesmas roupas de cama. E se tivesse alguém doente? Espero que eles lavem os lençóis com frequência. Melhor não pensar muito nisso. De qualquer forma, acho que vou usar meu cachecol pra cobrir pelo menos o travesseiro. Acho que isso já vai servir.

Não que eu seja assim tão paranoica com limpeza, mas pelo que percebi nos últimos dias, os padrões de higiene daqui são um pouco diferentes dos nossos. Minhas primeiras experiências com banheiro público, por exemplo, já se tornaram memoráveis. Em alguns lugares de Xangai, existem opções de banheiros ocidentais, com o vaso sanitário igual no Brasil, mas a maioria é padrão chinês, cujos vasos são substituídos por um buraco no chão onde a pessoa agacha por cima dele. Eu já sabia da existência desse tipo de banheiro, mas quando se vê ao vivo, é diferente. Primeiro porque quando não se está acostumada com esse sistema, pode acontecer algum acidente no meio do percurso, como sujar a roupa, ou escorregar, enfim. Ainda bem que esse não foi o meu caso. E segundo, porque os chineses não se importam tanto com privacidade quanto nós. A primeira vez que precisei usar um banheiro público em Xangai me provou isso.

Foi ontem, durante o meu passeio no Yu Garden. Lá não existe opção de banheiro ocidental, então não tive como escapar da experiência insólita de me agachar pra fazer xixi em um buraco no chão. Os banheiros normalmente têm duas ou três cabines pequenas com os "vasos" chineses no interior. Só que as cabines às vezes têm portas e às vezes não. E mesmo quando têm portas, as chinesas às vezes as fecham e às vezes não. Na minha inauguração de banheiro público chinês, por exemplo, a velhinha que aguardava na minha frente não quis fechar a porta. Abaixou as calças e agachou ali mesmo, na frente de todas as outras mulheres que se encontravam no banheiro feminino, sem o menor pudor. Nem sei dizer o que foi mais surpreendente, a falta de vergonha dela ou a naturalidade com que todas as outras mulheres agiram. Ninguém ficou olhando pra velhinha ou pareceu ter se chocado com a cena. Só eu.

Em outra ocasião, uma mulher loira e alta estava em um banheiro lotado onde eu também entrei. Todas as chinesas a encararam da cabeça aos pés, como se estivessem com vontade de interagir ou de descobrir se ela era real. Após a estrangeira entrar em uma cabine privada, cuja tranca estava quebrada, uma chinesa que aguardava na fila chegou a empurrar a porta encostada, numa tentativa de observar a mulher, enquanto gritava para as outras que aguardavam na fila: "laowai, laowai", expressão que eles usam pra denominar os gringos. A moça loira obviamente puxou a porta de volta e, quando saiu, demonstrou estar incomodada e desconfortável com a situação. Confesso que fiquei com vontade de rir do absurdo da situação, mas me contive. Duas adolescentes, então, quebraram o silêncio constrangedor, rindo e falando hello pra estrangeira. Ela deu um sorriso amarelo, respondeu ao cumprimento enquanto lavava as mãos, e rapidamente saiu do banheiro. Como eu pareço chinesa, não cheguei a protagonizar nenhum tipo de situação assim, mas pelo pouco tempo que estou aqui, presenciei algumas cenas que me fizeram perceber a curiosidade que eles têm em relação aos estrangeiros. É uma curiosidade quase infantil, ingênua, mas que por vezes, chega a invadir as barreiras da privacidade.

Eu até me surpreendi com o fato das cabines aqui do trem terem portas, pois já tinha ouvido falar, e pude comprovar, que a privacidade não é assim tão importante em um país tão populoso quanto a China. Papai contava que na época de faculdade ele precisava dividir um apartamento pequeno no dormitório com mais cinco ou seis alunos. Eles dormiam todos no mesmo quarto e precisavam se revezar pra utilizar o único banheiro disponível. Como será que faziam pra namorar? Talvez aqui no trem, as trancas sejam mais por uma questão de segurança, já que existem trechos longos de viagem e os passageiros provavelmente terão que circular em alguns momentos, nem que seja pra irem ao banheiro ou restaurante. Eu mesma não havia pensado nisso ainda. Como vou fazer com minha bagagem quando eu tiver que sair da cabine? As portas não trancam por fora. Não sei se confio em deixar minhas coisas aqui se eu quiser dar uma volta, principalmente se vierem mais passageiros dentro da mesma cabine que eu. Pelo menos o vasinho com as cinzas vai ficar o tempo todo comigo.

O trem ainda está parado na Shanghai Huoche Zhang e os passageiros continuam embarcando e se acomodando. Por enquanto ninguém entrou na minha cabine. Espero que continue assim. Apesar da improbabilidade, preferia não ter que dividi-la, ou conversar com ninguém durante a viagem. Gostaria de me desconectar e concentrar minhas energias para a jornada dentro do Tibete. Se bem que talvez eu mude de ideia se meu parceiro de cabine for um moreno alto, bonito e sensual. Até que poderia ser uma boa distração pros próximos dois dias. Tá bom. Não sei a quem eu quero enganar. Primeiro acho difícil conhecer alguém que eu me sinta atraída nesse trem. E segundo, mesmo se isso acontecesse, porque ele se sentiria atraído justamente por mim? Um rosto comum em meio a tantos outros que se encontram aqui.

E, finalmente, ainda que eu tivesse essa sorte inusitada, aposto que a distração seria apenas pra ele, porque pra mim – a personificação da carência – ele inevitavelmente seria mais do que isso. Tenho certeza que eu me apegaria, como aconteceu com todos os outros garotos que já me envolvi, que, aliás, não foram muitos. E a última coisa que eu quero é mais uma desilusão amorosa em meio à confusão que já anda a minha vida. Não. Melhor não. Já tenho problemas o suficiente.

Como é que a minha mente pode ser tão imaginativa? Voltando para a realidade, daqui a pouco deve chegar algum vizinho de cabine. Mas o ideal mesmo seria que eu ficasse sozinha por aqui. Ainda ando com um pouco de medo de tanta mudança. Já conheci a cidade do meu pai e daqui a dois dias estarei na da minha mãe. Passo mais uma semana por lá, pego o voo de volta pra Xangai e daqui pra São Paulo. Pronto. Terei cumprido o combinado. Volto pro Brasil com a alma lavada e a consciência limpa por ter conseguido fazer a viagem que planejei com a mamãe. E fim. Nada de apegos. Por isso é bom que não entre mais ninguém nessa cabine.

"Ni hao!"

"Ni hao!" Respondi de volta ao cumprimento em chinês, enquanto me despedia das esperanças em ter a cabine só pra mim. Minha vizinha é uma chinesa, mais ou menos da minha idade. Tem um cabelo lindo, negro e até na cintura. A metade dele está preso com um laço de cetim dourado. A sua franja contrapõe à maquiagem pesada e aos cílios postiços, dando um certo ar de ingenuidade ao visual de mulher fatal. A moça é bonita, mas o exagero na produção, ao invés de realçar, ofusca sua beleza. Ela mistura vários estilos e acessórios, sexy e infantis. Ao mesmo tempo em que calça uma bota preta de cano alto e salto, sua mochila é rosa bebê, com um chaveiro da Hello Kitty pendurado no zíper. Ela veste uma blusa colada de manga comprida, meio transparente, cinza escura. Por cima, um colete grosso de pelo, com estampa de oncinha, que ela combina com uma mini saia justa vermelha e meia calça preta com detalhes prata.

Ela senta na cama em frente à minha e começa a guardar suas malas. Realmente dividiremos a cabine.

"Bù cuó!." Ela diz, elogiando a cama que acabara de se instalar, numa tentativa de puxar assunto.

"Sim, eu também achei melhor do que esperava." Nesse momento as portas do trem se fecham e finalmente começamos a viagem. Pelo que parece, seremos só nós duas na cabine. Melhor do que quatro.

"Qual o seu nome?", ela me pergunta.

"Jade."

"Jade?", ela demonstra a mesma surpresa que já estava se tornando rotineira sempre que alguém percebia que eu não era chinesa.

"Isso. Jade é a tradução de yù em português. Meus pais queriam que eu me chamasse yù porque essa pedra é muito auspiciosa aqui na China. Eles me deram esse pingente de jade quando eu ainda era pequenininha e eu nunca tiro do pescoço."

"Boa escolha dos seus pais. A jade representa sabedoria. Até Confúcio dizia que é possível encontrar onze virtudes na jade. Tem até um ditado que diz que..."

"Ouro tem o seu valor, mas o valor da jade é incalculável." Nós duas falamos juntas e rimos. "Cresci escutando isso dos meus pais."

"Exatamente. Você é realmente uma yù nv, uma moça de jade, muito bonita. Mas porque os seus pais traduziram yù pra português?"

"É que eu sou brasileira, e no Brasil a gente fala Português."

"Zen me le? Como assim? Como você pode ser brasileira e falar chinês tão bem? E você também não parece brasileira. Parece chinesa. Eu achei que no Brasil só tivesse hei ren, pessoas negras."

"Não. No Brasil tem gente de todas as cores. É um país muito diverso. E eu me pareço chinesa e sei falar bem porque meu pai era de Xangai."

"Ah... Então você também fala xangainês?"

Parece que quanto mais eu tentava explicar, mais complicado ficava. Em toda a China, o mandarim é o idioma oficial. Em praticamente todas as províncias e também no Tibete, as pessoas o aprendem na escola e são capazes de se comunicar tanto oralmente como por escrito. Mas cada província também possui o seu próprio dialeto. Meu pai, além de falar mandarim, falava xangainês. E minha mãe, tibetano. Nenhum dos dois sabia falar o dialeto um do outro, então usavam mandarim pra comunicarem entre si. E por isso, eu também não aprendi o dialeto de nenhum dos dois, apenas o mandarim.

"Não. Talvez eu saiba uma expressão ou outra, mas não falo xangainês. Minha mãe era do Tibete, então em casa falávamos mandarim. Mas na escola e na rua, eu só falava em português."

"Nossa, que legal! Uma brasileira filha de uma tibetana com um chinês. Posso ser sua amiga? Eu não tenho nenhuma amiga brasileira."

Apesar de estranhar aquela pergunta, eu achei bonitinha a abordagem ingênua dela. Era tão diferente da forma que começávamos uma amizade no Brasil. "Pelo menos durante o tempo que iremos dividir essa cabine, pode." Ambas rimos e ela estendeu sua mão pra mim:

"Muito prazer. Meu nome é Chen Si, mas você pode me chamar de Candy."

Agora quem ficou surpresa fui eu com esse apelido. "Como você prefere que eu te chame? Chen Si ou Candy?"

"Acho Candy mais bonito. Aqui na China, além do nosso nome original, quando crescemos, a gente normalmente escolhe um nome em inglês pra facilitar para as pessoas que não falam mandarim. É um pouco o que seus pais fizeram com você, né? Deve ser mais fácil pros brasileiros te chamarem de Jade do que Yù."

"Exatamente isso! Prazer, Candy!"

Uma funcionária do trem entra na cabine para conferir nossas passagens.

"Seu destino final é Lhasa?" Ela pergunta pra mim.

"Sim."

"Eu vou precisar conferir o seu documento de permissão de entrada no Tibete."

"Está aqui." Ela conferiu, confirmou que estava tudo certo e nos ofereceu alguns jornais do dia. Eu peguei um China Daily, escrito em inglês, pra hora que o assunto acabasse. Quando a moça saiu da nossa cabine, Candy me perguntou.

"Então você está indo pra cidade da sua mãe? Ela está lá? A viagem deve ser longa, né?"

"Sim. Ao todo vou passar dois dias dentro do trem. Pra você a viagem é mais curta, né? Você desce em Nanquim?" Tentei mudar o foco do assunto e parece ter dado certo.

"Isso. Está previsto pra eu chegar lá às dez da noite."

"Você mora em Nanquim?"

"Minha família e eu somos de lá. Mas eu moro em Xangai. Mudei pra cá pra estudar e trabalhar."

"E você não trabalha essa semana?

"Consegui uma dispensa do trabalho e da faculdade pra ir pro aniversário de oitenta e oito anos da minha nai nai, minha vozinha. Eles me concederam esses dias por entenderem a importância dessa idade, já que oito é um número de sorte pros chineses. Claro que eu vou ter que repor durante algum feriado ou nos fins de semana, mas eu não me importo. Fiquei muito feliz porque o meu chefe me liberou. Eu sei que meus pais estão precisando de mim, então resolvi ir um dia antes do aniversário pra ajudar nos preparativos da festa porque vai ser grande. Toda a minha família vai estar presente."

"Ah, é? E como vocês vão comemorar?"

"Meus pais vão oferecer um jantar pra família e pros amigos. Para cada convidado, precisamos comprar uma vela vermelha pra que eles acendam ao chegar, e façam uma oração pela vida da minha avó. Além de simbolizar respeito a ela, o vermelho ajuda a espantar os maus espíritos. Amanhã eu também preciso comprar uns cartazes com o caractere fu, que significa benção e riqueza. Vou pendurá-los de cabeça pra baixo nas paredes, pra atrair felicidade e sorte para a vida da nai nai. E por fim, eu ainda preciso ajudar meu pai a preparar a massa do macarrão, o prato principal a ser servido na festa, porque seu formato longo representa a longevidade que desejamos pra vida dela. Nós sempre comemos macarrão nos aniversários."

"Pelo visto vai ser uma festa linda."

"Você quer ir comigo? Você poderia descer em Nanquim e pegar o trem para Lhasa depois da festa, na sexta feira. Tenho certeza que meus pais e a nai nai adorariam conhecer minha amiga estrangeira e você vai ser muito bem-vinda na nossa casa. Obviamente eles ficariam mais felizes se eu levasse um namorado, mas como ainda não tenho nenhum pretendente que possa apresentar à família, uma amiga laowai já seria o suficiente pra distraí-los de todas as perguntas que me fazem sobre casamento, estudos, trabalho, enfim. O que você me diz? Quer ir comigo?"

"Desculpa Candy, mas eu não posso. Eu preciso continuar a minha viagem e, além do mais, acho que esse é um momento mais íntimo, que você deve passar exclusivamente com sua família. Tenho certeza que o aniversário da sua nai nai vai ser muito especial e eu adoraria ver uma festa dessas de perto, mas infelizmente eu não posso participar dessa vez." Devo confessar que eu estava curiosa sobre a história da Candy. Seu jeito infantil e espontâneo de interagir comigo e a forma com que fala sobre a família não condiz muito com o estilo sensual que se veste. E como ela me deu abertura, resolvi perguntar mais.

"Você não tem namorado?"

"Esse assunto é um pouco complicado. Sempre que vou pra Nanquim, minha família me cobra isso e diz que já está passando da hora de me casar. E até eu, quando era mais nova, sonhava em chegar na minha idade já casada, ou até mesmo com um bebê, mas as coisas mudaram depois que eu mudei pra Xangai. Já tem quatro anos que moro numa cidade bem maior que a minha e a vida é diferente. Hoje em dia eu vivo outra realidade. Trabalho, ganho meu dinheiro e estou em um relacionamento. Mas a verdade é que eu jamais poderia apresentá-lo pra minha família como um pretendente, então eu acabo preferindo enfrentar a pressão toda vez que volto pra casa."

"Mas porquê? Não seria melhor simplesmente assumir uma relação e mostrar pra sua família que não há motivo pra se preocupar com você?"

"Seria. Se não houvesse, de fato, motivo. Só que há. Meu namorado é bem mais velho do que eu. Na verdade, ele é o meu laoban, meu chefe e, pra piorar a situação, até hoje não se separou da esposa. Ele vem me prometendo isso há três anos, desde que começamos a nos envolver. Mas até hoje nada. Até que se ele não fosse casado, eu teria coragem de apresentar pra minha família. Mas desse jeito não dá."

Agora eu começo a entender o contraste que percebi na Candy. "Então você é a amante dele? Candy, você acha que ele vai realmente se separar da esposa pra ficar com você?"

"Vai. Vai sim. Essa é a pergunta que todas as minhas amigas fazem. Elas acham que não, mas eu tenho certeza que sim porque ele me ama muito e não ama a esposa. Elas dizem que estou perdendo minha juventude com um homem que sempre vai me tratar como amante. Mas eu acredito nele. Acho que só não teve coragem de se separar ainda por causa do filho. Ele acha que o garoto não entenderia e não o perdoaria nunca. Mas sempre me fala que quando o filho sair de casa pra fazer faculdade ele vai se separar pra ficar comigo e eu estou esperando pacientemente esse dia chegar, pra finalmente poder apresentar um pretendente pra minha família."

"Desculpa, Candy. Eu não te conheço muito bem, mas como você já me considera uma amiga, acho que posso te dar uns conselhos. Você é uma moça linda. Tenho certeza que pode encontrar alguém da sua idade e desimpedido. Porque precisa continuar numa relação com um homem casado e que dificilmente vai abandonar a família por você?."

"Mas eu amo ele. E ele me ama também. Ele faz tudo por mim. Me enche de presentes caros todos os dias. Me leva pra jantar. Até alugou um apartamento pra mim, para que eu não precisasse morar no dormitório com outras meninas. Eu agora moro sozinha, tenho a minha própria casa. Que garota na minha idade conseguiu conquistar isso?"

"Na verdade, você não conquistou, né? Ele paga tudo pra poder te controlar melhor. Você não consegue perceber que ele compra a sua ilusão de independência?"

"Você acha? Eu me considero bastante independente hoje em dia. No começo eu não era assim. Mas hoje tenho autonomia pra fazer minhas coisas sozinha, pra escolher minhas roupas e lugares que quero sair. Ele só me oferece uma ajuda financeira e o seu amor. É claro que não foi sempre assim. Quando comecei a trabalhar como sua secretária pessoal, eu era uma menina ingênua, de dezenove anos. Achei que a única coisa que eu deveria fazer era atender telefonemas e marcar reuniões. Mas aí, ele começou a me convidar pra ir em jantares de negócios e em karaokês com seus clientes. Nesses jantares, eu não acompanhava exclusivamente meu chefe, mas os clientes também. Pra mim, não havia nada de errado naquilo. A única coisa que eu tinha que fazer era distribuir sorrisos, regados a cerveja e baijiu, e conversar com eles quando falavam comigo. Fazia parte da minha rotina de trabalho e eu até achava divertido. Minha autoestima aumentou e eu passei a me arrumar mais, a me vestir melhor, e a ser notada pelos homens. Havia outras meninas como eu, que aparentemente eram só secretárias, mas que depois acabaram se tornando acompanhantes. Eu comecei a perceber que algumas dessas meninas eram escolhidas pelos homens e tinham que ir embora com eles. Até que um dia, um cliente do meu chefe me deu uma investida explícita durante um jantar. Ele sentou ao meu lado, não deixava o meu copo ficar vazio, e de repente começou a passar a mão na minha perna, por debaixo da mesa. Meu chefe percebeu e não gostou. Me chamou em um canto, me deu dinheiro pro táxi e falou pra eu ir embora. Ele me protegeu. Nesse dia eu percebi que já estávamos apaixonados. A partir daquele momento, ele já não queria mais que eu acompanhasse os seus clientes. Ao invés disso, começou a me trazer presentes e me levar pra jantar sozinha com ele. Foi assim que a nossa história começou. E é por isso que eu acredito que ele também me ama. Eu sou a única mulher além da esposa dele. Sou a sua xiao san."

"Xiao san? O que é isso?"

"É. A xiao san é como se fosse a segunda esposa oficial de um casal. Chamamos assim porque é a terceira pessoa entre os dois. As xiao san são comuns em várias famílias aqui na China e normalmente até as esposas têm conhecimento da existência delas."

Minha surpresa só aumenta. "Mas eu não acredito que o fato delas terem conhecimento signifique que de fato elas aprovem isso, certo?"

"É, nisso você está certa. Elas não necessariamente aprovam, mas sabem da existência. Algumas fingem não saber. É como se elas tivessem um contrato velado com o marido. Desde que eles continuem provendo pra casa, elas não se opõem às suas aventuras extraconjugais. Mas é verdade que nem todas as esposas são assim tão subservientes. Pelo contrário, algumas delas até se organizam em comunidades online pra tentarem combater as amantes na China. Mas elas têm mais problema com as er nai do que com as xiao san"

"Espera. Não estou conseguindo te acompanhar. O que é er nai?"

"As er nai também são amantes, mas há uma diferença essencial entre elas e nós, xiao san. Enquanto nós estamos com nossos homens por amor e realmente construímos uma história com eles, para as er nai, esse tipo de relação não passa de um mero negócio. Para muitas chinesas jovens, ser uma er nai é encarado como uma profissão. E aliás, uma profissão bem lucrativa."

"Ainda não entendi."

"As er nai são basicamente prostitutas sustentadas por homens ricos chineses. Em geral, homens de negócio bem-sucedidos ou políticos que gastam fortunas pra manter uma outra mulher fora do casamento. Eles oferecem a elas todo tipo de conforto e luxúria, em troca exclusivamente, de companhia e favor sexual."

"Mas não é isso que o seu laoban está fazendo com você?" A feição da Candy muda. Percebo que atravessei uma área proibida e ela realmente se sentiu ofendida com a minha pergunta. Isso gera um certo silêncio constrangedor no ambiente, interrompido por ela, alguns segundos depois.

"Pelo visto você não entendeu nada do que eu acabei de falar. Bom, de qualquer forma, não posso esperar que uma estrangeira entenda isso. Pra resumir, a diferença principal é que nós, xiao san, por mais que recebamos ajuda financeira dos nossos parceiros, não estamos com eles por dinheiro, mas por amor. Apesar de não precisar provar nada pra você, eu te falei antes e vou repetir: eu amo o meu chefe e tenho certeza que ele vai separar da esposa pra ficar comigo. Só preciso ser paciente e esperar a hora certa."

"Desculpa, Candy. Eu não quis te ofender. Só estou curiosa e você tá certa. Eu sou uma estrangeira e não sei como funciona isso aqui. De qualquer forma, te achei uma menina linda e muito interessante. No meu país, meninas como você certamente fariam sucesso com rapazes da nossa idade e não precisariam estar envolvidas com situações tão delicadas. Nunca passa pela sua cabeça a possibilidade dele não deixar a família por você e essa sua espera acabar sendo em vão?"

"Não tem problema. Eu sei que você só está tentando ser gentil, se preocupando comigo. E sim. Isso passa pela minha cabeça e me preocupa porque no fundo sei que talvez você tenha razão. É conveniente que ele tenha nós duas, né? Mas eu não sei o que fazer. Depois de um ano que eu vinha ouvindo essa promessa de separação, eu até tentei terminar, mas ele não aceitou muito bem. Me ameaçou. Disse que iria me despedir e pegar o apartamento de volta. Falou que me deixaria na rua e sem dinheiro. Eu acabei perdendo a coragem."

Que canalha manipulador. "Candy, eu acho que você merece uma história melhor. Se você for despedida, arruma outro emprego. Se ele tomar o apartamento, volta pro dormitório. Você não percebe que não tem futuro com esse cara?"

"Você já se apaixonou?"

"Acho que não. Eu sei que não sou a melhor referência pra histórias de amor. Só que não precisa ser nenhum expert pra perceber que essa talvez não seja a melhor opção pra você. A não ser que você deixe de criar expectativa e aceite a sua condição de amante. Não alimente a esperança de que algum dia você vai poder apresentá-lo pra sua família, porque provavelmente esse dia nunca vai chegar." Seus olhos enchem de lágrimas.

"Não. Eu quero muito casar com ele. Quero ter minha família. Ainda tenho esperança de que ele fique comigo. Talvez eu devesse estabelecer um prazo pra que ele tome uma atitude, né? Quem sabe assim crie coragem e me assuma? Eu até faço parte de um fórum de xiao san no weibo, onde a gente troca experiências e tenta pensar juntas em estratégias pra fazer com que eles nos assumam e tenham coragem de lutar pelo nosso amor." Ela faz uma pausa, respira fundo e, como se tivesse percebido que está se enganando, continua, "mas no fundo talvez você e minhas amigas estejam certas. Talvez ele nunca vá fazer isso. E aí a única solução pra mim vai ser encontrar outra pessoa. Mas o pior é que eu o amo. E se isso realmente acontecer, já vou ser um sapato usado... Muitos chineses ainda consideram um verdadeiro absurdo que uma chinesa não se case virgem. Tenho uma amiga que chegou a fazer uma cirurgia de reconstrução do hímen para que o seu marido, na noite de núpcias, não desconfiasse que ela também era um sapato usado. Além do mais, não consigo me ver com outra pessoa. Não sei nem como ele reagiria se eu começasse outra relação."

"Você ainda é nova. Pode se apaixonar de novo, e por uma pessoa que possa te corresponder por inteiro." Como se não estivesse me escutando, ela continuou.

"E ainda tem essa pressão louca da minha família. Eu já nem sei como reagir a isso. Muitas das minhas amigas sofrem o mesmo tipo de pressão. A gente não pode falar pros pais que não queremos casar. Eles simplesmente não entendem e não aceitam. É como ir pra um restaurante especializado em carne e dizer é vegetariano. Eles nos criaram pra isso. Para eles, essa é a ordem natural das coisas. Só que pra gente não. Para algumas mulheres, acho que a situação é até pior que a minha. As lalas, por exemplo, sofrem muito."

"Lalas?"

"É. As Lalas, sabe? Meninas que gostam de meninas. Eu conheço uma lala na faculdade, que naturalmente não tem coragem de contar pros pais. Na verdade, ela namora uma outra amiga há dois anos, mas sabe que não pode assumi-la. E como ela já tem vinte e cinco anos, a pressão da família é tão grande que ela chegou a ponto de contratar um garoto pra apresentar pros pais da última vez que os visitou em sua cidade natal."

"Ela contratou um garoto? Como assim? Onde ela encontrou alguém disposto a isso?" Toda essa história de xiao san, sapato usado e lalas só ficava mais absurda pra mim.

"É. Foi durante o último festival da primavera, quando comemoramos a entrada do ano novo no calendário lunar junto com nossas famílias. Ela contratou um rapaz um pouco mais velho pra fingir que era seu namorado e apresentá-lo para os pais. Eu ainda não tive coragem de fazer isso, mas já pensei nessa possibilidade também, porque é durante o festival da primavera que toda a família se reúne, inclusive os parentes mais distantes. Quando saímos de casa pra estudar ou trabalhar, precisamos voltar pelo menos uma vez por ano e, normalmente é nessa data. A cada ano novo, desde que eu me mudei pra Xangai, a minha família espera que eu leve comigo um pretendente. Com essa minha amiga é do mesmo jeito. A gente até apelidou o Festival da Primavera de cuī hūn jiàqī, que significa feriado da pressão de casamento. Como ela já estava cansada das cobranças, da última vez que voltou pra casa, durante a entrada do ano do cavalo, decidiu que não queria mais escutar todas as perguntas e acusações. Então, ela contratou um modelo através do taobao e o levou pra sua cidade natal no festival da primavera. Ele ficou na casa dos pais dela desde a véspera do ano novo chinês até o encerramento do feriado, no festival das lanternas. Durante todo o tempo, o rapaz fingiu ser seu namorado. Antes deles viajarem, combinaram o que dizer pra família, incluindo a província de onde ele supostamente vinha, sua profissão, enfim… essas coisas que os pais consideram importantes. No final, ele havia conquistado todo mundo, mas a 'relação', ou melhor, o contrato dos dois, terminou assim que retornaram pra Xangai e ela voltou pra sua namorada."

"Eu não acredito. E ninguém desconfiou que não era verdade?"

"Não. Esses rapazes que oferecem esse tipo de serviço no taobao são realmente profissionais. Eles estão acostumados a exercerem esse papel. É um trabalho de ator."

"E é muito caro? O que é esse taobao? Eu já ouvi falar nisso antes, mas ainda não consegui descobrir o que é."

"O preço varia. Depende de vários fatores, como a quantidade de dias, a distância da cidade, enfim. E normalmente o contratante precisa pagar a passagem e alimentação também, além das diárias. O taobao é um site, uma plataforma de lojas e prestadoras de serviço. É possível comprar absolutamente qualquer coisa online no taobao. De cosméticos à eletrônicos, vestuário etc. E tem os serviços, tipo os acompanhantes, tradutores, intérpretes, e assim vai."

"E a sua amiga lésbica passa a vida enganando a família e contratando um modelo do taobao a cada entrada do ano novo chinês?"

"Praticamente sim. Ela não tem coragem de falar sobre a sua preferência sexual com os pais. E eu consigo entender. Homossexualismo ainda é muito malvisto na sociedade chinesa. Até poucas décadas, era considerado doença, depois virou crime. Hoje já não é nem um nem outro, mas nenhuma família quer ter um filho gay. Se os pais descobrem, eles normalmente tentam arranjar um casamento o mais rápido possível. Esse é o maior medo da minha amiga. Como ela vem de uma cidade pequena, sabe que se os pais descobrirem vão querer que ela case imediatamente pra que a notícia não se espalhe. Então ela realmente prefere levar um 'pretendente' diferente pros pais conhecerem a cada ano. Só não sabe até quando vai precisar fazer isso. Uma hora eles vão querer que ela se comprometa com algum deles ou lhes dê um neto."

Fiquei um tempo calada tentando digerir essa informação. Lembrei da feira de casamentos que eu vi em Xangai e pensei no quanto meus pais foram revolucionários e vanguardistas. E no quanto eu sou sortuda de ter nascido em outro contexto. Passam tantas coisas pela minha cabeça quando imagino como teria sido a minha vida se eu tivesse nascido aqui. Talvez eu já estivesse casada e com a minha própria família. Talvez eu estivesse feliz, ou quem sabe frustrada. Mas frustrante mesmo deve ser ter que passar o resto da vida tentando a esconder a opção sexual. Pensando alto, falei: "Não deve ser fácil ser gay na China."

"Nem gay e nem mulher. Pras mulheres é tudo mais difícil. Essa minha amiga não é o único caso que eu conheço de meninas da nossa idade que não querem se casar. A realidade dos nossos pais foi muito diferente da que eles nos deram. Eles nos ofereceram o poder de escolha, mas não estão preparados pra arcarem com as consequências disso. Investiram durante todas as nossas vidas nas melhores escolas. Algumas de nós, da minha geração, estudaram no exterior, conheceram o mundo e outras formas de se relacionar. Somos os filhos do crescimento econômico da China. Descobrimos novas formas de amar e agora não queremos mais ter que optar pelo casamento tradicional chinês, aquele que os nossos pais foram submetidos. Minha mãe, por exemplo, precisou se mudar com o meu pai pra casa dos pais dele e servi-los até a sua morte. E essa é a regra geral pra todas as chinesas da geração dela. Não queremos precisar cuidar de nossas próprias famílias e das famílias de nossos maridos. Aliás, queremos poder escolher nosso maridos ou escolher não casar. Queremos cuidar de nós mesmas. As mulheres chinesas são maioria em cursos de mestrado e doutorado. Elas estão avançando no mercado de trabalho. Têm outra mentalidade. Mas os pais continuam as vendo como as mulheres da geração deles. É incompatível."

"Mas essa é uma tendência mundial, não exclusiva da China."

"Sim, o fato da mulher ter se emancipado é uma tendência mundial. Mas não creio que no Brasil, por exemplo, uma mulher seja comparada a restos de comida se ela não estiver casada aos vinte e sete anos. Aqui esse é um termo aceito. As pessoas e até a mídia se referem a essas mulheres como shengnü, que significa sobras."

"Não. Realmente. As mulheres brasileiras ainda sofrem uma certa pressão social, mas você tem razão, não é nada que possa ser comparado a isso. Casamentos arranjados não são comuns no Brasil. Talvez tenham existido há séculos, mas hoje em dia acho que não tem mais."

"Pois é. E eu não sei como é que funciona no Brasil, mas aqui na China, se a mulher não casar virgem, ela é comparada um par de sapatos usados. Se ela não conceber pelo menos um filho homem, ela é desprezada pela família do marido e às vezes até pelo próprio companheiro. Quase todo os pais chineses preferem ter filhos homens e eles não disfarçam isso. Algumas filhas são discriminadas até dentro de suas próprias casas, porque suas mães não foram capazes de gerar um herdeiro"

"Não... Sério?"

"Até que isso tem mudado ultimamente, mas nas casas mais tradicionais há uma crença de que se a família não tiver um herdeiro homem, ela não será auspiciosa. E aí com a política do filho do único, como muitas famílias só podiam ter um filho, elas queriam que fosse homem. É por isso que hoje tem muito mais homem do que mulher na China. E as mulheres que têm, já não querem mais casar no modelo que nosso pais casaram."

"Por isso que eu ouvi um pai falando pro outro na feira de casamento em Xangai que o filho andava se queixando sobre a dificuldade de encontrar uma noiva."

"Ah, você chegou a ir na feira de casamento de Xangai? Pois então, é justamente por isso. E são os pais que vão pra feira. Os pretendentes às vezes nem sabem que talvez vão ter um casamento arranjado. E muitos acabam se casando só pra agradar os pais."

"É, foi isso que eu achei mesmo. Mas eu fiquei curiosa com esse negócio da preferência por filho homem. Existe uma explicação menos mística pra isso?"

"Acho que também tem um pouco a ver com esse modelo de casamento chinês, porque aqui, quando os filhos se casam, a mulher normalmente se muda pra casa da família do noivo, e não o contrário. Então os pais de homem, ao mesmo tempo em que não 'perdem' o filho pra esposa, sempre terão o apoio e a convivência com ele. E também pela força de trabalho, já que culturalmente são os filhos que cuidam e provem pros pais na velhice. Então até hoje ainda existe essa crença de que a família vai ter mais sorte se tiver um filho homem."

Por mais absurdo que pareça, há uma lógica por trás. Ela continuou: "Alguns pais levam isso tão a sério que se descobrirem que a mulher está grávida de uma menina, existe uma grande possibilidade dela abortar."

"A mãe é capaz de abortar só porque está grávida de uma menina?" Não consigo disfarçar meu choque.

"Aqui é normal fazer aborto. Eu mesma tenho algumas amigas que já abortaram. Com a política do filho único, muitas mulheres não tinham alternativa a não ser tirar o bebê, caso engravidassem acidentalmente e já tivessem um filho. Mas hoje, por causa desse desequilíbrio entre a quantidade de homem e de mulher, o governo já tá afrouxando um pouco essa regra. Os chineses provenientes de minorias étnicas cuja população é inferior a dez milhões, podem ter dois ou, em alguns casos, até três filhos. Em algumas áreas rurais e nas cidades maiores, se ambos os pais forem, eles próprios filhos únicos, já podem ter mais de um filho. Mas quando o regime ainda era muito rígido e a família só podia ter uma criança, os pais não queriam arriscar a sua única chance tendo uma filha, e aí optavam por abortar, caso descobrissem que estavam esperando uma menina. É por isso que aqui na China até hoje é proibido fazer a ultrassonografia pra descobrir o sexo do bebê."

"Ultrassonografia é proibida aqui?"

"Não. A mãe pode fazer o exame pra descobrir como anda a saúde do bebê, mas o médico é estritamente proibido de divulgar o sexo, correndo o risco de perder sua licença profissional ou até ser preso caso descumpra essa lei."

"Por que se o médico falar que é uma menina, a mãe pode realizar um aborto de forma legalizada?"

"Isso. O aborto não é proibido."

Quando a Candy terminou de me explicar essa lógica de pensamento tão inversa da minha, um funcionário do trem anunciou que estávamos nos aproximando da estação de Nanquim e eu fiquei triste por ela estar saindo. Eu queria conversar mais, enchê-la de perguntas. Eu que não desejava dividir minha cabine com ninguém, agora daria tudo pra passar mais algumas horas ao lado daquela moça tão paradoxal. Ao mesmo tempo tão inteligente e ingênua, tão revolucionária e tradicional, tão sexy e infantil. Não sabia nem como me despedir dela. Se ao menos eu tivesse mais alguns dias, talvez eu até pudesse aceitar o seu convite, mas eu tenho pressa em chegar ao Tibete. O trem parou e é hora da nossa despedida.

"Não acredito que já se passaram três horas. Como o tempo voou. Que pena que você já vai descer aqui. Eu queria muito continuar conversando. Obrigada por ter tornado essas primeiras horas da minha viagem tão interessante, Candy. Eu realmente adorei ter te conhecido."

"Eu também nem vi o tempo passar. Eu normalmente fico tão entediada no trem. Passo o tempo inteiro na internet ou jogando no celular. Dessa vez, eu nem peguei no telefone porque gostei de conversar com minha nova amiga brasileira. Você tem certeza que não quer descer aqui e ir pra festa da nai nai comigo?"

"Sim, eu tenho certeza. Infelizmente não dá pra eu ir. Mas te desejo muito boa sorte! Espero que você tenha sabedoria e força pra fazer as escolhas melhores pra sua vida. Você já sabe o que quer. Basta ter coragem. Tashi Delek!"

"Obrigada, Jade! Boa sorte no seu caminho também. Que corra tudo bem em sua jornada. Foi um prazer te conhecer."

Ela pegou sua mochila e partiu na estação de trem de Nanquim. E eu fiquei pensando nas milhares de jovens chinesas que devem passar por situações parecidas com a da Candy. Lembrei da minha amiga Júlia em Londres, e de tantas outras brasileiras da nossa idade, no auge de sua liberdade, sexualidade e juventude, explorando o mundo sozinhas, e percebi o quanto essa realidade talvez ainda esteja distante da maioria dos jovens daqui.

* * *

Ainda estamos parados em Nanquim e, por enquanto, ninguém entrou na minha cabine. Agora eu já nem faço mais questão de ir sozinha. Aprendi com a minha conversa com a Candy, que não dividir meu espaço seria como não explorar todas as possibilidades que essa viagem tem pra me oferecer. Vou ficar na torcida pra alguém entrar, mas se isso não acontecer, eu vou explorar o trem e as áreas comuns e, assim, quem sabe eu não acabo cruzando com mais histórias interessantes. Mas, por enquanto, vou folhear o China Daily que peguei no começo da viagem.

Meu Deus! Não acredito na manchete da matéria de capa. Meu coração dispara: "Dezenas de pessoas morrem em grave acidente de trem na China e centenas ficam feridas." À medida em que continuo lendo, cada fio de cabelo do meu corpo se arrepia e caio num pranto de tristeza e felicidade ao perceber que o trem em questão era o T132 que partiu ontem de Xangai com destino a Dalian. Ou seja, o trem que o senhor Hong Wei deveria ter embarcado, mas perdeu porque trocou de mochila acidentalmente comigo.

"Mãaaaaaae, agora eu entendi tudo. Agora faz sentido o susto que passei na estação achando que tinha te perdido. Tenho certeza que tem o seu dedo nessa história. Não era o dia do Hong Wei, né? Meu Deus, ele poderia estar morto. Ele ficou tão irritado porque perdeu aquele trem. Falou pra moça da estação que a esposa e os filhos estavam passando necessidade esperando por ele. Se ao menos soubesse que entrando naquele trem, eles poderiam nunca mais tê-lo encontrado, talvez ele não tivesse sido tão grosseiro comigo. Mas não faz mal. Ele não sabia e eu estou feliz porque ainda não era a hora dele. Muito obrigada por ter salvado a vida dele, mamãe. Você me surpreendeu mais uma vez, como sempre faz. Você é um ser de Luz. Tenho certeza que estarei protegida nessa viagem, porque mesmo não estando fisicamente aqui, te sinto ao meu lado."

Capítulo IV
De Nanquim a Xian ou O (Re)encontro

São dez horas da noite e estamos parados há cinco minutos em Nanquim. Passageiros ainda embarcam, mas creio que o trem já está prestes a partir. Ainda chocada com o acidente de Dalian, observo o movimento através da janela da minha cabine. Quantas histórias existem por trás desses trilhos e plataformas? Quanta gente deve ter protagonizado perdas e encontros nesses lugares transitórios? Quantas lágrimas e sorrisos os pilotos, maquinistas e passageiros presenciam diariamente nesses espaços? Quanto desespero eu senti ao achar que nunca mais recuperaria as cinzas da minha mãe na estação de trem de Xangai? Quanta raiva o senhor Hong Wei teve por não ter embarcado naquele dia? Por que algumas pessoas perdem trens? Porque outras têm seus assentos trocados de última hora em um voo? Será que é para evitar a morte caso sofram um acidente? Ou será que é pra conhecer o amor da sua vida sentado ao seu lado? Antes de fazer essa viagem, eu não sabia se acreditava em destino. Mas se não houver algo parecido com isso, como se explicaria o fato do meu pai ter viajado a trabalho e conhecido a minha mãe? Ou eles terem parado no Brasil? Ou ela ter morrido antes de vir comigo? Ou a troca de mochilas?

Enquanto percebo a frustração no rosto do garoto que vinha correndo com uma pesada mochila nas costas e acabou de perder o trem, me dou conta de que a viagem recomeçou. Menos de dois minutos depois que as portas se fecharam, um casal de estrangeiros idosos entra em minha cabine. Apesar de parecerem ter mais de sessenta anos, transmitem uma certa jovialidade com seus mochilões da North Face e braceletes budistas no pulso. Eu os cumprimento e eles respondem com um sorriso simpático:

"Olá, moça! Você deve ser a nossa companheira de cabine, certo? Você fala inglês?" A mulher me pergunta.

"Sim. Sou a companheira de cabine de vocês e, apesar do meu inglês não ser excepcional, eu consigo conversar." Respondi, retribuindo a simpatia deles com um sorriso.

"Já é mais do que suficiente. O seu inglês é muito bom." Dessa vez, foi o senhor que falou, enquanto a esposa organizava as bagagens e subia na cama superior em frente à minha.

"Obrigada. A senhora prefere ir nessa cama aqui debaixo? Eu não me importo de trocar, se quiser", sugeri.

"Obrigada, querida. É muita gentileza sua, mas não precisa. Você já está instalada aí e eu estou precisando mesmo fazer alguns exercícios, já que abandonei a yoga depois que começamos a nossa jornada pela China."

"Como preferir. De onde vocês são? Não moram aqui na China?"

"Não. Estamos apenas visitando. Somos da Pensilvânia, nos Estados Unidos. Conhecer a China era um sonho antigo que nós sempre adiávamos por causa da distância, do trabalho, das crianças, enfim. Mas esse ano, já aposentados e com os filhos crescidos, ganhamos de presente deles essa viagem pra comemorar nossos trinta anos de casamento", ela respondeu.

"Nossa. Trinta anos de casados. Que maravilha! Parabéns!"

"Trinta anos de muito amor, paciência e admiração. Não posso reclamar da vida, casei com a mulher dos meus sonhos e hoje tenho uma família linda e unida. Quatro filhos e cinco netos."

"Deve ser incrível ter uma família assim tão grande. Eu sou filha única, então sempre fui um pouco sozinha."

"Mas então quando você tiver sua família pode ter mais de um filho" Ele me deu um sorriso consolador e continuou: "É realmente muito bom ter família grande. Nossa casa está sempre cheia de vida. É claro que é trabalhoso, mas vale a pena. Quando nossos filhos saíram de casa, demoramos a acostumar com o buraco que ficou, mas temos a sorte de ainda tê-los por perto, na mesma cidade. Só o mais novo que não está morando em Pittsburgh, porque faz faculdade fora, mas todas as férias ele vai nos visitar."

Não pude evitar sentir um pouco de solidão. Não que eu me orgulhe disso, mas no fundo, estava morrendo de inveja dessa família grande, unida e feliz. Queria meus pais de volta. Porque será que eles não tiveram mais filhos pra que eu pudesse pelo menos ter a companhia de um irmão ou uma irmã nesse momento de dor? Mas eu não queria que o casal perceba minha tristeza. Mais uma vez me dou conta de que ainda não estou pronta pra dividir com ninguém a minha história, então vou mudar de assunto pra que eles não comecem a fazer perguntas sobre mim. "E porque vocês tinham tanta vontade de conhecer a China?"

"Antes de aposentarmos, meu marido trabalhava em um banco e eu era professora de história em uma escola municipal. Nos Estados Unidos, a maioria das aulas de história são focadas no nosso país, mas no ensino médio há um momento em que também se estuda as civilizações antigas. E era justamente quando eu estava ensinando sobre os inventores do papel, o país das bicicletas, sobre a cultura milenar chinesa, com suas diferentes disputas e dinastias é que me vi fascinada por este país. Quando ensinava sobre os imperadores, a grande muralha e a cidade proibida, inevitavelmente me imaginava caminhando por estas obras arquitetônicas. E nas aulas sobre a sociedade chinesa com sua política do filho único e seus contrastes, também me sentia atraída pelos mistérios do mundo oriental. Todo esse conjunto de elementos alimentou o meu sonho de visitar a China e ver tudo isso de perto. Como o meu marido também tinha um espírito aventureiro, logo ele se viu envolvido no meu sonho e, juntos, decidimos que um dia iríamos realizá-lo. Só não imaginávamos que seríamos surpreendidos pelos nossos filhos com esse presente tão valioso e inesquecível."

"E a China alcançou as expectativas dos seus sonhos?" Perguntei.

"Na verdade, ultrapassou. A China é muito maior do que eu esperava, em todos os sentidos. Ao mesmo tempo em que é possível respirar seus mais de cinco mil anos de história, também é incrível perceber o quanto algumas cidades são modernas, como Xangai ou Guangzhou. Parece que tudo acontece muito rápido por aqui. Eu tentei conversar com chineses mais velhos, em especial os taxistas, que presenciaram diretamente essas transformações nas cidades, e o discurso deles é tão diferente dos chineses mais jovens. E não é apenas pelo choque de gerações, mas pela própria história da China. Quando penso que os pais ou avós dos chineses que hoje ocupam as melhores vagas de trabalho e fazem faculdade no exterior, enfrentaram a fome devastadora do fim dos anos 50 e 60, ou as torturas e atrocidades da Revolução Cultural, me pergunto se esses jovens têm conhecimento do que suas famílias passaram. A simples liberdade de poder sair da China, que eles hoje usufruem sem grandes esforços, custou milhares de vidas há apenas poucas décadas. Esses jovens são um produto da abertura de Deng Xiao Ping e das reformas econômicas recentes. O espaço de tempo é muito curto pra realidades tão distintas."

O marido continuou: "E isso é porque só vimos um pouco da China urbana. Até agora só visitamos capitais, mas tenho certeza que à medida em que explorarmos o interior do país, esses contrastes vão se tornar mais profundos e evidentes."

"Com certeza", a mulher completou.

Que privilégio dividir a cabine com uma professora de história e poder conversar sobre o país do meu pai. Tive a mesma impressão que ela quando vi Xangai. Tenho certeza que a gigantesca cidade que conheci já não é mais a mesma que papai habitou há poucas décadas. Aliás, até agora eu tenho tido muita sorte com as pessoas que cruzaram meu caminho. Cada estranho que conheço me acrescenta tanta informação que às vezes me sinto dentro de um livro cheio de paradoxos fascinantes. Já tem se tornado costumeiro meu interesse nas histórias dos meus companheiros de viagem e, com esse casal, não é diferente. Quero ouvir o máximo que posso sobre a sua história e sua experiência aqui na China. Estou certa de que eles têm muito mais a me acrescentar do que eu a eles. Os dois parecem ser tão inteligentes e sábios, em sua simplicidade e curiosidade. Então antes que o sono chegue, aproveito a aula e continuo o papo.

"Ao todo a viagem de vocês vai durar quanto tempo?"

"Dois meses. Dividimos o tempo exatamente entre China urbana e interior. Na verdade, queríamos mesmo era conhecer a China rural, onde acredito que ainda seja possível encontrar pessoas vivendo da agricultura de subsistência em comunidades. Mas como nosso tempo é limitado e nós não falamos mandarim, ficou praticamente impossível. Mas mesmo assim, preparamos um roteiro que abrange o Norte, o Sul, o Leste e o Oeste da China. Começamos por Pequim, onde visitamos um pedacinho da imponente muralha chinesa, o pitoresco palácio real do verão e a cidade proibida. De lá, pegamos um avião para a região do Cantão e conhecemos a capital dos negócios do Sul da China, Guangzhou. De Guangzhou fomos pra Xangai, que nos surpreendeu em vários aspectos. Gigante, moderna, cosmopolita. Originalmente, de Xangai iríamos direto pra Xian, nosso próximo destino. Mas resolvemos acrescentar Nanquim de última hora, e não nos arrependemos dessa escolha."

Como esse casal idoso tem tanta energia e disposição pra passar dois meses viajando por um país onde eles sequer conhecem a língua? A Júlia uma vez me disse, provavelmente parafraseando algum autor famoso, que o amor não faz o mundo girar, mas é o que faz o giro valer a pena. Observando esse casal e ouvindo essa senhora falar, acho que essa frase nunca fez tanto sentido. Pra mim, está claro que essa mulher é realmente apaixonada por história e que ele é apaixonado por ela. A forma com que a olha, com orgulho e admiração, é uma coisa linda de se ver. Concordando com a esposa, ele continua a conversa:

"É verdade. Nanquim até agora foi o meu lugar preferido na China. Antes de visita-la, a única coisa que eu sabia é que a famosa tinta nanquim tinha sido inventada lá, mas tem tantas outras coisas interessantes pra se ver. Você já visitou Nanquim?" Ele me pergunta.

"Não."

"Então, quando tiver oportunidade, não deixe de ir. Primeiro, não é tão poluída quanto Xangai ou Pequim. O céu de Nanquim é mais bonito e todas as ruas da cidade são enfeitadas de um lado a outro com árvores centenárias. Também tem um lago enorme e uma montanha no centro da cidade. Dá um trabalhinho conseguir escalar até o topo, mas vale a pena. De lá a gente desce de teleférico e tem uma vista espetacular de Nanquim."

A mulher o interrompeu e voltou pro seu assunto preferido. "Sem contar que tem uma história riquíssima. Até hoje é conhecida como a capital do Sul, porque entre os vai e vens políticos, Nanquim foi a capital do país em vários períodos históricos da China, alguns deles chegando a durar séculos e incluindo seis dinastias diferentes. Também foi a cidade mais afetada com a invasão dos japoneses, em 1937. O episódio conhecido como o estupro de Nanquim, deixou mais de trezentos mil mortos e foi uma das maiores tragédias ocorridas na China durante o século XX. Nós chegamos a visitar o memorial construído, em 1985, em homenagem às vítimas do massacre, mas eu não consegui ficar muito tempo lá dentro. É um lugar muito triste."

"Eu já tinha ouvido falar que Nanquim é muito interessante, mas eu não fazia ideia da sua importância política pra China e nem que já tinham passado por uma tragédia dessa dimensão. Que triste. Aliás, eu não sabia nem que a cidade já foi a capital do país. Obrigada pela aula." Eu sorri pros dois e acho que ela gostou do elogio. Continuei perguntando sobre o próximo destino do casal. "E vocês pegaram esse trem em Nanquim e vão descer em Xian?"

"Isso. Ainda queremos ver os guerreiros de terracota em Shaanxi. De lá vamos partir pras províncias do Oeste, onde há uma grande aglomeração de minorias étnicas. De Xian, nós vamos pra região autônoma de Xinjiang, de maioria mulçumana. Essa província tem uma forte influência cultural turca e concentra quarenta e sete dos cinquenta e seis grupos étnicos reconhecidos na China, sendo que a maioria das pessoas é de origem Uyghur. Quando paramos pra pensar que noventa por cento da população chinesa é de origem Han e que eles estão espalhados por toda a China, conseguimos ter uma dimensão da diversidade de províncias como Xinjiang e Yunnan, que também reúne vinte e cinco minorias étnicas diferentes."

"Uau! Que incrível! Então Xinjiang e Yunnan são muito mais diversificadas que grandes cidades como Xangai ou Pequim?", pergunto.

"Com certeza. Eu diria que talvez até mais ricas culturalmente, já que esses grupos étnicos se diferem muito dos Han nas tradições, língua, crenças, enfim."

"Mais uma novidade pra mim. Yunnan é a província que faz fronteira com o Tibete, não é isso?", pergunto.

"Exatamente. E Yunnan vai ser a próxima província que visitaremos depois de Xinjiang." O homem respondeu e sua esposa complementou: "Infelizmente esse será o nosso último destino na China. De Yunnan, pegamos um voo pra Pequim e de lá voltamos pra casa. Já estou nostálgica antes da viagem acabar. Mas e você, está indo pra onde?"

"Para o Tibete."

"Que maravilha! Queríamos ter incluído o Tibete em nosso roteiro, mas é um pouco complicado para os estrangeiros conseguirem entrar, não é?" O homem me pergunta.

"Sim. Tem que ser através de uma agência de viagens e é necessário ter uma autorização especial."

"Sim, foi exatamente isso que nós lemos. Vai ter que ficar pra próxima."

"Se houver uma próxima né, querida? A China é muito longe. Mas talvez a gente possa voltar nas nossas bodas de ouro."

"Esse seria um ótimo presente." Ela sorriu.

"Bom, as senhoras me deem licença, mas já vou me deitar. Passamos o dia caminhando e eu já não tenho mais a mesma energia de alguns anos atrás. Mas podem ficar à vontade pra continuar conversando, se quiserem." O senhor gentilmente se deitou e eu percebi que já era quase meia noite. Vou tentar dormir também.

"Acho que nós todos precisamos descansar. Boa noite pra vocês. Até amanhã." Eu disse.

"Boa noite."

As luzes da cabine se apagam e em menos de dez minutos o silêncio invade o trem.

* * *

Nove horas da manhã. Apesar dos primeiros raios de sol terem iluminado a cabine desde cedo, consegui dormir profundamente até agora. Estou com um bom humor fora do comum porque essa noite foi a primeira vez que mamãe me visitou em sonho, desde que se foi. Ela estava linda com seus longos cabelos negros partidos ao meio e trançados com fitas coloridas. Parecia uma menina. Sua pele morena estava rejuvenescida e ainda mais realçada pelas cores fortes da túnica que vestia. Mamãe estava coberta de adornos, braceletes e pingentes de turquesa e coral, como uma típica tibetana. Em sua mão havia uma pequena roda de oração, que ela girava em sentido horário enquanto recitava o mantra Om mani padme hum.

Quando a avistei, ela estava de costas pra mim, em frente a um lugar que parecia um templo, onde uma multidão se aglomerava e se prostrava no chão. Ela não me viu de imediato, mas quando a vi, ainda de costas e mesmo em meio a tanta gente, eu já sabia que era a minha mãe. Como se sentisse que alguém a observava, ela se virou e encontrou o meu olhar. Ela sorria, enquanto eu chorava. Veio então ao meu encontro, me abraçou e disse baixinho "Estou orgulhosa de você." Eu procurava palavras, mas nada saía da minha boca. Eu tinha milhares de perguntas pra fazer, mas, por mais que eu tentasse, não conseguia quebrar o silêncio. Mamãe pegou a minha mão e de repente já não estávamos mais no templo com as outras pessoas. Estávamos sozinhas e caminhávamos em meio a um vale deserto, em direção a uma montanha. No momento em que ela falou: "Vem comigo. Quero te mostrar uma coisa", ouvi a porta da cabine se abrindo e acordei.

Quero chorar porque meu sonho foi interrompido e fiz de tudo pra tentar voltar a dormir esperando que ela retornasse, mas infelizmente foi em vão. Ela parecia tão real e palpável que, ao abrir os olhos, senti cheiro de jasmim. Mamãe tinha o costume de colocar jasmins por dentro de seus sutiãs e, por isso sua pele estava sempre cheirando a flor. Talvez ela realmente tenha me visitado. E talvez isso tenha sido um presságio de algo bom. Pelo seu semblante sereno, sei que ela está bem e isso me conforta. Mas ainda não me conformo em ter acordado antes de ver o que ela tinha pra me mostrar. Abro os olhos lentamente e percebo que o casal não está na cabine, então aproveito esse raro momento sozinha pra retirar o vasinho de dentro da mochila e conversar um pouco com ela: "Obrigada por ter vindo me visitar essa noite. Mais uma vez te sinto por perto e cuidando de mim. A senhora está bem? O que você queria me mostrar? Volta em um outro sonho e me mostra? Ou então me mostra por aqui mesmo?" Escuto novamente a porta da cabine. O casal está retornando. Rapidamente guardo as cinzas de volta.

"Bom dia." Eles dizem com um sorriso no rosto.

"Bom dia. Vocês dormiram bem?"

"Sim. O trem é confortável. Você também parece descansada, pois estava dormindo tão bem quando saímos da cabine pra tomar café da manhã. Espero que a gente não tenha te acordado", a mulher disse. Obviamente não tive coragem de falar que eles não somente me acordaram, mas também interromperam o meu sonho com a mamãe. Ao invés disso, menti que estava dormindo até agora.

Uma funcionária do trem anunciou que estávamos nos aproximando da estação de Xian, o destino do casal. Eles começaram a organizar e descer suas mochilas para a cama de baixo e eu resolvi esperar os dois partirem antes de ir também procurar alguma coisa pra comer. Finalmente me dei conta de que toda a nossa conversa foi focada na viagem deles e que nenhum dos dois me perguntou sequer o meu nome ou de onde eu venho. Devem ter assumido que sou chinesa. Ao invés de me sentir ofendida, sinto um leve conforto em não ter precisado falar nada sobre mim. Estou aprendendo a escutar mais do que falar, e há uma enorme vantagem nisso. Finalmente chegamos em Xian e eles estão prontos pra partir.

"Foi um prazer conhecê-la e dividir a cabine com você", o senhor mais uma vez demonstrando a sua gentileza.

"Obrigada. Igualmente. Vocês formam um belo casal. Parabéns pelo aniversário de casamento. Aproveitem bem o resto da viagem."

"Obrigada, querida. Cuide-se bem", a mulher respondeu. E com um último aceno da porta da cabine, os dois desaparecem.

* * *

Antes de me dar a chance de conhecer meus possíveis próximos vizinhos de cabine, vou atrás do meu café da manhã. Preciso atravessar vários vagões até chegar ao restaurante, e essa acaba se tornando uma verdadeira expedição. Uma experiência um tanto interessante e surpreendente. Enquanto caminho, me lembro da conversa com o casal americano sobre as diferenças entre China rural e China urbana. É possível perceber um pouco desses contrastes aqui, pois os vagões não são padronizados, e, por isso, acabam segregando os passageiros. Percebi, por exemplo, que a minha cabine é uma das mais luxuosas e existem mais uns dois vagões iguais ao meu. Quem poderia imaginar que justo eu viajaria em uma cabine de luxo? Seguindo a hierarquia, vêm as camas duras. As cabines são parecidas com as que estou, mas ao invés de quatro, existem seis camas no interior, com colchões tão duros quanto o chão. Além disso, não parece haver portas.

Em frente a cada cabine existem assentos dobráveis que ficam embutidos na parede do trem para não atrapalhar a passagem. Pelo que percebi, esses assentos são utilizados tanto pelas pessoas que compram cabines, como por passageiros que viajam em pé. Sim, existem passageiros que viajam longos trajetos em pé. Talvez não tenham conseguido encontrar passagem para irem sentados ou deitados, ou talvez esta seja a única maneira de viajar que caiba em seus orçamentos. Seguindo a mesma lógica, nos vagões reservados aos assentos, também há os macios e os duros.

E é exatamente nesses vagões que começo enfim a perceber a diversidade chinesa. A diversidade que até então eu ignorava, acreditando que todos (inclusive eu) se parecessem. Na minha cabine conheci uma jovem educada e um casal estrangeiro, que provavelmente não viajariam nessa parte do trem. Diferente do nosso vagão confortável, neste há pessoas de todas as idades e classes sociais. Mulheres com roupas coloridas e tradicionais, de minorias étnicas; idosos, com as mãos calejadas, rostos marcados e sorrisos falhos, gratuitos e espontâneos; monges vestidos em belas túnicas douradas e vermelhas; adolescentes mulçumanas com lenços cobrindo os cabelos, e traços distintos da maioria dos chineses; bebês com calças partidas no meio das pernas, sem fraldas e com suas partes íntimas expostas; pessoas em pé, sentadas, conversando e jogando mah jong, nas mesas em frente aos assentos. Mal sabia o casal estrangeiro que não era preciso, necessariamente, ir até à China rural pra conseguir ver um pouquinho das contradições desse país. Bastava fazer um tour no trem e observar as surpresas de cada vagão.

A cada separação de um para o outro, há uma salinha de vidro reservada para fumantes, bebedouros com água quente, e três banheiros: dois chineses e um ocidental. Em um desses espaços comuns, eu a avistei. Eu estava longe, a quase dois vagões de distância, mas meu coração disparou ao ver aqueles longos cabelos alaranjados. Ela estava chegando na salinha de fumantes, pronta pra acender um cigarro. Eu já nem lembrava mais da foto que eu havia encontrado no hostel em Xangai, mas quando vi aquela moça ruiva, na hora associei ao retrato. Não podia ser a mesma pessoa. Se bem que depois da troca de mochilas e do acidente de trem, já não duvidava de mais nada. Suando frio, passei em frente à cabine onde a vi entrar. Ela estava lá, sozinha, observando a paisagem se transformando através da janela, enquanto tragava o seu cigarro.

Realmente não era a mesma garota da foto. Esta era um pouco mais velha, mas muito parecida. Rapidamente peguei o livro dentro da mochila e encontrei a foto rasgada ao meio. Me senti uma verdadeira idiota quando ela me flagrou olhando pelo vidro na porta da sala e a comparando com a fotografia. Sua expressão rapidamente evoluiu de surpresa para angústia e ela abriu a porta, gritando:

"Aonde você achou essa foto?" Ela perguntou em inglês, com a voz tremendo, como se estivesse prestes a chorar.

"Olá! Você conhece a garota dessa foto? Eu a encontrei dentro de um livro, em Xangai."

Ela pegou a foto da minha mão e a virou para conferir o verso. Leu a mensagem inteira em voz alta, como se as frases nunca tivessem sido partidas pela metade: "A gente é demais! Essa vai ser a melhor viagem de todas. Obrigada por ser essa pessoa tão incrível e por tudo o que você me ensina. O céu é o limite pra nós e a China nunca mais vai ser a mesma depois da gente. Eu te amo." "Essa letra é minha. E a pessoa que foi arrancada da foto também sou eu." Ao dizer isso, ela caiu num pranto dolorido e eu, tentando respeitar o seu momento, me mantive em silêncio. Entramos juntas na salinha de fumantes e eu a sentei em uma cadeira. Dei a ela um pouco de água. Aos poucos, a garota foi se acalmando e, entre soluços, começou a me contar a sua história. Eu própria também estava tentando me recuperar do choque de ter cruzado o caminho da moça da fotografia. Agora estava explicado o meu ato impulsivo de roubá-la.

"Eu preciso saber urgentemente todos os detalhes que você sabe sobre essa fotografia. Aonde exatamente a encontrou, há quanto tempo, quem te deu, o motivo, enfim. Isso é realmente muito importante pra mim. Essa fotografia é o maior reencontro da minha vida."

Enquanto a escutava falar, memórias do momento em que acreditei ter perdido as cinzas da mamãe passam como flashes em minha cabeça. Lembrei da alegria que fiquei quando a reencontrei e tive uma pequena ideia da importância dessa fotografia pra garota que estava sentada na minha frente. Tentando tranquiliza-la, comecei a falar: "Vou te falar tudo o que sei, mas não é muito. Há três dias eu estava no hall de um albergue da juventude em Xangai. Havia uma prateleira cheia de livros e, como era a minha primeira vez por lá, peguei um guia lonely planet pra me ajudar a elaborar um roteiro do que visitar na cidade. Essa fotografia estava dentro desse livro. Eu normalmente a teria deixado aonde encontrei, mas, por algum motivo, peguei a foto pra mim. Não sei exatamente te dizer se foi pela beleza exótica dessa moça, ou se foi apenas para passar o tempo tentando decifrar a mensagem do verso, ou ainda, por mera curiosidade sobre a história por trás da imagem. Eu tentei imaginar quem era a pessoa ao lado dela, porque ela havia sido rasgada, e como essa fotografia teria vindo parar na China. Infelizmente eu não tive nenhum contato com a garota e eu não sabia de nada da sua história, até o destino fazer com que eu te encontrasse dentro desse trem. Levei um susto quando te vi de longe, porque achei que você fosse ela."

Ela tentou esboçar um sorriso e eu vi esperança em seu olhar. "Você não pode imaginar a minha felicidade por você ter ficado com a fotografia. Se não tivesse feito isso, eu provavelmente nunca mais voltaria a tocar nessa lembrança da minha irmã. Ainda não acredito que num país do tamanho da China, o retrato dela me encontrou dentro de um trem, através de uma estranha. Tenho certeza que foi porque eu desejei muito que isso acontecesse. Não há um dia sequer que eu não pense na minha irmã e não peça a Deus pra reencontrá-la. Ela é a pessoa que eu mais amo nessa vida."

"Então, é a sua irmã na foto..."

"É. E já tem dois anos que eu não tenho notícias dela. Mas é justamente por isso que é tão importante que você me dê mais detalhes de onde encontrou esse retrato. Não sei se você já perdeu alguém que ama, mas é muito dolorido. Você não tem ideia de quão angustiante é viver com a sensação de tê-la perdido e com medo de que eu talvez nunca mais volte a vê-la. Eu nunca perdi as esperanças de que ela está viva e viajando por aí, mas eu já estava cansada dessa busca, até você me aparecer com a nossa foto e renovar minha energia e determinação em encontrá-la. Esse retrato é uma pista valiosa do paradeiro dela. Eu tenho convicção de que isso não está acontecendo em vão. Eu sei que estou mais perto de voltar a vê-la. Estou esperando esse momento há tanto tempo. Você se lembra pelo menos o nome do hostel onde você encontrou o livro?"

"Era um albergue no centro de Xangai, perto da Praça do Povo. O nome é Mingtown Etour. Eu tenho o endereço aqui, posso te passar."

"Por favor."

"Mas o que aconteceu com sua irmã? Ela voltou pro seu país ou você perdeu o contato com ela aqui na China?"

"É uma longa história. Nós viemos juntas pra cá, há exatamente cinco anos, quando essa foto foi tirada. Eu a dei de presente pra ela no dia que embarcamos pra China. Éramos duas meninas. Ela tinha vinte e dois, e eu, vinte e cinco anos. Eu planejava desde muito novinha passar uma temporada na Ásia e queria trazê-la comigo, porque minha irmã sempre foi minha melhor amiga e uma fonte de inspiração, pois tem o dom de fazer a vida ser mais leve. Ela tinha um monte de amigos além de mim, mas eu sempre fui mais tímida e não conseguia pensar em ninguém além dela pra embarcar comigo. E eu nem precisei me esforçar pra convencê-la, já que minha irmã é impulsiva, corajosa e adora uma novidade. Concordamos então, que eu esperaria ela terminar a faculdade enquanto eu trabalhava e juntava dinheiro pra nós duas virmos juntas. Enquanto eu pensava na China como um investimento pra minha carreira, ela queria vir pela aventura. Quando, enfim, concretizamos nosso sonho, eu consegui uma vaga numa multinacional em Pequim, enquanto ela soube tirar vantagem de ser escocesa pra conseguir empregos flexíveis, como professora de inglês ou garçonete em pubs. Assim, ela tinha todo o tempo do mundo pra viajar e aproveitar a vida, enquanto eu ralava no escritório durante o dia e fazia aula de mandarim a noite. Acho que no fundo eu tinha um pouco de inveja do jeito despreocupado e livre dela ser. Minha irmã sempre soube aproveitar a vida, nunca se estressou com nenhum problema. Não se preocupava em ter nada que não fossem histórias pra contar e amigos. Essencialmente linda e infinita em seus sentimentos e convicções."

Seus olhos brilharam de admiração e, no intervalo das palavras, encheram-se de lágrimas. Entre pausas, suspiros e cigarros, ela continua sua história. Apesar de não usar maquiagem, ela tem uma beleza desconcertante. Dessas pessoas que são bonitas até chorando e que, por maior que seja o esforço, é simplesmente difícil parar de olhá-las. Mas ela parece não perceber que é uma dessas pessoas que não passam despercebidas. Ou talvez seja apenas a tristeza que tenha roubado um pouco da sua vaidade. Suas unhas roídas e dedos machucados revelam seu estado de espírito e ansiedade. Ela acende outro cigarro. Depois de uma longa tragada, continua falando. Dessa vez, parece um pouco envergonhada.

"E assim fomos levando a vida na China: Ela fazendo o que sabia fazer de melhor, ou seja, aproveitando cada momento intensamente, enquanto eu me estressava, trabalhava e estudava em demasia. Ela vendo beleza em tudo, e eu, com dificuldade em superar o choque cultural. Ela saindo, conhecendo gente, viajando, e eu, sempre cansada e sem tempo. Ela mudando de estilo, se libertando, experimentando, e eu, cada vez mais tímida e confinada aos meus próprios preconceitos. Dois mundos distintos. Dois opostos. Eu que sonhava em ganhar o mundo com ela, estava infeliz. E ela que havia vindo principalmente por minha causa, parecia ter se encontrado. Mas nenhuma dessas diferenças diminuía nossa admiração mútua. Tínhamos alguns desentendimentos, mas nada que nunca tivesse acontecido durante nossa infância ou adolescência. Sempre contamos uma com a outra, e isso se fortaleceu quando viemos juntas pra China. Mas as coisas começaram a mudar entre nós quando ela começou a namorar um cara que conheceu dentro do metrô. Eu já achei uma loucura ela ter dado o contato pra um estranho que ela conheceu na rua, então você pode imaginar a minha reação quando ela me disse que tinha aceitado o convite dele pra sair."

"Você acha que ela fugiu com ele? Ele era chinês?"

"Não. Ela não fugiu com ele." Seus olhos marejam novamente. "Ele era italiano. No começo minha irmã nem estava tão empolgada. Apesar de ter se sentido atraída fisicamente, ela não queria nada sério com ninguém. Seu negócio era curtir a China, enquanto ele, oito anos mais velho, já estabilizado por aqui e com sua empresa própria, queria exatamente o oposto. Eles não tinham muita coisa em comum, mas mesmo assim ela resolveu ceder à insistência do cara e começou uma relação. Ao mesmo tempo em que se viu gostando dele, ela reclamava da falta de liberdade, da vontade de sair e viajar sozinha, enfim. Ela era muito jovem, estava no auge de suas descobertas... Mas eu não. Eu nunca fui tão boêmia ou sociável quanto minha irmã e nem sentia tanta falta disso. Ao contrário. Eu tinha era vontade de sossegar, de encontrar alguém. Mas parece que as coisas só aconteciam pra ela. Até mesmo quando ela não queria ou procurava. Acho que eu fiquei com ciúme. Mas eu juro que não foi esse o motivo que me levou a fazer o que eu fiz."

Outra longa pausa. Enquanto chora, uma briga interna com seus sentimentos se revela através do seu olhar. Tentando se justificar e encontrar as palavras certas, continua.

"Eu não me orgulho de nada do que fiz. Pelo contrário. Nunca tive nem coragem de falar disso com ninguém. Talvez eu esteja conseguindo te contar porque me sinto confortável com o fato de você ser uma estranha, então se me julgar – o que eu tenho certeza que já está acontecendo – não fará tanta diferença, porque provavelmente eu nunca mais vou voltar a te ver na vida. A última coisa que eu queria era causar qualquer tipo de sofrimento pra minha irmã, mas há certas coisas que a gente não consegue controlar. Eu brigava comigo mesma. No começo, negava a realidade. Não tinha coragem de assumir nem pra mim mesma que eu estava me apaixonando pelo namorado dela. Eu sentia vergonha e culpa. Não suportava vê-los juntos. Quando chegavam, eu saía de casa. Eu simplesmente não conseguia aceitar que a minha irmãzinha estivesse namorando um cara que ela nem gostava tanto assim. Enquanto eu tinha que conviver com a ideia de que jamais poderia ficar junto com o homem que eu acreditava que tivesse sido feito pra mim. E o que é pior, tinha que vê-lo todos os dias ao lado de outra mulher. E não uma mulher qualquer, mas a mulher mais importante do mundo pra mim. Porque ela sempre tinha que se destacar em tudo? Porque a vida era mais generosa com ela? Porque sempre eu tinha que ser obrigada a trabalhar e a me abdicar mais do que ela? E porque só ela era recompensada? Eu detesto ter que admitir, mas eu tinha inveja da minha irmã."

Seu relato forte era frequentemente interrompido, ora por lágrimas, ora por um cigarro novo. Eu não tinha coragem de abrir a boca pra falar nada. Nem sei o que dizer em uma situação como essa. Pra demonstrar alguma solidariedade, aceitei um cigarro e fumei com ela, mesmo não sendo fumante.

"Eu não desejo esse conflito pra ninguém. Eu não tinha paz. E continuo sem ter. Chorava, me afastei da minha irmã. Ela obviamente percebeu. Me perguntava o que estava acontecendo e eu não tinha coragem de contar. Ele percebeu também. Mas diferente dela, sabia exatamente o que estava acontecendo comigo. E tirou vantagem da situação. E por isso eu o amei e o odiei ainda mais. Ele aos poucos foi usando todo o seu charme pra se aproximar de mim, sem nunca se afastar da minha irmã. Acho que queria mesmo era brincar ou ver até aonde ia o seu poder de conquista. O problema é que eu estava tão cega que não conseguia ver isso. Involuntariamente, eu massageava o seu ego. E quando eu menos percebi, eu já estava tão envolvida emocionalmente que não tinha mais capacidade de evitar. E cedi. Mas a minha canalhice tirou o resto de paz que eu conseguia ter. Fiquei deprimida. Já nem dormia e não conseguia mais encarar a minha irmã. Nem continuar mentindo pra ela. E ele continuava agindo como se nada tivesse acontecido. Quando ela não estava perto, me procurava e pedia pra eu manter o nosso segredo. Eu continuava apaixonada, mas comecei a sentir nojo do seu cinismo. Até que um dia, não tive mais forças pra suportar essa situação e abri o jogo pra ela. Foi o último dia que eu a vi."

Ela estava soluçando e tremendo. Minha única reação é colocá-la em meus braços. Apesar de não me abraçar de volta, apoiou sua cabeça em meu ombro. Sua vergonha e medo do meu julgamento são completamente perceptíveis em seus gestos. E, obviamente, mesmo tentando evitar, eu a julgo. Pelo fato de não ter nenhuma irmã, fui incapaz de me imaginar na situação dela, mas ainda assim, não creio que eu seria capaz de me envolver afetivamente com nenhum dos namorados da Júlia, por exemplo, que é apenas uma amiga. Mas talvez eu nunca tenha amado alguém de verdade, ou me sentido tão inferior em relação a uma pessoa, quanto essa garota em relação à sua irmã. É difícil prever como eu agiria se estivesse em sua pele. Mas não ouso abrir a boca. Quis que ela não percebesse a minha opinião e se sentisse ainda pior. Ao invés disso, procuro focar a conversa em sua esperança de reencontrar a irmã.

"Calma. Fica tranquila. Eu acredito que você está certa e que essa foto pode ser uma peça essencial do quebra cabeça que você vem tentando montar há dois anos, desde que perdeu o contato com sua irmã. Tenha fé e acredite que o reencontro de vocês está próximo."

"Sim. Eu acredito que sim. Só Deus sabe o quanto eu já me arrependi disso. Se eu pelo menos imaginasse o quanto ele realmente não valia a pena. Aliás, nenhum homem jamais valeria o laço que eu tinha com a minha irmã. Como eu posso ter sido tão burra?"

"Calma. Respira. Não se torture desse jeito. Se você já se arrependeu e deseja tanto se reconciliar com sua irmã, tenho certeza que a misericórdia divina vai te ajudar e em breve vocês estarão juntas. Depois desse dia que vocês conversaram, você nunca mais teve notícias dela?"

"No mesmo dia da conversa, ela saiu de casa levando todas as suas coisas, sem me dizer pra onde ia. Eu entrei em contato com ele, mas no fundo eu sabia que ela não iria pra lá, pois estava machucada com nós dois. E de fato ela não o havia procurado. Ele também estava preocupado porque não sabia onde encontrá-la. E dá pra acreditar que o sacana ainda teve a capacidade de ficar com raiva de mim porque eu havia contado o segredo? Tentou me culpar pelo sumiço da minha irmã, mas pelo menos me ajudou nas buscas. Tudo em vão. Eu ligava toda hora pro celular dela, que nunca era atendido. Eu deixava mensagem, chorando e suplicando perdão e nada. Mandava e-mail, recado em Facebook, e ela nunca me respondia. Até que um dia, depois de umas duas semanas que tudo tinha acontecido e de muita insistência minha em estabelecer algum tipo de contato, eu recebi um e-mail que me deixou ao mesmo tempo aliviada e devastada. Aliviada porque eu finalmente tive a certeza de que nada grave havia acontecido com minha irmãzinha. Acho que mesmo profundamente machucada comigo, ela não queria alimentar a minha preocupação. Percebeu minha angústia nas milhares de mensagens que mandei e decidiu não me punir desta forma. Mas também me senti devastada porque o e-mail estava carregado de ofensas – que eu certamente merecia – dor e mágoa. Ela se dizia decepcionada, mais do que com raiva ou triste. Dizia nunca ter imaginado que eu fosse capaz de algo assim, mas que apesar de tudo, estava se esforçando pra tentar me entender. Dizia ter trocado o número do celular e me pedia pra não tentar contatá-la novamente, pois ela ainda não estava preparada pra me ver ou sequer falar comigo. Me pedia pra que eu respeitasse o seu momento e não tentasse encontrá-la, pois ela sempre soube se virar e ficaria bem. Pediu ainda pra que eu não comentasse nada disso como nossos pais e que quando eles perguntassem de mim pra ela ou dela pra mim, que disséssemos apenas que estava tudo bem e que ela estava viajando. Nossos pais não eram a minha maior preocupação, já que eles se separaram quando ainda éramos crianças e, por isso tivemos pouquíssimo contato com meu pai todos esses anos. E minha mãe também nunca foi muito presente. Ela encerrou o e-mail dizendo que não havia deixado de me amar, mas levaria um tempo pra conseguir apagar a mágoa. Disse, enfim, que quando estivesse pronta pra me ver ou conversar novamente comigo, ela me encontraria."

"Ah, mas então não foi muito ruim. Ela demonstrou uma possibilidade de abertura e de reencontro... mas e depois disso? Ela voltou a entrar em contato com você alguma outra vez?"

"Não. Essa foi a última notícia que tive dela. E, como eu disse, já faz dois anos. Mesmo tendo tido oportunidade, eu nunca nem tive coragem de ir embora da China, com medo que ela não conseguisse me encontrar. Eu respondi seu e-mail dizendo que respeitaria tudo o que ela me pediu. Era o mínimo que eu poderia fazer. Tentei levar minha vida normalmente depois disso, mas essa história nunca deixou de me angustiar. Eu me sinto culpada até hoje. Depois de tudo, eu ainda encontrei o namorado dela algumas vezes, e ele sempre tentava alguma coisa. Mas, depois fui percebendo, apesar de apaixonada, que ele só trouxe discórdia pra nós e que, no fundo, ele é uma pessoa destrutiva. Depois que surgiu em nossas vidas, eu chorava mais do que ria. E meus últimos dois anos têm sido assim, uma espera angustiante. Nunca imaginei que levaria tanto tempo pra que ela me encontrasse. Muito menos achei que seria dessa maneira maluca. Uma estranha num trem, carregando a nossa foto."

"Talvez ela esteja mesmo querendo se reaproximar de você, mas não teve coragem de fazê-lo espontaneamente. E aí, o universo se encarregou de fazer isso por vocês duas, através de mim."

"Sim. Eu espero que seja realmente isso. Eu me comprometi a não invadir o espaço dela e a não tentar encontrá-la, como ela me pediu. Mas tudo mudou ao ver essa fotografia. Ela me encontrou, de alguma forma. Por isso, eu estou decidida a retomar a minha busca. Acho que ela vai me perdoar quando nos encontrarmos pessoalmente. Tenho essa esperança. Eu acredito já ter pagado pelos meus erros através da dor de ser privada do convívio com ela. Através do peso da minha consciência. Agora vou fazer de tudo pra achar minha irmã. E vou começar por esse hostel onde você encontrou a fotografia. Obrigada por me trazer notícias tão boas."

"Eu não sei há quanto tempo esse livro e essa fotografia estavam no albergue, mas acho que você está certa. Vale a pena ir até lá e tentar descobrir. Eles devem ter registros dos hóspedes e você pode procurar o contato dela."

"Sim. É exatamente isso que eu vou fazer. Prefiro nem enviar outro e-mail. Vou direto lá e tento conseguir um número de telefone ou até mesmo um endereço na China. Vou procura-la aonde for preciso. Você sabe qual é a próxima parada desse trem?"

"Eu acho que é em Lanzhou, às quatro e meia da tarde."

"Pois então é lá que eu vou descer e pegar o primeiro trem de volta pra Xangai. Muito obrigada por ser a minha mensageira. Que Deus abençoe a sua viagem também."

"Amém. E que Deus abençoe a sua busca. Tashi Delek!."

Nos abraçamos e despedimos. Continuo a minha jornada dentro do trem ainda entorpecida com o que acabara de acontecer. "Foi você de novo, mamãe? Era esse o meu presságio, não era? Não foi necessariamente um presente pra mim, mas eu fiquei mais feliz do que se fosse. Ajuda essa menina a encontrar a irmã dela. Ela merece ter a sua paz de volta. Obrigada mais uma vez. Eu te amo."

Capítulo V
De Lanzhou a Golmud
ou O Presente

Da janela da minha cabine, avisto a menina ruiva desembarcando na estação de trem de Lanzhou. Sozinha e com o mesmo olhar perdido. Acabo de me dar conta que não sei sequer o seu nome, muito menos pra onde ela estava indo antes de nos encontrarmos. Nossa conversa foi tão impessoal, mas ao mesmo tempo tão profunda. Ela se expôs de uma maneira que eu ainda não tive coragem de fazer com nenhuma das pessoas que conheci até o momento. Como ela pôde fazer confissões tão íntimas a uma estranha? É óbvio que ela não teria se aberto de tal modo se eu não tivesse em mãos a foto da sua irmã. Da mesma forma, talvez eu não tivesse tido coragem de vir pra China se um total estranho não tivesse se aproximado despretensiosamente de mim com uma mensagem de encorajamento, supostamente vinda de Deus. Mesmo assim, continuo resistente em dividir minha história com outras pessoas. Tenho uma certa vergonha da minha fragilidade.

Talvez seja porque eu não sei se vou conseguir contá-la a alguém sem me vitimar. Talvez a única pessoa que eu tenha tido a capacidade de dividir um pouquinho da minha dor de forma espontânea tenha sido a Júlia, mas ainda assim, foi através de uma mera troca de e-mails. Ah, sim, e as pessoas do templo budista de São Paulo, que foram muito prestativas e solidárias, mas, mesmo com elas, eu estabeleci uma barreira impenetrável para impedir que a minha vulnerabilidade fosse exposta. Detesto me fazer de coitadinha e, além do mais, nenhum estranho tem absolutamente nada a ver com a minha dor, que, diga-se de passagem, não possui nenhuma solução prática. Ao contrário da garota ruiva, eu já não tenho a esperança de rever meus pais vivos. Pelo menos não da forma que os conheci. Por isso, ao invés de falar deles para os estranhos que cruzam meu caminho, prefiro ter meus diálogos íntimos com mamãe. Talvez ela esteja me escutando.

Sempre fui um pouco caramujo. Me escondo na minha conchinha sempre que me sinto fragilizada ou agredida. Foi assim quando o papai morreu e decidi apagar da minha memória sua cantiga de ninar. Foi assim também com as meninas do balé, que de tanto implicarem comigo acabaram conseguindo fazer com que eu desistisse das aulas. Foi assim quando as crianças da escola me davam apelidos desrespeitosos e eu não tinha coragem de contar pra mamãe. Foi assim todas as vezes em que eu questionei a minha própria identidade e senti vergonha da minha aparência. Foi assim com todos os garotos que me apaixonei e não fui correspondida, e, por isso, acabei muitas vezes evitando o amor pra me proteger da dor. E, obviamente, foi assim quando a mamãe morreu. No fundo acho que sou covarde. Tenho medo de enfrentar a dor. E tenho medo de falar dela.

* * *

O trem volta a se movimentar e parece que novamente tenho companhia, pois a porta da cabine está se abrindo.

"Aih, ni hao"! Uma vozinha fininha me chamando de tia, quebra o silêncio. É um menininho de, no máximo, dois anos de idade. Talvez nem tenha tudo isso. Uma coisinha gorducha de olhos apertadinhos, em cima das bochechas redondas. Talvez pelo bullying que sofri na escola, eu não costumava gostar dos traços asiáticos. Mas depois que vim pra cá e comecei a observar melhor as pessoas, a minha opinião está mudando. Já nem acho mais que somos tão semelhantes uns aos outros. Agora meus olhos já estão conseguindo captar as singularidades de cada um. E as crianças chinesas são lindas, com seus cabelinhos negros e rostinhos arredondados. O garotinho está acompanhado de uma senhora de aparência humilde, cuja bagagem está toda concentrada em uma enorme sacola de plástico a tira colo.

"Ni hao, xiao pengyou", respondi com um sorriso. A senhora sorri de volta e também me cumprimenta, enquanto se instala com a criança na cama em frente à minha. O corte de cabelo inusitado e moderno do menino contrasta com as roupas desgastadas que os dois estão vestidos. Sua cabeça é toda raspada, com exceção da pequena franjinha caída na testa e um rabinho trançado com uma mecha fininha de cabelo, que vai da nuca até a altura do ombro. Assim como algumas crianças que vi no vagão reservado às cadeiras, este garotinho também veste uma calça com uma grande fenda entre as pernas, sem fralda por baixo. E apesar de estar todo empacotado pra enfrentar o friozinho do outono, o bumbum está de fora. Eles não parecem ser chineses Han. Devem pertencer a alguma minoria étnica.

"Esse menininho lindo é seu?" Perguntei.

"É meu netinho. Filho da minha filha. Ela tá um pouco adoentada, então mandou passagem pra eu trazer o menino aqui em Lanzhou pra eles se verem."

"Ela mora aqui em Lanzhou?"

"É, minha filha. É que na roça as coisas são mais difíceis, sabe? Ela saiu de casa logo depois que acabou os estudos e veio pra cá trabalhar numa fábrica de roupa. Aí acabou arrumando uma barriga e resolveu deixar o menino comigo pra continuar trabalhando. Depois que ele nasceu teve que trabalhar mais ainda, porque o dinheiro que mandava pra nós não dá pra sustentar uma criança também."

Ela fez uma pausa e, já sentada em sua cama, retirou uma sacolinha com ovos cozidos de dentro da sua bagagem. Após dar um deles pro garotinho, me ofereceu um também. "Você já comeu?"

Ela tinha as mãos calejadas e sujas, como as mãos de um agricultor que diariamente carrega a sua enxada pesada pro campo. Mesmo não estando com fome, agradeci a gentileza e aceitei o alimento como um gesto de respeito e gratidão. Enquanto comíamos, continuamos a conversa.

"E a senhora, mora aonde?"

"A gente mora na roça, perto de Golmud, em Qinghai. É longe daqui. Só vamos chegar lá amanhã de manhã. É por isso que minha filha comprou a passagem de ir deitada, assim o menino não cansa muito... Essa é a primeira vez que eu ando num trem com cama. É tão bonito."

"Sim! Que bom que sua filha comprou a passagem pra vocês irem deitados. Assim, é realmente mais confortável... Ele encontra com a mãe sempre?"

"Minha filha volta pra casa todo ano no festival da primavera e fica uma semana com a gente. Ela foi nos visitar no último fevereiro e vai de novo no próximo, mas como esse ano ficou doente, não quis esperar e pediu pra eu vir com o menino. Acho que ficou com medo de não conseguir bilhete. Ela diz que perto do ano novo os trens sempre são cheios. Teve ano que ela não conseguiu voltar por causa disso."

"Então, esse ano ele viu a mãe duas vezes. Que bom."

"É. Ele ficou muito feliz. Mas é sempre difícil na hora de ir embora. Ele abriu um chororô. Sente falta dela... E ela dele. Mas não tem o que fazer... A vida é assim mesmo. Dessa vez nós passamos foi muito tempo junto, cinco dias com ela. E minha filha ainda queria que a gente ficasse mais, mas não dava, porque ela e o pai do menino moram dentro da fábrica, sabe? Num quartinho, dentro de um dormitório com mais funcionários. Aí é ruim da gente ficar lá. Ele acorda a noite, aí as outras pessoas acordam também. O pessoal não gosta."

"E a senhora cria ele sozinha?"

"Nada. Eu tenho mais três filhos que moram comigo e o pai. Enquanto a mais velha vai pra escola, eu fico com o menino em casa. Mas quando ela chega, eu vou pra roça ajudar meu marido. A gente se reveza. E lá todo mundo tem que trabalhar, porque o dinheiro é curto."

"Lao lao" – o garotinho nos interrompe – "xixi." Ela retira um penico de dentro da grande sacola de plástico e ele faz xixi ali mesmo, sem nem precisar tirar a calça. Estou aliviada por não ter sido o número dois. Finalmente consigo ver uma utilidade nas calças com fendas das crianças chinesas. Mas nem por isso as acho menos esdrúxulas. Sem querer ser indiscreta, mas sem conter minha curiosidade, pergunto sobre isso.

"Ele não usa uma fraldinha ou cueca embaixo da calça?"

"Fralda? Não, minha filha. Na roça a gente não tem essas coisas não. E fralda de pano não é sempre que dá pra trocar e lavar, principalmente quando ele fica muito tempo fora de casa. Acho melhor vestir o menino assim e carregar o penico comigo."

"Antes dele aprender a falar, como a senhora sabia a hora que ele queria ir ao banheiro?"

"Eu não sabia. Ele às vezes fazia no chão e eu limpava depois... Agora você me dá licença que eu vou ali no banheiro lavar o penico."

O garotinho a acompanhou... Cada dia de viagem é uma nova surpresa... Apesar dessa cena inquietante, estou gostando de dividir a cabine com eles, mas pelo visto vou ter que me preparar pra ter um sono menos tranquilo do que ontem. Pelo que ela disse, o garotinho ainda não dorme a noite inteira. Ao retornarem, continuo nosso diálogo.

"Quantos anos ele tem?"

"Três."

"Três???" Eu achei ele tão pequenininho.

"É. Três anos desde que ele estava na barriga da mãe."

Ah, sim. Agora estava explicado. Quando eu tinha cinco anos, meu pai falava que na China eu já tinha seis. Aqui, a idade de uma pessoa é contada desde o momento em que ela foi concebida. Então, quando um bebê chinês completa três meses, para eles, a criança já está completando um ano, pois passou nove meses em gestação. Mas o signo do horóscopo chinês não é alterado em função da contagem de idade. Ele rege os anos de acordo com o calendário lunar. Por isso cada signo dura um ano ao invés de um mês, diferente do zodíaco ocidental.

Por isso, a cada doze anos, comemoramos o nosso signo e, durante todo o período de comemoração, usamos um amuleto de proteção. Além disso, os signos do zodíaco chinês são exclusivamente animais, diferentes do ocidental, apesar de também serem doze. Os chineses acreditam que as pessoas que nascem em determinado signo acabam agregando algumas características do animal que o rege. Por exemplo, alguém nascido no ano do cachorro, normalmente é um amigo fiel. Estamos agora no ano da cabra. Observei que a senhora usa uma pulseirinha vermelha no braço, igualzinha a que eu usei quando completei meus doze anos de idade. Esse deve ser o ano do signo dela.

"Esse ano é o seu ben ming nian"?

"Sim. Como você sabe?"

"É que vi a sua pulseira."

"Você tem boa vista, menina. O meu signo é cabra. E quem me deu essa pulseira foi o meu marido. Qual o seu signo?"

"O meu é o macaco. Ano que vem sou eu que preciso usar uma pulseirinha vermelha pra atrair boa sorte."

"Sim. Mas o ideal é que alguém te dê de presente, porque quando o talismã é comprado pela própria pessoa que vai usar, ele perde um pouco do seu poder. E melhor ainda se você o ganhar de algum parente mais velho, como a sua nai nai ou ye ye. O ben ming nian é uma data muito especial, porque só acontece a cada doze anos, então você não vai querer correr o risco de ter um ano ruim, não é? O ben ming nian pode ser tanto auspicioso como miserável. Então, pra evitar aborrecer o espírito da idade, a melhor coisa que você pode fazer é usar vermelho, porque essa cor ajuda a espantar os maus espíritos e atrai sorte."

"Pode deixar que ano que vem vou usar muito vermelho."

"Tá certo, minha filha. Agora você me dá licença que eu vou tentar fazer o menino dormir. Ele já está ficando cansadinho e, se dormir agora, talvez não acorde antes de chegarmos em Golmud, às cinco horas da manhã."

"Tá bom. Eu vou ler um livro. Boa noite, xiao pengyou!"

"Boa noite, aih!"

De repente meu coração dispara e lágrimas inundam meus olhos quando escuto a canção de ninar que a senhora canta baixinho pra criança dormir. É a mesma que o meu pai cantava pra mim. Todo o meu esforço em tentar esquecê-la fez-se desnecessário nesse momento. Durante tanto tempo, eu tive que brigar com o sentimento de abandono. Eu era muito pequena pra entender que meu pai não havia nos deixado de propósito e, justamente, por não compreender bem a morte ou as razões de seu sumiço, eu tentei apagá-lo de mim. Esse foi meu mecanismo de defesa. E agora, quinze anos após a sua partida, estou sendo desarmada por uma estranha que sequer imagina o significado dessa cantiga pra mim. Não consigo ficar aqui dentro. Tentando engolir o choro e me manter em silêncio, saio da cabine discretamente e caminho entre os vagões, agora silenciosos e escuros, do trem. Resolvo sentar em uma das áreas de fumantes e, sozinha, liberar meu pranto já tão difícil de ser contido.

"Eu até que tenho conseguido me manter bem, na maior parte do tempo, mamãe. Mas a verdade é que, em alguns momentos, como agora, a solidão invade meus poros e toma conta de mim. E cada vez que ela transborda do meu corpo através de lágrimas, eu tenho a esperança de que vou ficar em paz. Mas é em vão. Ela insiste em permanecer escondida em algum lugar aqui dentro, vindo à tona quando eu menos espero. E é justamente nessas horas que eu percebo o quanto eu sou vulnerável e fraca. O quanto eu ainda dependo de vocês. O quanto eu ainda preciso evoluir pra conseguir ter a capacidade de me desapegar. Como você conseguiu se desapegar do papai? Será que você conseguiu reencontrá-lo por aí? Eu espero que tenha conseguido e que vocês não estejam se sentindo tão sozinhos quanto eu. Eu espero que ele me perdoe por eu ter tentado apagar algumas de nossas lembranças. Espero que entenda que eu estava apenas fugindo da dor. E espero que saiba que todas as minhas escolhas na vida foram tentativas de fazer com que vocês sentissem orgulho de mim. Espero não tê-los decepcionado. A mim, não foram vocês que decepcionaram. Mas Deus, o universo, ou quem quer que seja que controla tudo isso."

O som de uma câmera fotográfica me puxa de volta ao trem. Ainda em meio a soluços, procuro descobrir de onde vem o barulho. Vejo uma sombra a uns dois metros de distância de mim. Ainda sem conseguir visualizar claramente quem é, sinto um arrepio e um frio na barriga inexplicável. Uma mistura de medo e ansiedade. De tristeza e raiva por ter tido o meu instante íntimo mais uma vez invadido por outra pessoa desconhecida. Nesse momento, eu só queria ficar só. De repente, o vulto se aproxima um pouco e nossos olhos se encontram. Ele deve ter uns vinte e seis anos. Aparência asiática. Magro, um pouco mais alto que eu. Olhar profundo, de quem é ao mesmo tempo, misterioso e curioso. Carrega uma câmera antiga, pendurada no pescoço. Eu ainda estou chorando e irritada com a possibilidade dele ter tirado uma foto minha. Não muito simpática, aliás, um tanto agressiva, pergunto.

"Tá olhando o quê? Você tirou foto de mim?"

"Estou olhando sua beleza. Mas não te fotografei."

"Eu escutei o barulho da sua câmera."

"Eu estava tirando algumas fotos do trem, quando escutei você chorando."

"Deixa eu ver se você não tirou mesmo foto de mim. Se tiver tirado, quero que apague."

"Não tem como eu te mostrar agora. Você vai ter que acreditar em mim ou esperar que eu revele o filme pra te mostrar as fotos."

"Que tipo de cara tem uma câmera analógica hoje em dia?" Penso em voz alta e, um pouco mais calma, consigo até esboçar um riso discreto, no canto da boca.

"O meu tipo." Ele faz uma pausa e diz: "só pra registrar, você é ainda mais bonita sorrindo."

Dessa vez, eu ri de verdade, enxugando as lágrimas e abaixando a cabeça, sem coragem de encará-lo. Pude sentir meu rosto queimando de vergonha, enquanto ele continua falando.

"E sim, as câmeras analógicas são as minhas preferidas, assim como as meninas que choram em trens", ele dá um sorriso e segue seu raciocínio, enquanto eu me sinto cada vez mais envergonhada. "Acho que há uma certa magia em não se ver o resultado da fotografia na hora em que ela é captada. Além do mais, com uma câmera dessas, eu me forço a permanecer no momento, a apreciar o presente. Como o número de fotografias está limitado ao número de poses do filme, então eu normalmente penso duas vezes antes de sair por aí disparando fotografias compulsivamente. Eu paro pra observar. E escolho. E no final, ainda sou presenteado com o delicioso suspense de ver as imagens sendo reveladas lentamente no papel."

"Eu nem sabia que esse tipo de câmera ainda existia. Aliás, ainda existem estúdios de revelação de filme? Achei que hoje em dia só existisse impressão de fotos digitais..."

"Claro que existem. Eu tenho um pequeno estúdio de revelação em casa. Pra mim essa é uma das etapas mais especiais do processo, porque é um exercício sensorial. Quando estou trancado no quarto escuro do estúdio, eu não posso contar integralmente com a minha visão, então meus outros sentidos ficam mais aguçados. Eu passo a imaginar e a relembrar os momentos que captei. Você talvez não acredite, mas às vezes ouço sons e até sinto o cheiro de algum instante específico. É uma sensação difícil de explicar. Quando as minhas mãos estão imersas no líquido, me sinto como um cego que lê pela primeira vez em braile. Cada pontinho forma uma letra, e cada letra, uma palavra. Assim acontece com a fotografia sendo revelada. O processo químico do contato do papel com o líquido e com a luz, resulta em uma imagem lentamente formada diante dos meus olhos, como mágica. Uma imagem de um momento especial, que eu próprio captei. Também gosto de pensar que até mesmo as coisas físicas, como a fotografia, precisam de equilíbrio entre luz e escuridão pra poderem existir."

"Como talvez a gente precise de momentos de tristeza pra conhecer a felicidade?"

"Talvez sim. Como ying yang. Um não existe sem o outro. As duas energias se equilibram."

De repente, percebo que já não estou mais chorando. Tampouco estou irritada com a presença dele aqui. Pelo contrário, estou me sentindo confortável, apesar do silêncio constrangedor que agora tomou conta do espaço. Tento falar alguma coisa pra quebrar o momento, mas antes mesmo de terminar a frase, já me arrependo de ter falado. Porque será que estou censurando minhas próprias palavras? Por que estou sentindo vergonha dele?

"Você realmente não tirou nenhuma foto minha?" Porque eu tinha que perguntar isso de novo? Será que estou sendo muito pretensiosa?

"Não, mas se quiser eu posso fazer várias agora." Ele me dá um sorriso malandro e um olhar tão intenso que fazem meu peito disparar. "Eu faço fotografia por amor. Fotografo o meu olhar sobre o mundo. Mas, algumas vezes, quando alguma beleza muito exuberante capta a minha atenção, eu prefiro observar que fotografar. Primeiro por respeito ao momento. E segundo, por medo dela fugir de mim caso eu tente prendê-la em uma fotografia. É como tentar fotografar um animal selvagem, por exemplo. Se perder o momento, ele foge. Foi o que aconteceu quando te vi. Preferi te contemplar do que correr o risco de te assustar e perder a possibilidade de me aproximar de você."

Meu Deus... será que isso tá realmente acontecendo? Meu rosto cora mais uma vez. Tento desviar o assunto pra não parecer tão ridícula: "Minha mãe dizia que as fotografias podem roubar a juventude."

"Roubar a juventude? Como assim?"

"Ela dizia que no Tibete muitas pessoas acreditam que a fotografia diminui a longevidade. Os mais velhos não gostam de serem fotografados por medo de que as fotos roubem anos, cada vez mais preciosos, de suas vidas."

"Eu nunca tinha ouvido falar nisso, mas é uma ideia interessante. Só espero que não seja verdade, se não vou precisar parar de fotografar a minha mãe." Outro sorriso largo.

"Acho que é uma questão de fé. Se você acredita, torna-se verdade... Meu nome é Jade. Prazer." Ele segura firme minha mão e, enquanto a beija, não tira os olhos dos meus.

"Encantado, Jade. Eu sou Tian."

Sinto minha pulsação aumentar. Até pareço uma garota estúpida de quinze anos de idade. Espero que ele não perceba meu nervosismo. Embora Tian não seja o tipo de cara que eu normalmente me sinta atraída, ele é tão charmoso e interessante... E bonitinho. Tem duas covinhas enfeitando o rosto quando abre seu sorriso lindo. Seu cabelo comprido até o ombro, está preso pela metade com um coque no alto. Ele veste uma calça jeans surrada, um moletom cinza e um all star vermelho, reforçando seu jeito moleque. A essas alturas, minhas lágrimas deram lugar a sorrisos constrangidos. Eu que nunca na vida imaginei que um dia teria alguma história com um chinês, já estou reconsiderando isso, enquanto observo esse garoto estiloso segurando a minha mão, aqui nesse trem escuro e vazio. Sem deixar o meu olhar por um segundo sequer, ele diz: "Vem comigo! Quero te mostrar uma coisa!"

Não há nada que eu queira mais nesse momento do que seguir o Tian. Sem hesitar, tento alcançar os seus passos rápidos, quase correndo entre os vagões do trem. Ele não solta a minha mão e eu gosto disso. As portas das cabines já estão todas fechadas. É como se o trem agora existisse exclusivamente para nós. Tentamos nos movimentar em silêncio, pra que ninguém acorde e interrompa o nosso instante de dois. Quando chegamos no último vagão, Tian me mostra uma pequena porta com uma placa que indica acesso exclusivo a funcionários. Ele me dá um sorriso convidativo e, sem dizer nada, a abre. É uma salinha minúscula com algum maquinário. Mal cabemos os dois ao mesmo tempo aqui dentro. Percebendo meu desconforto, ele tenta me tranquilizar:

"Não precisa se preocupar. Ninguém nos viu entrar aqui. Além do mais, não vamos ficar muito tempo. Só quero te mostrar algo especial. Depois disso podemos continuar nosso passeio no trem."

"Tá bom. O que você quer me mostrar?"

"Antes de te mostrar, só quero dizer pra não ficar com medo... Vai ser rápido e, embora leve um tempinho pra você se adaptar, depois vai valer a pena."

"O quê?" Do que ele estava falando? Estou começando a achar a brincadeira um pouco assustadora. Eu não estou acostumada a quebrar regras. E eu sei muito bem que, em primeiro lugar, nós nem deveríamos estar nessa salinha. Ele percebe minha apreensão.

"Calma... Parece que foi só eu te falar pra não ter medo que você mudou o humor. Tá tudo certo. Confia em mim. Pronta? Já vou te mostrar a surpresa. Vai fazer um pouco de frio, mas como eu te falei, é rapidinho."

Ele abre uma janelinha minúscula, que eu sequer havia percebido a existência, e uma rajada forte de vento invade o espaço. A janela dá pra fora do trem e é tão pequena que só é possível que uma pessoa de cada vez olhe através dela. Ele faz sinal pra eu ir primeiro. Um pouco hesitante, coloco meu rosto na janela e a força do vento quase me impede de abrir os olhos. Quando finalmente consigo enxergar, avisto a lua enorme incandescendo o céu e nascendo por trás das montanhas. A vista estonteante nos indica que já não estamos tão longe dos Himalaias.

"Essa é uma das paisagens mais lindas que eu já vi na vida. Obrigada por me mostrar. Parece que só agora finalmente me dei conta de que estou viajando na linha de trem mais alta do planeta."

"Só a ferrovia mais alta conseguiria alcançar o teto do mundo..."

"Impressionante."

"Viu como a surpresa valia a pena?"

"Sim... Obrigada."

"Podemos continuar o tour agora, mei nv?."

"Como você sabia da existência desse lugar?"

"Eu sou bem familiarizado com trens. Eles estão em grande parte das minhas fotografias."

"Mesmo? Porquê?"

"Não somente os trens, mas tudo o que está relacionado a eles e ao que representam, de certa forma, me atrai. Eu gosto de fotografar ferrovias, estações, plataformas, passageiros, paisagens, enfim. E na China a gente é privilegiado em relação a isso. É da nossa cultura viajar de trem. Também não é pra menos, né? Temos a maior ferrovia de alta velocidade do mundo, de Pequim pra Cantão. Essa que estamos viajando também é muito especial. Como você falou, é a mais alta da Terra. Imagina quanto esforço humano foi necessário pra construir essa obra de engenharia que chega a ter mais de cinco mil metros acima do nível do mar? E sem contar os passageiros. Todos os anos, durante o festival da primavera, acontece na China a maior migração humana do planeta. Mais de cento e trinta milhões de trabalhadores imigrantes retornam pras suas cidades natais para comemorar a entrada do ano em família. E praticamente todos viajam de trem."

"Cento e trinta milhões? É como se quase toda a população do Brasil viajasse junta de trem em uma única data."

"Exatamente."

"Não consigo nem imaginar a dimensão e a estrutura necessária pra viabilizar esse tipo de migração. Deve ser por isso que a senhora que está dividindo a cabine comigo me falou que a filha dela às vezes não consegue encontrar passagem de volta pra casa durante o ano novo..."

"Com certeza, é por isso. Toda entrada de ano, as estações e os trens chineses viram verdadeiros formigueiros humanos. As pessoas passam dias, até semanas, acampadas nas estações pra tentarem garantir uma passagem. Muitos viajam trechos longos, de milhares de quilômetros de distância, em pé, ou dividindo o assento com outros passageiros."

"Você tem fotografias disso?"

"Milhares. A cada ano, eu viajo pelo menos umas três ou quatro vezes de trem. Tenho uma coleção dessas imagens em meus arquivos. Quem sabe um dia eu possa te mostrar, se você quiser."

"Eu adoraria ver. Desde que você começou a fotografar, sempre focou em trens?"

"O trem sempre foi meu meio de transporte preferido. Talvez seja porque eu tenha morado a minha infância inteira em um prédio ao lado de uma estação. Todos os dias eu escutava o som da locomotiva sob os trilhos e observava os passageiros embarcando e desembarcando através da janela do meu quarto. Eu costumava criar histórias pra eles. Sempre que via um casal se despedindo, por exemplo, eu imaginava de onde eles vinham, pra onde estavam indo, porque estavam se separando, quando seria o próximo encontro... E aí, quando eu ganhei a minha primeira câmera fotográfica, o que era uma brincadeira de criança acabou virando a minha carreira."

"Você vive de fotografar trens?"

"Não exatamente. Eu amo fotografar trens e já até fiz algumas exposições sobre o tema, mas não necessariamente ganho dinheiro com isso. Grande parte da minha renda vem de trabalhos como fotógrafo free lancer, mas nesse caso, eu acabo fotografando tudo, menos trem. Casamento, aniversário, funeral... Às vezes, sou contratado por algumas revistas pra cobrir alguma matéria, enfim... Mas pra trabalhar, tive que acabar aderindo às câmeras digitais, porque o cliente precisa ter o poder de escolha das fotos, e as digitais são mais rápidas nesse sentido. Mas o que eu gosto mesmo de fazer, é fotografar o universo dos trens com essa minha analógica, que aliás, foi a minha primeira câmera. É a ela que eu devo a descoberta da minha vocação. As digitais me fornecem o ganha pão, mas é com essa analógica que eu tenho prazer em fotografar. E, quando eu estou dentro de um trem e consigo captar as dinâmicas dele, a paisagem, a interação das pessoas, eu me sinto de alguma forma, completo, conectado comigo mesmo... Mas chega de falar de mim. E você? Tem alguma coisa que te faz sentir conectada com sua essência?"

"Eu danço."

"Dança pra mim?"

Sinto mais uma vez meu rosto corar e o pulso acelerar. Dou um sorriso tímido, abaixo a cabeça e digo baixinho: "Quem sabe um dia..."

"Você está viajando sozinha?"

Confirmo com a cabeça e pergunto: "E você?"

"Também. Ótimo! Assim eu não vou me meter em nenhum problema se eu quiser te raptar pra minha cabine, certo?"

Que frio na barriga... mas tentei me controlar e bancar a difícil. "E quem disse que eu quero ser raptada?"

"Ninguém. Eu não vou te forçar a fazer nada que você não queira. Mas acho que estamos com sorte hoje. O trem já está todo adormecido. Eu estou viajando sozinho, você também. Não estou dividindo minha cabine com mais ninguém e ainda tenho longas horas de estrada, então não vejo porque a gente ter que se separar nesse momento. Eu ainda nem sei pra onde você está viajando. Tem milhares de coisas que eu ainda quero descobrir sobre a moça enigmática do trem escuro. Por isso, acho que a nossa próxima parada do tour deveria ser na minha cabine e a gente continua esse papo. O que você acha?"

"Tá bom."

Eu já gostei de outros garotos antes. Já estou familiarizada com essa sensação de borboletas no estômago seguida de um arrepio atrás da nuca e coração disparado. Mas pelo que me recordo das minhas experiências passadas, nunca um cara esteve tão na minha quanto o Tian parece estar nesse momento. Eu nunca tive um amor, ou até mesmo um caso, correspondido. Ou eu me apaixonava e o garoto não me dava a menor moral, ou eu não gostava de quem se interessava por mim. Mas agora, seguindo o Tian nesse trem, parece que tudo se encaixa. Parece que a gente combina e que ele me quer tanto quanto eu o quero. Talvez tenha sido esse o meu bom presságio matinal. Precisei mais uma vez me sentir devastadoramente sozinha pra finalmente encontrar uma companhia. Será que você já sabia disso, mamãe?

Nossas mãos não se separaram uma da outra. Meu coração parecia que nunca ia voltar a ter o batimento normal. Meu rosto estava constantemente rosado de vergonha e eu não conseguia conter meu sorriso. Como puder estar sentindo tudo isso ao mesmo tempo e tão rápido e intenso? Chegamos em sua cabine vazia. Até isso foi providencial. Temos uma cabine só pra nós dois. Ele me dá a passagem e fecha a porta logo após entrar. Agora somos apenas Jade e Tian.

Sem saber muito o que fazer, me aproximo da janela e observo a paisagem exuberante das montanhas lá fora. A meia-luz da cabine vem da lua cheia, que é também a nossa única testemunha. Posso sentir Tian se aproximando de mim. Ele passa a mão em meu cabelo e coloca uma mecha por trás da minha orelha. Sinto a sua respiração quente em meu pescoço. Estou arrepiada. Não tenho coragem de virar o rosto, pois sei que não vou conseguir disfarçar meu nervosismo e o meu fôlego acelerado. Sem eu ver, ele coloca um fone de ouvido em uma das minhas orelhas e o outro na dele, e diz baixinho:

"Vamos escutar juntos."

É uma melodia doce e bela. Uma música clássica tocada com o erhu, um instrumento tradicional chinês que parece um violino, mas possui apenas duas cordas. Seu som é inconfundível. Ela parece contar uma história através das notas musicais. A música invade meus poros e toca profundamente a minha alma. Lágrimas caem em meu rosto, mas não de tristeza. Eu fecho os olhos. Não consigo pensar em nada. Minha mente está vazia. Me dou conta de que estou inteiramente no presente. E isso é, verdadeiramente, um presente. Abro os olhos e novamente observo a infinidade dos vales à minha frente, iluminados pela lua e pelo céu estrelado. Vejo uma estrela cadente e silenciosamente desejo que esse momento dure e que não seja um sonho. A música termina e ainda não consigo encará-lo, mas palavras saem da minha boca, quase que involuntariamente.

"Parece que eu fui transportada pra outro lugar. Meu coração está em paz."

Ele me abraça por trás e beija os meus cabelos. É o Tian quem quebra o profundo silêncio que tomou conta de nós por - sabe-se lá quanto tempo - que passamos abraçados e encostados na janela.

"Vamos sentar um pouquinho? Posso deixar a música tocando baixinho... queria conversar mais... Descobrir quem você é."

Essa foi a primeira vez, desde que entramos na cabine, que tirei meus olhos das montanhas lá fora. Virei o rosto e encontrei o olhar terno de Tian. Sem dizer nada, ele segurou delicadamente a minha cabeça com suas mãos e beijou a minha testa. Já não estou mais conseguindo conter o meu desejo e, sentir o calor da sua respiração fez com que a aceleração do meu peito se tornasse quase visível. Tão logo ele afasta o rosto do meu, eu o seguro firme e lhe beijo os lábios. Um beijo longo e lento. Uma troca íntima e intensa. Ao final nos olhamos e, sem dizer uma palavra, sentamos ao lado um do outro em sua cama e nos amamos durante toda a madrugada. Ao fundo, músicas clássicas chinesas compõem o cenário onírico desta noite, que acabou se tornando a mais especial da minha vida.

Capítulo VI
De Golmud a Lhasa ou Tian

O toque de Tian é macio, mas firme. Seu corpo magro e quase sem pelos é também musculoso. Seu abraço é profundo. Seu beijo faz meu corpo se arrepiar. Seu cheiro me excita. Seu olhar me guia. Seu sorriso me alegra. Sem que seja necessário o menor esforço, me rendo a ele. Entregue ao seu corpo, iluminado apenas pela luz da lua que atravessa a janela, nossas peles se encontram e em uma fração infinita de tempo, estou levitando. Ele é cuidadoso e paciente. E talentoso. Percorre cada pedacinho do meu corpo com seus habilidosos dedos e sua língua quente. Meus seios foram feitos pras suas mãos. O encaixe perfeito. Minha alma flutua. Eu nunca antes havia experimentado essa sensação. Ele me faz subir até as estrelas várias vezes antes de me invadir. Meus olhos permanecem fechados, mas se movem no ritmo da minha respiração ofegante. Meu coração dispara e me sinto como se estivesse à beira da morte. Mas não tenho medo, pois se tudo acabasse nesse momento, já teria feito sentido. Agora já sei o porquê de ter iniciado essa jornada do luto ao êxtase. Não poderia jamais imaginar que encontraria beleza tão rara. Energia tão forte. Aliás, mesmo seu nome não poderia ser mais apropriado. Tian significa paraíso em português. E é exatamente pra lá que ele me transporta.

Com os corpos ainda entrelaçados, atravessamos a noite ouvindo música e conversando, entre beijos, abraços e massagens. Ao redor de nós, apenas a vista deslumbrante das montanhas dos Himalaias, ora cobertas em neve, ora parecendo um deserto. A janela do trem é uma pintura. A paisagem se transforma quase tão rápida e intensamente quanto o meu estado de espírito. Quem poderia imaginar que há poucas horas eu chorava incontrolavelmente por medo da solidão? Agora, por ironia do destino ou capricho dos deuses, me delicio na companhia que mais me fez sentir completa nesses vinte e três anos de vida. Mais uma vez desejo que isso não seja um sonho. Ainda não sei como pode haver sintonia tão fina entre dois estranhos dentro de um trem, em outro país, em apenas uma noite. Tian não sabe nada sobre mim, mas já somos tão íntimos. Tenho a impressão de já tê-lo conhecido. Quando eu escutava mamãe falar sobre vidas passadas, futuras e renascimento, por mais que eu tentasse acreditar, jamais havia experimentado nada que me fizesse achar que isso poderia ser real.

Mas agora aqui nesse trem, encostada no peito aconchegante de Tian, não consigo evitar pensar que se é que existem mesmo outras vidas, talvez a minha já tenha se topado com a dele em algum lugar. Agora compreendo muito melhor a intensidade das palavras da minha mãe ao falar do meu pai, e sua força sobrenatural para superar a morte do seu grande amor. Talvez ela acreditasse que poderia reencontrá-lo. Mamãe dizia que nem todos são afortunados o suficiente para casarem-se por amor, mas que ela fazia parte do seleto grupo dos sortudos: "Se algum dia você conhecer alguém com que sinta uma conexão divina, uma sintonia rara, não deixe passar, minha filha, pois nem sempre temos a sorte de encontrar um amor capaz de sobreviver e se manter vivo por séculos. Espalhe amor e seja generosa, e sua recompensa vai chegar."

Talvez tenha chegado, mamãe. Se não, como é possível explicar a completude que sinto ao lado de Tian em um espaço tão curto de tempo? E o que dizer sobre a conexão com o seu olhar? A carga de energia que me atinge fisicamente, quase como um choque elétrico, cada vez que sou tocada por ele? Me sinto segura e protegida ao seu lado. Já não me sinto sozinha. Quero que ele seja o meu homem e eu serei sua mulher. Amo essa ideia que invade meus pensamentos quase tão intensamente quanto o seu corpo invade o meu. Gostaria de congelar o tempo pra que esta noite não se acabasse. Gostaria de morar nesse trem com ele. Como eu serei capaz de me despedir de Tian? Como eu serei capaz de me desapegar dele? Como você conseguiu ficar tantos anos sem o papai, mamãe? Não suporto pensar que tudo pode se acabar quando chegarmos em Lhasa. Prefiro acreditar que, se realmente tivermos sido feitos um pro outro, daremos um jeito de fazer com que nossos caminhos voltem a se cruzar. Nos encontraremos. Mas como não tenho a habilidade de prever o futuro, estou decidida a aproveitar cada segundo restante dentro desse trem como se fossem os últimos momentos da minha vida.

Estamos parados em Golmud, a penúltima estação antes do nosso destino final. Inevitavelmente me sinto um pouco triste, e Tian percebe:

"O que houve? Tá tudo bem com você?"

"Sim, tá tudo bem... É só uma dorzinha chata de cabeça..." Apesar de não ser totalmente mentira, tampouco era a verdadeira razão da minha melancolia.

"Você deve estar começando a sentir em seu corpo os efeitos das montanhas. Quase todo mundo que viaja na ferrovia mais alta do mundo pela primeira vez sente um desconforto, já que não estamos acostumados com essa altitude. Mas a vantagem de viajar pro Tibete por aqui é que, quando chegarmos lá, o seu corpo já vai estar um pouco mais aclimatado. Não precisa se preocupar porque é uma reação meramente física. Seu corpo não está acostumado a ambientes localizados a mais de cinco mil metros acima do nível do mar e, por isso, seu cérebro pede mais ar. Vem aqui, vamos te dar uma dose extra de oxigênio." Ele me segura cuidadosamente e me conduz pro buraquinho na parede da nossa cabine. Aperta o interruptor e uma rajada de vento vem diretamente na minha boca. Tento respirar lenta e profundamente. A dor de cabeça vai aos poucos melhorando, mas eu continuo com um olhar melancólico. Com sua sensibilidade, Tian não deixa nada passar despercebido e logo me diz:

"Já está sentindo alguma diferença? Daqui a pouco a dor de cabeça vai passar. Se não passar, me fala que eu tenho um remédio pra combater a doença de altitude. Posso te dar alguns pra você tomar sempre que se sentir desconfortável, ok? Mas você tem certeza que é só isso? Ainda estou te achando um pouco triste. Eu fiz alguma coisa de errado?"

"Claro que não. Pelo contrário, Tian. Você foi a melhor surpresa que poderia ter me acontecido nessa viagem."

"E você também, pra mim! Mas apesar de você ser linda mesmo chorando, não gosto de te ver assim tristinha. O que aconteceu?"

"Ah… é porque já estamos em Golmud. Temos menos de vinte e quatro horas até chegarmos em Lhasa. Estou um pouco triste porque só nos conhecemos agora."

"Calma. Não sofra por antecipação. Vamos aproveitar as horas que temos juntos e ver o que a vida está guardando pra gente. Aliás, eu não sei nem pra onde você está indo. Você também não sabe do meu destino. Antes que nos permitamos sentir qualquer tristeza, vamos primeiro nos descobrir, nos conhecer melhor e aproveitar o tempo que temos aqui."

"Sim, você está certo. Mas eu queria que a viagem durasse mais tempo…"

"Eu também… Mas como não podemos controlar isso, proponho que tornemos eternas nossas horas juntos aqui no trem. Faz de conta que essa cabine é a nossa casa e que não tem mais ninguém ao nosso redor. Somos só nós dois e essa vista privilegiada lá fora…"

"Tá bom. Gostei da sua sugestão. Que tal eu começar a te descobrir, fazendo uma pergunta?"

"Combinado. Mas alternamos as perguntas porque eu também quero te descobrir. E afinal, a ideia foi minha." Ele me dá um daqueles sorrisos largos e, acariciando meus cabelos, continua: "Damas primeiro."

"De onde você vem, pra onde está indo e porquê?" Outro riso largo.

"Espertinha você. Três perguntas em uma… Sou de Pequim, meu destino final é o Monte Everest e estou indo a trabalho."

"Uau! Você vai fotografar a montanha mais alta do mundo? Eu pensei em incluir uma noite no acampamento base do Everest no meu roteiro no Tibete, mas acabei desistindo." Não falo isso pra ele, mas já estou reconsiderando a minha decisão.

"Acho que ainda dá tempo de mudar de ideia, hein? Adoraria te levar comigo. Mas o problema é que não vou ficar só no acampamento base. O Everest vai ser a minha próxima morada por no mínimo dois meses. Estou indo participar de uma expedição com alguns alpinistas profissionais que decidiram escalar a montanha durante o outono. Fui contratado como fotógrafo freelance por uma revista de turismo de aventura pra cobrir o percurso deles."

"Que incrível! Então você vai escalar o Everest? Você se preparou? Eu ouvi falar que é preciso anos de treinamento pra conseguir chegar ao topo." Que outras surpresas fantásticas será que o Tian guarda?

"Mais perguntas, hein, dona Jade? Vou lembrar de usar o meu crédito quando chegar a minha vez de te perguntar... Mas pra resumir a história... Sim, você está certa. Realmente são necessários muitos anos de treinamento e preparo pra escalar o Everest, além de muito dinheiro. Não é o meu caso. Na verdade, não acredito que eu vá conseguir chegar nem perto do topo. Aliás, nem tenho essa pretensão. Eu vou só acompanhá-los até o segundo acampamento base, que fica um pouco mais acima, pra fotografar alguns trechos do percurso, mas chegar até o topo, é outra história. Escalar essa montanha é uma das atividades mais desafiadoras do mundo. O nível de dificuldade é quase inimaginável. Esses caras têm dedicado anos de suas vidas se preparando pra isso e os que não se preparam, em geral acabam morrendo no meio do caminho. É praticamente um compromisso mental. Uma mistura de treino, experiência, determinação, tempo e dinheiro. Eu não possuo nem metade desses requisitos." Um sorriso de falsa modéstia se estampa em seu rosto lindo.

"Mas não é arriscado pra você fazer uma cobertura dessas sem ter um mínimo de treinamento e preparo? Na medicina chinesa, a doença de altitude é realmente um fator preocupante e ela pode se manifestar de forma diferente em cada organismo."

"Sim, é isso mesmo. Na verdade, qualquer atividade envolvendo o Everest é um pouco arriscada. Até chegar ao primeiro acampamento base, que é aberto à praticamente qualquer turista comum que vai ao Tibete ou Nepal, é um desafio, por causa da altitude de cinco mil e quatrocentos metros. No primeiro acampamento, esse que você considerou incluir no seu roteiro, o nível de oxigênio é 50% menor do que temos disponível a nível do mar. Aqui dentro do trem você acabou de ter uma pequena amostra do desconforto que a altitude causa, e nós não chegamos nem na metade do pico que atingiremos. Imagina como é nos arredores do Everest. Esse desconforto é potencializado ao máximo e, dependendo do organismo, é uma verdadeira tortura. Algumas pessoas relatam que a dor de cabeça é insuportável. Outras sentem náuseas e vomitam. E há pessoas que chegam até a morrer. Por isso é necessário levar estoques e mais estoques de oxigênio. Você vai ver que em todos os lugares do Tibete, até mesmo em Lhasa, é possível encontrar latinhas de oxigênio pra vender. Elas estão em todas as esquinas, porque a altitude é um obstáculo real."

"Que loucura. Eu obviamente sabia que teria problemas com a altitude, mas não imaginava que era assim tão grave... E você não está com medo de passar mal lá? Você se preparou de alguma forma?"

"Eu já fui no primeiro acampamento base duas vezes pra fotografar, mas nunca além de lá. Lembro da minha primeira noite como se fosse hoje. Não consegui dormir. Eu sentia que a minha cabeça pesava uns vinte quilos e que o meu pescoço não iria conseguir sustentá-la. Foi a pior dor de cabeça que senti na vida. Devo ter esvaziado no mínimo umas cinco latas de oxigênio e ainda assim, a dor não parava. Tentava respirar rápida e profundamente, numa tentativa de potencializar o ar que entrava no meu corpo, mas nada parecia aliviar o desconforto..."

"Isso soa horrível..."

"Realmente a sensação causada pela altitude é horrível, mas com o tempo o corpo se adapta e existem remédios pra combater o mal-estar. Continuo fazendo isso porque quando se chega ao acampamento, esse desconforto é absolutamente recompensado pelo sentimento de superação. Sem contar nas paisagens espetaculares, na calmaria e espiritualidade do ambiente, coberto de neve e nuvens. Contemplar o Everest me fez reconhecer a minha pequenez. Até mesmo as limitações físicas que encontramos no caminho, estão ali pra nos relembrar da nossa insignificância diante da imensidão da natureza. Uma vez lá, o silêncio das montanhas é ensurdecedor. É um silêncio que fala e evoca a importância de se valorizar a vida e o que se tem, porque somos muito frágeis e vulneráveis. Uma vez lá, percebi que podemos morrer a qualquer instante."

Uma lágrima escorre dos meus olhos. Tian nem imagina o quanto eu aprendi sobre a vulnerabilidade da vida nesses últimos meses. Enxugando meu rosto com o toque da sua mão, ele continua.

"Hey... tá tudo bem. Não aconteceu nada comigo e dessa vez também não vai acontecer. Prometo que vou me cuidar. Sei dos riscos que corro, mas fotografar o Everest é provavelmente o trabalho mais especial que vou realizar em toda a minha carreira. Estou vendo isso como uma enorme oportunidade, não apenas profissional, mas também de crescimento humano e espiritual. E é por isso que eu não estou com medo. Das outras vezes que estive no acampamento base, não consegui fotografar a montanha de perto. Como eu falei, sei que não vou chegar ao topo, mas os alpinistas experientes dizem que do segundo acampamento já é possível avistar pela primeira vez o Everest de pertinho. Eu mal posso esperar por isso. Sei que será uma experiência intensa. Aliás, esse segundo acampamento é conhecido como o Vale do Silêncio e eu acho esse nome muito apropriado pra descrever o Everest, onde tudo é silêncio e imensidão... Mas é um silêncio tão presente que te reconecta com sua alma. Lá eu senti a presença do sagrado. Talvez seja justamente porque conseguimos perceber o quanto nosso corpo é frágil diante da imponência da natureza. Ou talvez tenha alguma relação com a aura clara dos monges tibetanos, ou quem sabe com a simplicidade dos sherpas nepaleses e dos povos nômades do Tibete. É realmente um lugar místico. Até mesmo eu, que nem me considero um cara verdadeiramente espiritualizado, consegui sentir a presença quase viva, quase palpável, dos espíritos das centenas de alpinistas que morreram tentando conquistar o topo do mundo. Há algo extraordinariamente especial no Everest e, cada vez que eu piso os meus pés ao seu redor, tenho a minha fé renovada."

Estou apaixonada pela sensibilidade de Tian. E por todo o resto. Tudo o que ele disse agora me fez pensar em minha mãe. Cheguei a senti-la entre nós. Lembrei do meu sonho e consegui visualizá-la caminhando nas montanhas do Himalaia, vestida como uma típica nômade tibetana. As lágrimas novamente escorrem involuntariamente no meu rosto e eu não consigo disfarçá-las. Me sinto fragilizada e necessitada do colo dela, mas contento-me com o abraço de Tian. É o que vai me confortar agora. Pensando em voz alta, espontaneamente acabo me declarando pra ele. "Acho que estou apaixonada por você, Tian." O que me fez dizer isso? Vou assustá-lo... Ou talvez não. Ele respira fundo e me abraça. O abraço mais forte e mais entregue que eu pude experimentar em toda a minha vida. Ainda com o peito encostado ao meu, ele diz:

"Sei o que você está pensando... eu também estou com medo, porque nunca me senti assim antes. Mas a verdade é que estou muito mais gratificado do que assustado. Estou imensamente feliz por esse encontro. Apesar de ainda não saber nada sobre você, sinto uma ligação muito forte. Tenho vontade de te manter em meus braços por todo o tempo do mundo. Vê-la chorando me parte o coração e me faz querer cuidar de você..."

Apesar do meu pranto tão sentido, estou amparada em seu abraço e uma parte de mim está feliz pela reciprocidade da conexão que sinto por ele. Essa é a primeira vez desde que cheguei na China que estou preparada pra contar a minha história pra alguém. Pela primeira vez, não sinto vergonha da minha dor e da minha vulnerabilidade. Pela primeira vez, não sinto raiva do olhar piedoso dos outros. Pela primeira vez, posso falar da morte da minha mãe sem culpar o universo pela minha solidão. Sem ter a menor ideia, o Tian me ajudou a diminuir a minha revolta contra o mundo espiritual por ter levado os meus pais. Ele me fez perceber que essa força superior que chamamos de Deus, ou o que for, possui sim propósitos maiores que os nossos, e impossíveis de serem compreendidos por meros mortais. E, só por isso, eu já sou eternamente grata a Tian. Já o amo pelo simples fato dele me inspirar e me ensinar a ser uma pessoa melhor. Mamãe dizia que mar calmo nunca fez bom marinheiro, então talvez eu precisasse realmente passar pela tempestade pra conseguir ver o arco-íris. Enxugando as minhas lágrimas e me mantendo em seus braços, ele faz a sua primeira pergunta.

"Agora é a minha vez: Quem é você, Jade? Quem é essa moça linda e misteriosa que captou meu olhar num trem escuro na China? Qual o motivo dessas lágrimas? O que você está fazendo aqui sozinha?"

"Eu acho que estou aqui justamente pra tentar descobrir a resposta pra sua primeira pergunta... Eu não sei bem quem eu sou... Durante toda minha vida, me senti fora do lugar, desenquadrada, como se uma parte de mim faltasse. Mas quando comecei essa jornada, eu tinha um propósito definido... Quer dizer, ele ainda existe. Mas as coisas de repente têm tomado outro rumo e parece que, tanto o meu motivo inicial de estar aqui, como o meu objetivo final, só existiram para que eu precisasse passar pelo percurso até atingi-lo."

"Calma... Sei que toquei em uma área sensitiva, mas não estou conseguindo te acompanhar. Você precisa ser mais específica... Aliás, você não precisa nada... não se sinta obrigada a falar, se não se sentir confortável... Mas se optar em omitir, saiba que continuo interessado em saber mais sobre você."

Abro a mochila, retiro o vasinho com as cinzas da mamãe e o coloco na mesinha que separa as camas. "Este é o verdadeiro motivo de eu estar aqui." Tian me lança um olhar de dúvida, mas permanece em silêncio, esperando que eu continue a minha história. "Aqui dentro está guardado o meu bem mais precioso. Tudo o que aprendi até hoje sobre amor, respeito e fé está concentrado nesse pequeno vasinho em frente a nós. Ele guarda as cinzas da pessoa mais importante que eu tive na vida, minha mãe." Tian agora tem lágrimas nos olhos, enquanto me escuta e segura firme a minha mão.

"Minha mãe se chamava Neema. Ela era uma tibetana linda, forte e sábia. Durante os quinze anos que seguiram a morte do meu pai, ela cuidou de mim sozinha, em um país estrangeiro e completamente diferente do dela. Para viver um grande amor, ela abandonou seu país, sua família e seus amigos, acompanhando meu pai na maior aventura de suas vidas: a imigração pro Brasil. Eles se conheceram quando meu pai, então um jovem médico de Xangai, foi fazer um curso sobre medicina tradicional tibetana em Lhasa. Segundo a minha mãe, eles se apaixonaram perdidamente e, não podendo lutar contra o destino, ela resolveu segui-lo. Eu tive pouco contato com meu pai. Ele morreu quando eu tinha apenas oito anos de idade. Mas, mesmo assim, sua influência foi tão forte sobre mim, que decidi seguir o mesmo caminho profissional que ele. Apesar de minha mãe ter sido uma verdadeira heroína e ter me oferecido o melhor que estava a seu alcance, eu não sei se pelo fato de ter me tornado órfã tão jovem ou por ter nascido em um país tão diferente das minhas origens, durante toda a minha vida eu me senti incompleta. Nunca me adaptei por inteiro à cultura brasileira, tampouco me sentia confortável em meu corpo asiático. Também nunca soube como resolver esse conflito interno, até que um dia, por uma razão muito superior aos meus desejos e medos, acabei me vendo obrigada a vir pra China e pro Tibete, afim de concretizar o último desejo da minha mãe: retornar ao seu país junto comigo. Mas na verdade, acho que eu precisava mesmo vir pra cá sozinha pra poder me entender e me aceitar melhor."

Os olhos dele continuam marejados e com um brilho diferente. Uma mistura de curiosidade, pena, desejo e fascinação. Eu não sei se gosto desse olhar. Ainda luto contra o medo de me fazer de vítima e não quero que ele sinta dó de mim. Tian resolve falar pela primeira vez desde que comecei a contar minha estória:

"Eu sabia que você não era uma garota comum desde o momento em que coloquei meus olhos em você pela primeira vez. Você é uma guerreira corajosa, Jade Li."

"Não. Você está enganado. Eu não sou corajosa. Pelo contrário. Relutei muito contra a decisão de vir. Estava devastada e completamente assustada. Eu não teria vindo se minha mãe não tivesse planejado a viagem comigo. Jamais teria tido essa iniciativa. E mesmo depois de termos comprado a passagem e preparado tudo, ainda tive dúvidas. Muitas dúvidas e medo. Ainda cheguei bem perto de desistir. Nunca achei que eu fosse capaz de fazer essa viagem sozinha, mas ao longo do meu percurso, percebi o quanto eu necessitava passar por tudo isso. Eu estava de luto quando cheguei na China. Ainda estou. Não faz muito tempo que minha mãe partiu. Praticamente a única companhia que eu conheci ao longo desses vinte e três anos de vida. Ela já não pode mais falar comigo, já não pode mais me aconselhar, me abraçar, me proteger ou cuidar de mim. Ela morreu antes de concretizarmos o seu sonho e eu quis desistir. Como eu poderia vir pro outro lado do mundo sem ela? Eu estava aterrorizada."

"E o que te fez criar coragem pra vir?"

"Eu não criei coragem. Continuei morrendo de medo, mas vim assim mesmo. Essa viagem era um sonho pra minha mãe. Ela adoeceu no final do ano passado e seu estado de saúde piorou muito rápido. Assim que foi diagnosticada com câncer e que soubemos a gravidade da sua doença, uma das primeiras vontades que ela manifestou foi de voltar ao Tibete e enfrentar os fantasmas da escolha mais difícil que tivera que tomar na vida. Rapidamente a ideia inicial evoluiu para uma jornada mais completa, que também incluísse uma visita à Xangai, para que juntas, explorássemos um pouco o cenário que havia sido parte da vida do meu pai. Nós planejamos tudo acreditando que conseguiríamos realizar esse sonho, mas a caminhada da minha mãe nesse plano, se encerrou antes. Eu não achei que eu fosse ter forças pra conseguir vir sozinha. Até no estágio final da doença, minha mãe foi mais forte que eu. Ela fazia jus ao seu nome e realmente brilhava. Neema significa sol na língua tibetana. Ela era muito mais sábia e corajosa do que eu. Enfrentava tudo de cabeça erguida. Já eu, coragem nunca tive.

Mas depois de muito relutar, uma dessas armadilhas do destino me mostrou que eu precisava vir. Se não por mim, pelo menos em honra a ela. Assim, mesmo aterrorizada, embarquei naquele avião e trouxe comigo suas cinzas pra que ela participasse de tudo, nem que fosse apenas simbolicamente. E só o fato de estar aqui agora, me expondo pra você, me faz ter certeza de que valeu a pena."

"Eu também tenho certeza. E me sinto um cara muito sortudo por ter cruzado seu caminho assim. Agora tá explicado o magnetismo que me uniu a você. É óbvio que não podia ser apenas atração física. Você é muito mais forte do que imagina. Determinada, corajosa, espiritualizada. Agrega o que eu mais admiro e espero de uma mulher. Eu quero é poder te merecer."

Os primeiros raios de sol iluminam meu rosto que, mais uma vez, está inundado em lágrimas. Tudo soa tão surreal. Como eu posso estar ouvindo isso da boca de alguém tão especial como o Tian? Como é possível que ele me enxergue assim? Logo eu, que sempre fui tão frágil, sem graça, insegura? Será que isso está mesmo acontecendo? Será que eu vou finalmente conhecer o amor, da forma que a minha mãe falava? Eu não sei se foi isso que ela sentiu pelo meu pai, mas sei que o que mais quero agora é seguir o Tian pra onde quer que ele vá. Eu não hesitaria nem sequer por um segundo, se ele me convidasse agora para acompanhá-lo. Como se pudesse ler meus pensamentos, ele me abraça e diz baixinho:

"Minha pequena Jade, eu quero que você vá comigo pro Everest."

"Eu também quero ir. Ainda não sei bem como faremos isso, já que eu não posso mudar meu roteiro sozinha. Mas assim que chegarmos em Lhasa, vou conversar com o meu guia e perguntar se ainda dá tempo de incluir o acampamento base na minha jornada. Você vai parar em algum outro lugar antes de ir pro Everest?"

"Não. Quando eu chegar, a equipe da revista já vai estar me esperando pra me levar direto ao encontro dos alpinistas. Seguimos viagem amanhã cedinho. Eu acho que não vai ter problema em incluir o Everest no seu roteiro, mas acho praticamente impossível que a gente consiga ir juntos. Mesmo que eles incluam o acampamento base pra você, seu guia deve primeiro levar vocês pra conhecer Lhasa e os arredores. E o pior é que normalmente a agência é que define tudo de acordo com os grupos de turistas. Não vamos ter muito poder de escolha. O que mais está me preocupando, na verdade, é a nossa comunicação. Como faremos pra nos encontrar depois que você chegar ao Everest? Principalmente se a nossa expedição já tiver sido iniciada, vai ser difícil."

"E se quando a gente chegar em Lhasa eu deixar de me apresentar pro meu guia, me esconder em algum lugar e tentar ir junto com você?" De onde será que tirei tanta coragem? Nem acredito que falei isso e que estou disposta a fugir com Tian.

"Boa prova da sua falta de coragem, hein dona Jade? Apesar de admirar sua ideia, está fora de cogitação. Se formos pegos, nós dois podemos ser expulsos do Tibete e, você, até da China. Se uma coisa dessas acontece, dificilmente você poderá colocar os pés no país novamente. Essas pessoas sabem aonde estamos, Jade. Por mais que você deixe de se apresentar para o guia, ele certamente sabe que você está nesse trem. Você não imagina os mecanismos de vigilância que os chineses possuem. São tão poderosos quanto os satélites americanos. Não queremos correr esse risco, certo?"

"Certo. Mas você não disse que antes de começarem a expedição vocês precisam passar alguns dias no acampamento base pra se aclimarem com a altitude? Então quando eu chegar, vocês provavelmente ainda estarão lá. Se estivermos os dois no mesmo lugar, eu dou um jeito de te encontrar."

"Infelizmente não é assim tão simples. O acampamento base é enorme e tem várias barracas de famílias nômades que abrigam entre dez e vinte pessoas cada uma. Estaremos sem comunicação por lá, já que não tem sinal pra celular comum. Quem realmente faz questão de uma ferramenta pra entrar em contato com a família, normalmente precisa comprar um telefone de satélite, que é muito caro. Já a comunicação do Everest para o acampamento base é feita por walkie-talkie. Como nem eu nem você possui nenhum dos dois, vai ser mais difícil."

"Mas não impossível."

"Não impossível. Quando chegar lá, procure a equipe da revista Go Outside. Eu vou estar junto com eles. Mas não se esqueça de começar a tomar o diamox, aquele remedinho que eu te dei pra controlar os efeitos da altitude antes mesmo de chegar ao acampamento, se não você realmente não vai ter energia pra me procurar. Ah, e leva um pequeno estoque de garrafa de oxigênio, porque no acampamento elas são bem mais caras."

"Sim, senhor. Vou lembrar de todas as recomendações. Apesar de não estar acostumada com remédio ocidental, farei isso pra poder te encontrar." Com um sorriso caloroso, Tian me toma em seus braços e diz baixinho no meu ouvido:

"Mas eu queria mesmo era te raptar e te levar comigo agora..."

"Eu também."

"Mas como eu sei que você não é uma garota comum, nem me preocupo com o fato da gente se desencontrar. Sei que minha guerreira vai dar um jeito. Agora o mais urgente é conseguir convencer o seu guia em incluir a viagem ao Everest em seu roteiro."

"Tá bom. Assim que eu chegar em Lhasa essa vai ser a minha primeira missão. Espero que não seja tão complicada. Mas enquanto isso, ainda temos o restinho desse dia pra nós."

"Exatamente. Vamos aproveitá-lo fazendo o que a gente faz de melhor." Ele me agarra com força e, mais uma vez, brincamos de explorar os corpos um do outro. A cada toque, um arrepio, uma nova revelação. Eu poderia passar dias seguidos trancada nessa cabine com Tian. Entre um gozo e outro, alternamos descobertas do corpo e da mente, trocando ideias sobre música, livros, medicina chinesa, fotografia, viagens, política, religião, enfim, assuntos que não se esgotam. Temos muita afinidade. Não conseguimos nos desgrudar ou parar de falar. Ele é tão perspicaz e engraçado. E sedutor.

"Então, quer dizer que você é uma banana, dona Jade?"

"Uma o quê?" Ele dá uma gargalhada tão espontânea que me faz rir também.

"Uma banana. Aqui na China a gente chama os descendentes de chineses que nasceram e moraram fora, de bananas, porque eles são amarelos por fora, mas brancos por dentro."

"Eu nunca tinha ouvido falar nessa metáfora, mas devo admitir que é uma comparação boa." Ambos rimos.

"É muito boa sim. Na hora que te vi, percebi que você era diferente, mas não imaginei que fosse uma banana. Muitos chineses não simpatizam muito ou até têm um certo preconceito com esse pessoal, mas eu sou o contrário. Tenho curiosidade pela cultura ocidental. Enquanto os caras estrangeiros da minha idade vêm pra China e acabam contraindo a febre amarela, ou seja, se apaixonam pelas chinesas, eu normalmente me interesso pelas laowais. Já até tive uma namorada inglesa"

Sinto um friozinho na barriga quando ele fala da ex-namorada. Não consigo acreditar que é ciúmes... Tento disfarçar, mas quero descobrir um pouco mais sobre isso. "Então você também é um pouco diferente da maioria, né? Pelo que pude perceber nos poucos dias que passei em Xangai, a febre amarela acontece mais de homens ocidentais com mulheres chinesas, do que homens chineses com mulheres ocidentais... ou é impressão minha?"

"Não. Acho que você tá certa. Realmente é muito mais fácil ver homem estrangeiro com chinesas do que o contrário. Você mesma deve ter recebido um monte de cantada dos branquelos na rua em Xangai, não?"

"Bom, é... eu realmente percebi alguns olhares atirados de alguns gringos em Xangai. Devem ter febre amarela então, né?" Com um sorriso malicioso, ele fala:

"Devem ter. Mas não me assusta ouvir que você chama atenção. Linda desse jeito. Parece chinesa, mas é toda cheia de curva. Qualquer cara normalmente é chegado nisso. Até o seu jeito de andar é diferente das chinesas... Mas eu tô feliz que você não tenha dado moral pra nenhum gringo. Sou um sortudo mesmo. Você foi olhar logo pra mim?"

Com um sorriso constrangido, eu retorno o elogio com um beijo e continuo: "Mas foi você que me achou."

"Verdade. Não poderia deixar passar uma chinesa brasileira."

"Mas por que você acha que o contrário não é tão comum? Os homens chineses não se sentem atraídos pelas estrangeiras?"

"Não sei se é isso. Aliás, acho que não. A maioria dos meus amigos acham as gringas bonitas, falam das curvas, da atração que sentem pelas loiras de olhos claros, por exemplo. Mas sempre que têm oportunidade de conversar com uma delas, se sentem inseguros, quase que com medo de se aproximarem. Talvez esteja relacionado à própria auto estima do homem chinês e à sua necessidade de ser o dominador na relação.

A maioria das estrangeiras que estão na China são independentes, viajadas, experientes. O homem chinês se assusta com isso. A maioria ainda conserva a tradição antiga dos casamentos daqui, onde a mulher precisa ser submissa e não pode se destacar mais do que o marido na relação, seja profissional, financeira ou intelectualmente. O casamento na China ainda é muito visto como um meio de dar continuidade à família do noivo. A mulher se casa e precisa se adaptar à cultura do noivo, precisa viver e servir à família dele. Em contrapartida, ela vai ter um homem que vai sempre sustentá-la e lhe dar estabilidade e segurança. É quase uma negociação."

"Mas até hoje é assim? Eu conheci uma menina aqui no trem que me falou que a maioria das amigas dela querem estudar e construir uma carreira agora. Elas já não estão mais interessadas nesse modelo de casamento que os pais delas tiveram que seguir."

"As coisas têm mudado muito rápido na China. Não dá pra generalizar. Por que você acha que tem muita chinesa que tem interesse em casar com um estrangeiro? Pra muitas delas, tenho certeza que isso significa um passe livre pra sair do país, especialmente as que vêm de famílias mais pobres ou da zona rural e acabam parando em cidades como Xangai ou Pequim. Elas precisam disputar maridos com chinesas mais bem instruídas e com condições financeiras melhores. Por outro lado, um estrangeiro considerado medíocre no ocidente, facilmente consegue uma esposa chinesa em potencial. O que eu acho é que se formos falar da China como um todo, talvez os homens ainda sejam mais tradicionais e sexistas do que as mulheres, porque eles têm medo de ter uma parceira considerada mais forte do que eles. Quando eu namorei essa estrangeira, por exemplo, eu apresentei alguns amigos pras amigas dela, mas não conseguimos formar nenhum casal."

"E porquê? O que eles falavam pra você?"

"Um deles tinha um certo preconceito com as amigas dela. Achavam que eram atiradas e que já haviam namorado vários caras. Isso fazia com que ele questionasse o comportamento e a moral delas."

"Que loucura. Que mentalidade limitada."

"Eu concordo, mas você vem de um país muito mais aberto que a China. Aqui, para um homem chinês apresentar uma namorada estrangeira pra família é muito mais pesado do que uma chinesa apresentar um namorado estrangeiro pros pais dela."

"Porquê? Eu ainda não consegui entender."

"Por isso que te falei antes. Aqui, tradicionalmente, a mulher tem que servir à família do homem e não o contrário. Muitas vezes, ela precisa até morar com os pais do noivo. Se um homem chinês apresenta uma namorada estrangeira para os pais, a pressão é grande em cima dele, pois os pais sabem que ela não vai se submeter a isso. E, muitas vezes, por respeito aos pais, o homem chinês já descarta essa possibilidade, como aconteceu com o meu amigo. Ele chegou a se interessar por uma amiga da Kate, mas falou pra mim que jamais teria coragem de apresentá-la pra família dele, caso eles viessem a ter alguma coisa. Os pais dele jamais aceitariam."

"E os seus pais? Aceitariam?"

"Meus pais têm a cabeça mais aberta. Eles querem que eu seja feliz, não importa como ou com quem. Me apoiaram quando eu decidi substituir a faculdade por um curso técnico em fotografia. Um jovem da classe média ou alta não entrar na faculdade aqui na China é praticamente inaceitável. E meus pais respeitaram a minha escolha. Eles sabiam que era isso que eu sabia e queria fazer. Concordaram também quando eu decidi fazer outro curso de fotografia na Inglaterra, onde eu morei por seis meses. Mas meus pais são exceção."

"Que sorte a sua. Você ainda não tinha me falado que morou na Inglaterra..."

"Tem muita coisa que você ainda não sabe sobre mim... e eu sobre você"

"Verdade... mas quero descobrir. Então foi lá que você conheceu a Kate?"

"Não. Conheci ela em Pequim. Ela estudava chinês na Universidade de Beijing."

"E o que aconteceu com ela? Por que não deu certo?

"Deu certo durante o tempo que aconteceu. Mas depois nossos caminhos se desencontraram. Ela voltou pra Inglaterra, eu queria ficar na China e investir na minha carreira, enfim..."

"Mas os seus pais a conheceram? Aceitaram bem o fato de você estar com uma estrangeira?"

"Sim. Não tive problemas em casa."

"Então, eu não correria nenhum risco de ser rejeitada caso você decidisse me apresentar pra eles?"

Tian solta uma gargalhada "Hahahaha... então você está preocupada com isso, dona Jade? Pois não precisa se preocupar. Eu tenho certeza que você seria, ou porque não, será muito bem-vinda na minha casa e entre os meus amigos. Talvez até mais do que ela, porque você é metade chinesa."

"É, mas sou metade brasileira também."

"Eu sei. Aliás, esse é um detalhe que não passa despercebido em você. Por falar nisso, desculpa a minha ignorância, mas o que tem no Brasil, além de samba, futebol e mulher bonita?"

"Tem muito mais. O Brasil é quase tão grande quanto a China, mas tá longe de ser tão populoso. O país é historicamente miscigenado, então a população brasileira é quase toda formada por casais e famílias inter-raciais. Temos uma natureza exuberante, abundância de frutas e alimentos. Uma cultura riquíssima, com influência indígena, africana, europeia e asiática. Enfim, acho que isso é um bom resumo pra você..."

"É um começo. Vou precisar pesquisar mais sobre o seu país. Agora tenho um motivo forte pra isso."

"E eu sobre o seu."

"Você já está fazendo uma pesquisa de campo."

Ambos rimos. "Aliás, por falar nisso, você já pesquisou a culinária? Já tem um prato preferido na China? Acho que é a hora de você me mostrar, porque eu tô morrendo de fome."

"Eu também. Nem me dei conta que já são quase três da tarde. O tempo voa com você por perto."

Nos vestimos e seguimos em direção ao restaurante do trem. Como eu me sinto feliz andando de mãos dadas com Tian. É uma besteira, mas gosto de perceber o olhar dos outros sobre nós. Me sinto orgulhosa de ter alguém como ele do meu lado. Passamos as nossas últimas quatro horas rindo, namorando, ouvindo música e, pra entrar no clima, bebendo vinho de cevada, uma bebida típica do Tibete. A paisagem continua se transformando como um camaleão. De desertos a glaciais, montanhas, lagos e rios. Me sinto uma personagem de um filme de Wong Kar-Wai. O teto do mundo realmente não poderia ser mais bonito e romântico do que isso.

Capítulo VII
Lhasa ou A Origem

Eis que chega a hora da despedida. Meu coração apertado se entrega ao abrigo do abraço intenso de Tian. Ainda estamos dentro do trem, mas o desembarque já se iniciou. Não consigo evitar que lágrimas escorram mais uma vez sobre o meu rosto. Com sua delicadeza e sensibilidade típicas, Tian as enxuga e tenta me confortar:

"Por que você está chorando, minha Jade? A gente logo vai se reencontrar. Não se preocupe. Vai dar tudo certo."

"Estou com medo de ficar sozinha."

"Não fique. Você é forte. E, além disso, estamos juntos em pensamento e sintonia. Quando estiver com muita saudade, feche os olhos e visualize a gente perto um do outro. Se fizer isso, eu tenho certeza que vou conseguir sentir o seu abraço de onde quer que eu esteja."

"Tá bom. Prometo que vou fazer isso. Será que a gente consegue se comunicar pelo menos através do celular até você chegar ao acampamento base?"

"Sim, acho que sim! Acredito que passaremos a noite aqui em Lhasa e partiremos amanhã cedinho pro Everest. Eu não sei aonde a equipe está hospedada, mas sei que é na cidade e, enquanto estivermos por aqui, estaremos em contato, tá bom?"

"Tá bom. Será que a gente não consegue passar a noite juntos? Ou pelo menos no mesmo hotel?"

"Eu adoraria, Jade. Mas, infelizmente, acho que não é possível. Eles são muito rígidos com a fiscalização de turistas aqui no Tibete. Você vai ver que existem postos policiais em todas as esquinas e eles sempre conferem nossos documentos, nossas agências de turismo, enfim. E somos obrigados a ficarmos hospedados onde as agências reservaram pra nós. Especialmente turistas estrangeiros, como você. Mas não se preocupe. Tenho certeza que em breve estaremos juntos de novo."

"Tá bom. Eu entendo. Acho que temos que descer agora... Já não tem mais ninguém no trem além de nós."

"Sim. Vamos."

Ao chegar na área de desembarque da estação, Tian é o primeiro a encontrar um chinês segurando uma placa com o seu nome, seguido da logomarca da revista Go Outside. Mas ele não se separa de mim até encontrarmos uma mulher segurando uma outra placa com o nome da agência de turismo que eu contratei. Nos aproximamos dela e Tian nos apresenta:

"Olá! Boa noite! Acho que essa moça está no grupo de vocês."

"Posso ver seu documento?"

Eu entrego o meu passaporte e ela procura o meu nome em uma lista.

"Jade Li. Sim, você está no nosso grupo! Tashi Delek! Bem-vinda ao Tibete!"

"Tashi Delek! Obrigada!"

"E os seus documentos?" Ela pergunta a Tian.

"Não, infelizmente não estou no mesmo grupo que vocês. Estava apenas ajudando a Jade a encontrar o seu grupo. Mas queria aproveitar pra te perguntar se ainda é possível alterar o roteiro dela."

"Alterar como?"

"Eu gostaria de incluir o acampamento base do Everest na minha viagem. Ainda dá tempo?" Perguntei, ansiosamente.

"Bom, eu tenho que consultar a agência, mas acredito que seja possível, mediante o pagamento da diferença." Tian e eu nos entreolhamos e trocamos um discreto sorriso de cumplicidade. "De qualquer forma, só vou poder te dar uma resposta definitiva amanhã. Acho que o nosso grupo está completo, então já podemos ir pro hotel porque vocês precisam descansar e se aclimatarem com a altitude do Tibete. Amanhã iniciaremos as atividades e teremos um dia longo. Hoje, depois que chegarmos ao hotel, vocês podem fazer uma janta leve, mas não aconselho alimentos pesados no primeiro dia. Também acho melhor evitarem tomar banho. Mas caso realmente precisem, que seja rápido e morno. A água muito quente pode alterar a pressão sanguínea de vocês e, com o desconforto causado pela altitude, algumas pessoas podem chegar até a desmaiar."

"Com essa aqui você não precisa se preocupar. Você está diante de uma especialista em medicina tradicional chinesa. Ela vai saber se virar, não é, Jade?", Tian diz com orgulho, e eu consinto com um sorriso tímido.

"É mesmo? Que bom! Então, nosso grupo está seguro."

Tian me puxa pra um cantinho perto deles e segura a minha mão pra nos despedirmos. "Agora que você está seguramente entregue à sua guia, eu preciso me juntar ao meu grupo. Você vai ficar bem, né?"

"Vou. Obrigada por tudo. Nos falamos mais tarde?"

"Com certeza!"

Nos despedimos com um abraço apertado e lágrimas nos olhos. Apesar de Tian parecer tão certo do nosso reencontro, minhas lágrimas são de quem conhece muito bem a dor de perder alguém. Lágrimas calejadas de insegurança e solidão. Lágrimas de medo de ter encontrado o amor da minha vida e vê-lo escapar por entre os dedos. Ainda não me conformo de não ter mais tempo com Tian. Evito olhar pra ele se distanciando. Tento disfarçar e procuro me integrar com o grupo que parece estar esperando só por mim.

"Nosso grupo já está completo?"

"Sim. Só estava faltando você. Seremos seis pessoas ao todo, contando comigo e o motorista. Eu vou ser a guia de vocês. Meu nome é Sangmu, sou tibetana de Lhasa. Esses são os outros integrantes do grupo. Isabel, da Espanha. Alex e sua namorada, Louise. Os dois são canadenses."

"Olá! Prazer! Eu sou a Jade, do Brasil."

Todos me cumprimentam de forma simpática, apesar dos semblantes visivelmente cansados. Sangmu é uma típica mulher tibetana. Pele morena e traços orientais que lembram os indígenas da América do Sul. Cabelos longos trançados com fitas coloridas e semblante sereno. Com um sorriso estampado no rosto, ela entrega um cachecol branco de cetim a cada um de nós.

"Recebam esse cachecol como um símbolo de boas-vindas ao Tibete. Vocês podem guardá-lo como lembrança, ou amarrá-lo em algum local sagrado que visitaremos, perto das bandeiras de oração. Aqui no Tibete, acreditamos que tanto esses cachecóis como as bandeirinhas coloridas, são talismãs que espalham bênçãos, atraem sorte ou alguma graça que vocês queiram alcançar. Então, se resolverem amarrá-los em algum monastério, não esqueçam de fazer um pedido ou de pensar em alguém especial, ou até mesmo escrever o nome da pessoa no cachecol ou nas bandeiras. E, o mais importante, acreditem em suas orações. É a fé que faz com que esses pequenos talismãs tenham poder."

"Obrigada", eu digo, enrolando o cachecol como um amuleto ao redor do meu pescoço.

Enquanto caminhamos até o estacionamento onde uma van nos aguarda, Sangmu continua nos contando alguns detalhes da cultura tibetana, ora desconhecidos, ora tão familiares a mim.

"Aqui no Tibete, cumprimentamos uns aos outros com a expressão Tashi Delek, que quer dizer boa sorte."

A turista espanhola a interrompe: "então, ao invés de perguntar como está o seu dia ou de dizer olá, vocês se cumprimentam desejando boa sorte uns aos outros? Que bonito! Você pode escrever essa expressão aqui pra mim, por favor?"

Enquanto escreve no caderninho de bolso da Isabel, Sangmu responde: "Isso. Aqui nós acreditamos em karma e, por isso, sempre buscamos desejar o bem uns aos outros, então, antes mesmo de perguntar como foi o dia de uma pessoa, a desejamos boa sorte."

"E o quê exatamente significa o karma?" Foi a vez de Louise perguntar.

"Bom, esse é um assunto pra uma noite inteira de conversa, mas acho que dá pra resumir um pouquinho durante o caminho até o hotel." Já acomodados na van, partimos da estação de trem em direção à parte antiga de Lhasa e, durante o trajeto escutamos atentamente as palavras de Sangmu.

"O Karma é um conceito essencial no budismo tibetano e, resumidamente, ele significa ação. Nós acreditamos que absolutamente toda a ação, seja ela física ou mental, sempre terá uma consequência."

"Então, seria algo parecido com a lei da ação e reação de Newton?", Alex pergunta.

"Salvo as devidas proporções, acredito que sim. Mas dentro do budismo tibetano, esse conceito se estende para além de ações físicas, incluindo também os pensamentos. Ou seja, muito mais do que a ação física em si, o karma abrange as intenções e motivações que levam uma pessoa a agir de determinada forma. Por isso, para nós, é importante estar consciente dos próprios atos e desejos, porque em determinado momento de nossas existências, prestaremos contas do que fazemos e desejamos. Nós acreditamos que qualquer bem ou mal praticados em vida serão compensados de alguma forma, em algum momento, seja em curto ou longo prazo. Se eu simplesmente te desejar algum mal ou fizer algo contra você e não for punida nesta vida, terei que pagar meu karma no meu próximo renascimento. Cada pessoa é responsável por criar o seu próprio karma, seja ele benigno ou maligno, e os efeitos dele são inevitáveis e cumulativos. Ou seja, não importa quantas vezes se renasça, o karma sempre estará presente. Acreditamos que uma pessoa com um karma ruim tem uma grande chance de renascer como um animal, ou como um espírito faminto, as duas piores formas pra se renascer, dentro da crença tibetana. O espírito faminto é sempre insaciável. Ele jamais encontra satisfação em vida e, por isso, absorve toda a energia de quem o cerca. Por outro lado, quem pratica o bem, pode ter o privilégio de se reunificar com os que amou em uma vida prévia. Basicamente, quer dizer que você vai receber o que oferece aos outros. Tudo o que você fizer ou desejar intencionalmente a alguém, vai retornar pra você em alguma situação parecida ou igual."

"Mas isso não soa muito diferente da lei da atração ou da própria ideia de julgamento final dentro da crença cristã. Cada pessoa será julgada e receberá uma sentença baseada no que ela fez em vida", Alex continuou.

"Sim. A diferença é que na filosofia cristã, existe um Deus mediador entre as ações e resultados, que julga e sentencia. Perdoa ou condena. Já no budismo praticado aqui no Tibete, embora existam divindades, elas não interferem ou salvam vidas humanas. Cada pessoa tem inteira responsabilidade pelos seus atos, ou seu karma. É como se fosse uma lei natural, em que as consequências das nossas ações são definidas por nós mesmos, sem que seja necessário haver um juiz cósmico ou sobrenatural para ditar a pena de cada um."

"Pois eu sempre achei que o karma fosse algo fixo, que nós carregássemos conosco e que não houvesse nada que pudesse ser feito pra mudar, como uma predeterminação divina ou o destino", Louise completou.

"Para o budismo tibetano, não há nada predeterminado ou permanente. Absolutamente tudo pode ser modificado através de ação individual, até mesmo o próprio destino, se você preferir acreditar e adotar esse termo. O karma que cada um carrega de uma vida pra outra, é construído a partir de suas ações. O próprio Dalai Lama se refere a ele como ação individual, ou força ativa, o que significa que você, e somente você, é responsável pelos eventos futuros que acontecerão em sua vida. É o karma que irá moldá-los."

"Mas, se é assim, o que dizer de pessoas que não tem consciência de suas ações e mesmo assim vivem uma vida de sofrimento? Como você explica o fato de uma criança ser abandonada e viver sozinha na rua? Foi ela que escolheu essa vida, por meio das suas ações?", Isabel pergunta.

"Pra falar sobre o sofrimento eu teria que entrar nas quatro verdades nobres do budismo tibetano, que explicam a natureza e as causas do sofrimento, mas esse assunto também vai levar muitas horas. Nos próximos dias, vamos visitar alguns templos e o Palácio Potala, antiga morada do Dalai Lama. Teremos mais oportunidades de aprofundar nas dúvidas de vocês e, talvez vocês tenham até mesmo a chance de conversar com alguns monges e pergunta-las diretamente pra eles. Mas pra tentar resumir a sua pergunta, Isabel, é impossível saber o que essa criança fez em seu contínuo ciclo de vida, mas provavelmente também causou algum sofrimento e agora está sofrendo a consequência. Eu sei que é um conceito difícil de ser aceito na cultura ocidental, mas pra nós é simples assim. Você não deve fazer ou desejar aos outros o que não deseja para si. Com a prática do budismo, nosso objetivo é conseguir sair dessa roda eterna do karma e nos libertar do sofrimento, para assim chegarmos à iluminação, ou ao nirvana. Mas isso pode levar séculos e muitos ciclos de vida. Amanhã eu vou te mostrar uma pintura representando a Roda da Vida e, a partir dela, ficará mais fácil tentar te explicar melhor alguns dos conceitos da nossa fé."

A van estaciona em frente ao hotel e Sangmu continua: "Bom, eu adoraria falar um pouquinho mais, mas acabamos de chegar no hotel de vocês aqui em Lhasa e acho que todo mundo está precisando descansar da longa viagem e se recuperar pra amanhã. Estamos bem perto da rua Barkhor, o coração da cidade antiga. Amanhã iremos primeiro ao Palácio Potala e de lá caminharemos por essa rua. Se vocês precisarem de alguma coisa hoje à noite e não conseguirem encontrar aqui no hotel, podem ir até lá, mas aconselho que descansem hoje para que seus corpos possam começar a se adaptar à altitude do Tibete. Aqui estamos a três mil e seiscentos metros acima do nível do mar, mas nos próximos dias atingiremos mais de cinco mil. Por isso é bom que comecemos devagar. Na recepção do hotel, eles vendem garrafas de oxigênio e, em caso de emergência, vocês podem me ligar. Tenham uma boa noite e amanhã eu venho buscá-los às nove da manhã."

Nos despedimos de Sangmu e seguimos para os quartos. Só quando sento na cama me dou conta do quanto estou cansada e faminta. Apesar disso, tudo o que eu quero é tomar um banho e cair no sono. Sei que não deveria, mas depois de dois dias viajando de trem, sem acesso a um chuveiro, não me resta outra alternativa. Vou ter que correr o risco, mas serei prudente e vou tomar um banho rápido. Não quero passar mal ou desmaiar sozinha aqui nesse hotel.

Se pelo menos Tian estivesse aqui pra me proteger... Já estou com saudade. Onde será que ele está agora? O que estará fazendo? Será que está pensando em mim? Minha pele ainda exala o seu cheiro. Enquanto a água cai sobre o meu corpo eu penso na intensidade do último dia dentro do trem e nas sensações inéditas que experimentei. Eu preciso viver isso mais uma vez. Preciso dar um jeito de reencontrá-lo. Caio na cama, pego o celular e me decepciono ao ver que não há nenhuma mensagem ou ligação dele. Será que devo ligar? Minha dúvida não dura mais do que um minuto. O telefone toca umas cinco vezes até que ele, enfim, atenda. Posso ouvir outras vozes no fundo.

"Jade? É você?"

"Oi, Tian. Sou eu. Só queria saber se você chegou bem e se já sabe dos seus planos pra amanhã."

"Estou com saudade."

"Eu também."

"Cheguei bem. Estou jantando com o pessoal da revista, mas já vamos voltar pro hotel. Queria que você estivesse comigo."

"Eu também queria que você estivesse aqui. De repente, estou me sentindo tão sozinha de novo."

"Não fica assim. É a primeira noite. Amanhã tenho certeza que a sua guia nos trará boas notícias. Quero que você me mantenha informado. Mesmo se não conseguirmos nos falar por falta de sinal, me manda mensagem, porque eu devo receber em algum momento."

"Tá bom... E vocês saem amanhã cedo mesmo?"

"É."

Eu ainda tinha a esperança de que talvez eles fossem passar pelo menos um dia em Lhasa. "Certo. Eu te aviso quando ela me der a resposta."

"E você está bem? Comeu alguma coisa? Está sentindo algum efeito da altitude?"

"Continuo com um pouco de dor de cabeça e, apesar de estar com fome, acho que só vou comer uma fruta ou macarrão instantâneo. Acho melhor não comer nada pesado."

"Sim, você está certa. Mas come alguma coisa e tenta dormir."

"Vou fazer isso... A cama é tão grande pra mim sozinha."

"Não me fala isso que eu fico mais tentado ainda. Imagina ter você só pra mim em uma cama espaçosa de hotel? Já fizemos tudo o que fizemos naquela cabine apertadinha do trem... Mas não tem problema. A espera só aumenta a vontade. Quando eu te encontrar, vamos matar a saudade."

Sinto meu rosto queimar e meu coração disparar. Ele é tão direto. "Estou contando os dias pra isso."

"Eu também. Agora tenta descansar, minha linda Jade. Em breve nos encontraremos. Por favor, você terá que dar um jeito de me encontrar no acampamento base."

"Eu vou. Descansa você também. Um beijo e boa noite."

"Boa noite."

Desligo o telefone e caio num pranto que só faz aumentar a minha dor de cabeça. Como já de costume, retiro o vasinho com as cinzas da mochila e inicio mais um dos meus monólogos com mamãe.

"E aqui estou eu, sozinha de novo. Mas finalmente cheguei, mamãe. Dá pra acreditar que realmente estou aqui na sua terrinha? Jamais poderia imaginar que teria força ou coragem pra isso. Se há um ano alguém tivesse me dito que eu, de fato, viajaria sozinha de Xangai ao Tibete, eu iria rir de tamanha calúnia. Primeiro porque essa viagem seria absolutamente inconcebível pra mim sem você. E a ideia de não te ter mais por perto nem permeava a minha cabeça há um ano... Mas aí você me deixou. E quando soube que teria que vir, não vim com espírito de conhecer ninguém. Estava fechada, contrariada, assustada, de luto. E, pra te ser sincera, mamãe, essa viagem se tornou uma obrigação pra mim, um peso. Não era exatamente algo que eu quisesse fazer. E só fiz por você. Tenho vergonha de te dizer isso, mas senti muita raiva quando você partiu. Nunca achei que eu fosse capaz de ter esse tipo de sentimento pela pessoa que mais amo e admiro na vida. Mas eu senti. É óbvio que eu sabia que não era sua culpa, mas minha raiva não era exatamente porque você iria morrer. Eu sentia raiva da sua resignação. Raiva da sua serenidade, da sua ausência de medo, mesmo em uma situação como essa. Eu tinha raiva por eu não ser como você. Por não ter sua força e aceitação. Eu nunca passei por nem metade do que você precisou enfrentar na vida e ainda assim, tenho medo. Mas você não. Você estava ali, inabalável. Forte como sempre. Conformada. Pronta pra enfrentar sua nova jornada. E eu? E a minha jornada, que eu estava totalmente despreparada pra enfrentar? Eu tinha raiva por não ter a sua sabedoria e capacidade de desapegar. Senti inveja da sua fé e da sua certeza de que tudo é passageiro e de que eu iria ficar bem. Eu não fiquei. Eu sofri. Eu achei que ia morrer com você. Eu quis morrer. Mas parece que mais uma vez você, em seu silêncio, estava certa. Desconfio até que você já sabia que não estaria mais viva quando planejamos fazer a viagem, mas com sua infinita sensatez, me fez acreditar e planejar tudo porque, no fundo, você entendia que esta seria a minha cura. Você e sua admirável percepção conseguiam ver lá na frente e nunca erravam. Era óbvio que eu não estava pronta pra ficar sozinha. Você sabia que não conseguiria me ensinar tudo que eu teria que aprender afim de compreender o misterioso ciclo da vida. Então você me enviou pra essa jornada. Justamente pro Tibete. Mal cheguei aqui e a primeira lição que aprendi é de que tudo é impermanente. Incrível, mas já consigo te compreender um pouco mais depois de hoje. Eu ainda sofro, ainda me sinto só, ainda choro todo dia. Mas ao mesmo tempo, a raiva deu lugar à gratidão. Hoje estou aqui, grata pelas lições valiosas que aprendi com as pessoas que cruzaram meu caminho. Eu que sempre tive tanto medo e vergonha de interagir com estranhos, me rendi aos olhares, sorrisos e lágrimas das pessoas que estão compondo a minha história. Obrigada por me ler tão bem. Obrigada por saber exatamente das minhas necessidades. Obrigada sim, pelo seu exemplo de força, serenidade, silêncio e fé. Você é a minha inspiração, mamãe. Espero que eu capte os sinais e aprenda bem as lições. Mas estou cansada de ficar sozinha... Conheci o garoto mais especial que já passou pela minha vida. Senti a tal conexão divina que você me falava, mas tudo só durou um dia. Vou ter que me conformar com a natureza passageira da vida e não me apegar a ele? Não consigo. Não tenho essa capacidade e compreensão ainda. Devo correr riscos e ir atrás do Tian ou espero que a vida nos una naturalmente de novo? Queria tanto que você também pudesse falar comigo."

* * *

Acordo com o telefone do quarto tocando. É Sangmu. Eu dormi tão pesado que nem escutei o alarme soar. Me arrumo em cinco minutos e corro para encontrar o resto do grupo na recepção do hotel. Como Isabel ainda não está aqui, me sinto menos constrangida e ainda consigo pegar algumas frutas do café da manhã pra ir comendo pelo caminho. Já de dentro da van confiro meu telefone e sou surpreendida por uma mensagem de Tian, enviada às seis da manhã: "Bom dia, Jade! Estamos partindo agora pro acampamento base do Everest. Estarei te esperando lá. Faça uma boa viagem." Meu coração se enche de alegria e esperança ao ler as palavras dele. Quando eu tiver uma chance de ficar a sós com Sangmu, vou perguntar se ela conseguiu autorização pra que eu mude o meu roteiro.

Somente agora estou conseguindo ver a beleza que cerca Lhasa. Pra quem vem de São Paulo como eu, essa é uma paisagem inédita. Os arranha céus são substituídos pelas montanhas que parecem abraçar os prédios baixos e casas de arquitetura tradicional tibetana. A cidade em si não é tão atraente, mas a natureza ao seu redor a compensa. O céu azul do outono contrasta com o verde das montanhas e com os tons vermelhos e dourados dos telhados, cobertos de bandeirinhas coloridas. Poesia visual. Não demora muito a chegarmos no nosso primeiro destino do dia: o Palácio Potala.

Durante o trajeto do hotel até aqui, Sangmu nos contou um pouco sobre a história do Palácio, originalmente construído em 641 D.C. Segundo ela, seu idealizador foi o rei Songtsän Gampo, também reconhecido como o responsável pela unificação do Tibete e por ter introduzido o budismo no país, por influência das suas esposas Nepalesa e Chinesa. Mas a estrutura criada por ele não durou muito tempo. Em uma das guerras envolvendo o Tibete, ele foi totalmente destruído e só foi reconstruído no século XVII, pelo quinto Dalai Lama. Após muitas reformas e expansões, ele finalmente chegou à estrutura atual, em 1645. Hoje o Palácio é uma espécie de museu e principal atrativo turístico de Lhasa, reconhecido pela UNESCO como Patrimônio da Humanidade.

Não é pra menos. Ao sair da van nenhum de nós consegue conter a surpresa com a dimensão e beleza do Palácio. Uma estrutura gigantesca de madeira e pedra, destacada por suas paredes brancas, localizada no topo de uma montanha vermelha. Isabel, a mais espontânea e indiscreta do grupo, já foi logo pegando o celular e, enquanto tira uma selfie com o Potala ao fundo, pensa em voz alta:

"Eu não tinha ideia de que esse Palácio era tão grande!"

"É o mais alto Palácio antigo do mundo. A altitude no seu pico chega a 3750m acima do nível do mar. São treze andares distribuídos em 117 metros de altura", Sangmu responde.

"Wow! E é aí que o Dalai Lama mora?", Isabel continua.

"É aí que ele morava. O Palácio costumava ser sua casa e a sede dos principais acontecimentos políticos e religiosos do Tibete. Mas quando o atual Dalai Lama partiu para o seu exílio na Índia, em 1959, o Palácio perdeu esse significado e se transformou em uma espécie de museu. Muito do patrimônio original se perdeu nos conflitos de 1959 e depois, com a Revolução Cultural chinesa. Mas ainda hoje, o Potala abriga templos, estátuas dos mais variados Budas e divindades da fé tibetana, murais e pinturas com a história do nosso povo, e estupas, abrigando os restos mortais dos Lamas."

Desta vez, sou eu que interrompo: "Quais foram esses conflitos de 1959? Por que o Dalai Lama foi exilado?" O semblante de Sangmu se transforma e logo o sorriso desaparece do seu rosto, mas ela me responde educadamente: "Me desculpa, Jade, mas esse é um assunto muito delicado e difícil de explicar. Não somos autorizados a entrar em detalhes políticos com os nossos visitantes. Mas estou à disposição pra tirar as dúvidas de vocês sobre a história do Palácio e sobre o Budismo tibetano."

O casal canadense se entreolha, Isabel anota alguma coisa em seu caderninho e eu fico um pouco constrangida. Não vou insistir com Sangmu, mas vou pesquisar sobre isso quando voltar pro Brasil, porque aqui tenho certeza que nem adianta tentar que não vou conseguir encontrar nada. Se a internet na China continental já é bloqueada, imagina no Tibete. Por fim, é a própria Sangmu que interrompe o silêncio constrangedor que havia se instaurado no grupo e começa a nos dar as instruções pra visitação:

"Bom, se ninguém tem dúvida, vamos começar nosso passeio? Nós só temos uma hora de visitação ao Palácio e, como vocês podem ver, ele é enorme. Então, eu vou pedir a colaboração de vocês pra que a gente consiga otimizar o tempo. Lembrem-se que somos um grupo e devemos permanecer juntos. O Potala está sempre lotado de turistas e se nos perdermos um do outro, o reencontro vai ser trabalhoso e, além disso, vai atrapalhar o passeio de todo mundo. Vocês não são autorizados a entrarem no Palácio sem mim e também não é permitido tirar fotos em seu interior. Não há elevador até o portão de acesso. Isso significa que teremos que escalar mais de 100m de escada. Essa não é uma tarefa muito fácil pra quem não está acostumado com a altitude, então eu aconselho todos a respeitarem os limites de seus corpos e seguirem um ritmo razoável. Se alguém passar mal, fale comigo que eu providenciarei suprimento de oxigênio. Tashi Delek."

Sangmu não estava brincando ao dizer que a subida não era fácil. Me senti muito mais cansada do que se estivesse preparando uma coreografia. Mas por todos os lados há pessoas bem mais velhas subindo as escadas com disposição. Isso é um bom incentivo pra continuar. São milhares de peregrinos e devotos, que segundo Sangmu, vêm de todas as regiões do Tibete e de outras partes do mundo, muito embora eu não tenha visto tantos estrangeiros assim. Com certeza, muito menos do que na China, o que também é compreensível, considerando-se a dificuldade em conseguir um visto pro Tibete. É possível perceber nitidamente que a altitude não afeta os locais tanto quanto os turistas. Sangmu, por exemplo, toda hora para pra esperar o grupo alcança-la. E nós estamos todos muito cansados. De qualquer forma, o esforço físico é recompensado pela vista estonteante do percurso até chegar ao topo.

Olhando de perto, o Potala é realmente imenso. Seus mais de mil cômodos são divididos em duas alas, o Palácio vermelho e o Palácio branco. O branco é mais administrativo. Costumava ser a sede do governo e a casa dos últimos dez Dalai Lamas. Já o vermelho é reservado aos cultos, oração, estudo do budismo e acervo de estátuas e mausoléus contendo os restos mortais do quinto ao décimo terceiro Dalai Lama. Nós só temos acesso ao Palácio vermelho, que é separado do branco por uma pracinha localizada no centro de ambos. É exatamente onde estamos agora.

Enquanto descansamos da subida pesada, nos preparamos para entrar no Palácio Potala. Seu interior é ainda mais impressionante do que sua arquitetura majestosa. Em vinte e três anos de vida eu nunca tinha visto nada parecido. A combinação das cores intensas dos murais pintados nas paredes, com o cheiro forte de incenso, me deixava inebriada. Por alguns segundos, chego a achar que vou desmaiar. Talvez seja apenas o mal-estar da altitude, ou a multidão de gente ao meu redor, ou a quantidade de estátuas douradas de Budas e dos espíritos protetores que, em minha opinião, são quase sempre assustadoras. Me sinto desconfortável dentro do Palácio Potala. Ao meu redor, peregrinos se prostrando ao chão em frente as estátuas, pessoas chorando, cantando, fazendo oferendas e acendendo incensos. Estou um pouco sufocada e assustada com tanta informação.

Passamos por uma sala em que um grupo de monges está sentado ao chão, fazendo orações e recitando mantras. Apesar do alto nível de concentração, o olhar de um deles se cruza com o meu e, seu rosto marcado pelas linhas do tempo, parece ganhar um traço de preocupação... ou seria piedade? Talvez seja apenas impressão minha, mas nem eu nem ele somos capazes de desviar o olhar um do outro. Ele tem um colar de contas na mão, igual ao que eu ganhei do monge na China. Esse é certamente o momento mais intenso que experimento dentro do Palácio Potala. Estou com medo, mas também com vontade de conversar com ele. De repente sinto alguém pegar no meu braço e meu coração dispara com o susto. É Sangmu.

"Jade, você não está escutando eu te chamar?"

"Ahn... não... desculpa... faz tempo que você tá me chamando?"

"Sim, um tempinho. O resto do grupo já está lá na frente e precisamos andar todos juntos pra não nos perdermos. Me desculpa, mas não posso deixar cada um de vocês seguir o seu próprio ritmo..."

"Eu que me desculpo. Não vou mais me desviar." Busco novamente o olhar do monge, mas ele já não está mais lá. Observo os arredores e tento encontra-lo, mas é em vão. Procuro não me impressionar, mas estou arrepiada e um pouco tonta. Sangmu me puxa pela mão e prossigo a visitação, acompanhada por ela.

Agora nos mantemos unidos. Enquanto o casal segue o fluxo dos peregrinos e mergulha na espiritualidade do lugar, Isabel não para de tirar fotos – inclusive dos cômodos proibidos – e eu, mesmo tentando me integrar, me sinto perdida, assustada, sem referência. A lembrança da minha mãe é inevitável, mas não há tempo ou espaço pra fazer nem uma oração que seja. O movimento dentro do Palácio não para e, porque as visitas são restritas e limitadas a uma hora, temos que percorrer tudo na correria. Na verdade, não me importo. Já estou querendo ir embora. Estou com dor de cabeça, com medo, com saudade da minha mãe e do Tian, tudo ao mesmo tempo. Quero chorar, mas tento me conter porque não quero dividir minha história com ninguém do grupo. Confesso que me sinto aliviada quando Sangmu diz que o nosso tempo acabou. Partimos do Palácio Potala em direção à rua Barkhor, onde vamos almoçar e depois visitar o templo Jokhang.

Capítulo VIII
O Tibete Escondido ou A Revelação

Depois de uma refeição típica tibetana, nos despedimos da senhorinha que nos serviu em seu modesto restaurante, e seguimos nosso roteiro pela rua Barkhor. Eu particularmente achei a famosa carne de yak pesada. Também não gostei muito do tsamba, uma espécie de bolinho feito com farinha de cevada. Meu estômago reclama. Mas em compensação, a simpatia da dona do restaurante conquistou a nós todos. Ela, como a maioria das tibetanas, apesar da idade avançada, tem vitalidade e beleza, evidenciadas pelos ornamentos espalhados pelo corpo, colares com pedras pesadas e fitas coloridas trançando os longos cabelos grisalhos. Tão bonita que até quis tirar uma foto, mas quando vi o que aconteceu com Isabel, desisti.

Em mais uma demonstração de sua típica indiscrição, Isabel se aproximou da senhora e tentou tirar uma selfie, a incluindo na foto. O sorriso harmonioso da tibetana se transformou em uma feição assustada e incomodada, mas ela foi incapaz de reclamar. Ao invés disso, quem chamou a atenção de Isabel foi Sangmu:

"Isabel, as pessoas do Tibete não gostam de serem fotografadas, em especial os mais velhos. Apesar deles não reclamarem, o rosto dessa senhora, por exemplo, não disfarça que ficou incomodada."

"Desculpa, Sangmu. Eu não sabia. Ela foi tão amigável com a gente e tá tão enfeitada que achei que ela não iria se incomodar de tirar fotos com turistas", Isabel respondeu enquanto guardava o celular e toda a sua parafernália fotográfica na mochila.

"Os tibetanos mais velhos acreditam que cada fotografia tirada deles significa um ano a menos de vida", pensei em voz alta.

"Como você sabe disso, Jade?", Sangmu me perguntou sem esconder sua surpresa.

"Eu pesquisei um pouco antes de vir", respondi, sem entrar no mérito da minha mãe.

"É isso mesmo. E esses enfeites, ao contrário do que você imagina Isabel, não são exatamente para atrair turistas. Para nós, eles são amuletos da sorte. Cada uma das pedras utilizadas nos ornamentos possui um significado diferente e auspicioso. A turquesa, por exemplo, é o símbolo de união entre o corpo e a alma."

"Que bonito. Me dá um colar de turquesa, amor?", Louise fala baixinho para Alex.

"Desculpa, mais uma vez. Eu não sabia disso, Sangmu. Eu deveria ter feito uma pesquisa antes de vir também", Isabel fala, envergonhada.

"Não tem problema, mas fique atenta pra da próxima vez não constranger ninguém. Os tibetanos são muito simples e humildes. Mesmo sentindo-se ofendidos, dificilmente vão falar alguma coisa, mas nunca é bom causar esse tipo de sentimento em pessoas tão acolhedoras", Sangmu completou, enquanto caminhávamos pela Barkhor.

A Barkhor não é exatamente uma rua. É um bairro inteiro onde o centro antigo de Lhasa está localizado. As ruazinhas estreitas são como labirintos onde casas se misturam com templos, lojinhas e restaurantes. Se não fossem pelos peregrinos, até lembraria um pouco a região do jardim Yuyuan, em Xangai, mas com bem menos gente. Aqui também as pessoas são mais morenas e se vestem com trajes típicos tibetanos. Nesse sentido, Xangai é bem mais diversificada, mas menos vigiada. Em cada uma das ruas principais, há fiscalização com policiais chineses em prontidão e raios X de segurança, exatamente iguais ao da estação de trem onde a minha mochila foi trocada.

As poucas semelhanças terminam justamente nesses pontos policiais. Uma vez que os atravessamos, adentramos uma espécie de universo paralelo. Um portal pra uma cidade antiga, onde não existem carros ou qualquer outro tipo de transporte. Apenas peregrinos. Milhares de tibetanos de todas as idades. Pequenos agricultores vendendo os frutos de seu plantio, famílias inteiras de comerciantes nômades vestidos com roupas feitas de couro de yaks, que também são a sua principal fonte de alimento. Pessoas simples, com sorrisos acolhedores em seus rostos marcados pelo tempo. Suas mãos carregam rodas de oração e colares de contas, parecidos com rosários. Eles rezam, cantam e se prostram ao chão. Ao redor dos muros dessa pequena cidade, montanhas cortando o céu azul e muitas bandeirinhas coloridas de oração.

O mantra Om mani padme hum ecoa por todos os lados e minha mente é invadida por imagens da minha mãe. Seguro firme meu pingente de jade e sou transportada para alguns momentos da minha infância em que eu a ajudava a trocar as bandeirinhas de oração do telhado de casa. Enquanto sinto a vibração do Bothsava da compaixão na feição das pessoas, instantaneamente, passo a enxergar mamãe neste ambiente que ela parece se integrar organicamente. Lembro de sua peculiar capacidade de se comunicar em suas longas pausas de silêncio e de todas as vezes em que flagrei o seu olhar fixado em algum ponto vazio do horizonte. Eu achava a minha mãe reservada, e a sua serenidade, incompreensível. Por vezes, até incômoda. Mas agora, observando os peregrinos imersos nessa espécie de transe, finalmente me dou conta de que o mistério que ela carregava em si é quase uma condição de existência dos tibetanos como um todo. Não apenas por essa aura mística que os permeia. Esse budismo que ao mesmo tempo acredita e cultua tantas divindades, o que dentro da minha ignorância, soa quase que como um paradoxo. Mas também pelo próprio clima imprevisível, selvagem e mutante das montanhas do Himalaia, que constantemente os desafia e os torna mais resistentes e próximos da natureza. Em apenas um dia e uma noite, já pude sentir tanto a severidade da altitude, como a força da fé tibetana estampada em cada gesto das pessoas.

Meu devaneio é interrompido com uma pergunta de Alex: "Sangmu, parece que estamos caminhando contra o fluxo das pessoas. É isso mesmo ou é impressão minha?"

"Sim, Alex. Realmente estamos indo contra o fluxo. É que por aqui chegamos mais rápido ao templo Jokhang. Mas se preferirem, também podemos caminhar mais um pouco e ir acompanhando a procissão, depende da disposição física de vocês. Essa procissão que está acontecendo agora, acontece todos os dias em dois horários diferentes dentro e fora, ao redor dos muros da rua Barkhor. É uma prática antiga do nosso povo. Durante as procissões, milhares de tibetanos locais ou vindos de outras partes do Tibete, se reúnem e caminham juntos, em sentido horário, recitando mantras, orando e se prostrando ao chão. Essas prostrações fazem parte da rotina básica da vida de qualquer tibetano, embora alguns não conheçam o verdadeiro significado delas dentro da crença budista. De qualquer forma, elas nos são ensinadas por nossos pais desde crianças, como um costume."

"Mas então eles estão repetindo esses gestos sem nem saber o que significam?" Uma das poucas vezes em que Louise se pronuncia.

"Nem todos. Mas pode acontecer dos mais jovens estarem apenas seguindo os passos dos mais velhos. Independente de conhecer profundamente os conceitos do budismo ou não, os tibetanos respeitam muito a religião e em geral, são fervorosos e fiéis. Para a maioria de nós, as prostrações são gestos de reverência profunda à Buda, em corpo, fala e mente. Elas purificam nossas ilusões, negatividades e os venenos mentais, especialmente o orgulho. Também acreditamos que elas nos ajudam a compensar as nossas más ações e a gerar mérito para um próximo renascimento. Ou seja, nos auxiliam a eliminar algum karma ruim. Sua Santidade, o Dalai Lama, nos ensina que quanto mais uma pessoa se engaja por inteiro em práticas espirituais, como a recitação de mantras, a meditação, oferendas e prostrações, mais chances ela tem de compensar suas más ações."

"Mas só isso já é suficiente pra ganhar mérito no céu?" Isabel, com mais uma de suas pérolas.

"Não. O principal é a intenção. Karma é ação. Logo, além de orações, também há que se ter compaixão, generosidade e tolerância. E o mérito não é pra entrar no céu. Dentro da nossa religião não existe dualidade. Não existe céu e inferno. E sim, uma roda sagrada da vida. Um ciclo que termina e se inicia em vidas que estão diretamente ligadas às ações individuais. Uma pessoa que tenha um karma ruim, certamente terá uma nova vida de sofrimento."

Enquanto Sangmu fala, a imagem de um senhor de idade se prostrando em meio a procissão capta o meu olhar a ponto de, mais uma vez, eu quase me perder do grupo. Ele deve ter no mínimo oitenta anos e está vestido com uma túnica vermelha. Carrega consigo uma roda de oração. Tanto suas mãos calejadas, como os seus joelhos, estão protegidos com talas de madeira que deslizam-se no chão à medida em que ele se prostra. Apesar da magreza e da aparência não muito saudável, evidente pelo ritmo de seu caminhar e por sua enorme corcunda, ele repete o gesto com uma devoção que me emociona.

Essa cena me fez lembrar de uma das poucas vezes em que vi mamãe se prostrar. Foi quando papai morreu e ela me levou ao templo budista de São Paulo. Me sentou em um canto e me pediu que a esperasse ali, pois precisava ter uma conversa de gente grande com um monge. Fiquei lá quietinha, observando de longe mamãe se deitar e levantar inúmeras vezes do chão. Quando voltou, eu estava bem impressionada e lembro de ter passado vários dias perguntando sobre aquela experiência. Ela tentava desconversar, chegou a dizer que era uma brincadeira nova que ela iria me ensinar em casa. Mas depois de alguns dias sem conseguir driblar minha curiosidade, me explicou um pouco sobre as prostrações, seu significado e importância. Como a maioria dos acontecimentos dessa fase da minha vida, tenho ainda um registro muito claro em minha memória.

Mamãe me ensinou que o gesto da prostração simboliza o desprendimento do ego e a purificação dos nossos pensamentos, palavras e ações. Ao encostar as duas palmas das mãos unidas na coroa da cabeça, estamos purificando o karma causado por nosso corpo, ou nossas ações. Ao encostar as mãos nos lábios ou na garganta, estamos purificando o karma causado por nossas palavras. E ao encostar as mãos no coração, estamos purificando o karma causado por nossas intenções e pensamentos. O gesto de se deitar e encostar a cabeça no chão, simboliza tanto a humildade, como a reverência e entrega à Budha. Sangmu confirma tudo o que mamãe me ensinou tão bem e, quando nos aproximamos de Jokhang, ela nos explica um pouco de onde vem a quantidade enorme de peregrinos que se prostram à frente do templo e as distâncias que eles tiveram que percorrer até chegarem aqui:

"A prostração é tão importante dentro da cultura tibetana que milhares de peregrinos viajam distâncias enormes a pé, se prostrando constantemente, afim de se purificarem. Nós tibetanos acreditamos que quanto mais longas as distâncias que caminhamos, maiores as chances de apagarmos ou compensarmos as más ações que cometemos em vida. Em geral eles finalizam suas procissões em algum templo. Como o Jokhang é considerado o centro espiritual e o destino mais sagrado do Tibete, aglomera milhares de peregrinos todos os dias. Grande parte deles vêm das regiões mais remotas do país e percorreram até centenas de quilômetros se prostrando, das cordilheiras até aqui. As prostrações são feitas a cada três passos, então algumas jornadas podem durar até um ano – e não há neve ou altitude que os impeçam de continuarem."

Quando Sangmu termina de falar, já estamos em frente ao majestoso templo e a concentração de peregrinos é realmente enorme. O cheiro do incenso impregna o ar e o som dos mantras pode ser ouvido a metros de distância. Em frente à entrada principal, um bastão fixado ao chão é coberto pelas bandeiras de oração e, ao seu redor, um mar de tibetanos prostrando-se. Mas diferente do Palácio Potala, aqui a concentração de peregrinos é em frente ao Johkang e seu interior parece ser mais calmo. A fila para entrar é bem menor do que a enfrentada esta manhã. Sangmu nos explica que é porque esse templo só aceita visitações de turistas no período da tarde, porque até meio dia ele é exclusivamente aberto aos peregrinos.

Que dia mais atípico na minha vida. Tanta informação visual e espiritual. Tanto choque cultural acabaram desviando o meu pensamento um pouco de Tian. Mas ainda estou procurando uma chance de ficar a sós com Sangmu e, talvez o melhor momento seja agora, antes de entrarmos no templo, já que lá dentro o grupo ficará o tempo inteiro junto. Apesar de não ter tido mais nenhuma notícia dele, ainda tenho muita esperança de correr pros seus braços em meio às montanhas do Himalaia.

Quase sem conseguir disfarçar minha ansiedade, me aproximo dela: "Sangmu, enquanto aguardamos pra entrar no templo, eu posso conversar com você em particular?"

Ela faz apenas um gesto afirmativo com a cabeça e se dirige ao resto do grupo: "Pessoal, ainda tem dois grupos pra entrarem na nossa frente, então dá tempo de ir com a Jade comprar uma garrafa de oxigênio. Ela ainda está sofrendo um pouco com a altitude."

"Você pode trazer uma pra mim também, Sangmu?", Isabel pergunta.

"Sim, claro. Não vamos demorar."

Nós duas seguimos juntas até um mercadinho a poucos metros de distância. No caminho pergunto: "Sangmu, eu estou autorizada a alterar a rota da minha viagem? Você conseguiu se informar pra mim?"

"Sim, Jade. Eu me informei sim. E como eu imaginava, não há problema, desde que você pague a diferença que não vai sair muito barata. Eu posso te passar o valor certinho quando chegarmos no hotel hoje à noite, daí você pode pensar se quer mesmo alterar e dar uma resposta até no máximo amanhã. Mas para garantir a alteração, eu vou precisar que você pague a diferença amanhã também, porque já vou te encaixar em outro grupo que deverá partir pro Everest depois de amanhã."

Sem conter minha alegria, dei um abraço espontâneo em Sangmu, que permaneceu imóvel e completamente constrangida. Ela foi claramente pega de surpresa e não soube como reagir. Percebi uma certa apreensão na forma que ela olhava para os lados, como se estivesse observando se algum guarda chinês havia visto aquela cena. Só então percebi que talvez a tenha exposto de uma forma ruim, então logo voltei ao normal e assumi minha postura discreta. Por fim, ela me deu um sorriso sem graça e tomou o meu braço, me levando na direção do templo.

"Muito obrigada, Sangmu. Você não faz ideia do quanto isso significa pra mim. Estou emocionada e contando as horas para minha partida para o Everest. Amanhã mesmo eu te pago a diferença. Muito obrigada."

"Sem problemas, Jade. Agora vamos voltar pro templo porque já deve estar quase na nossa vez de entrar."

Mas o que eu já deveria saber a essas alturas da minha jornada é que não temos o menor controle sobre os planos que fazemos, e que por mais que eu estivesse decidida a reencontrar Tian sobre qualquer circunstância, tudo poderia mudar de um minuto para o outro. Eu jamais poderia imaginar, por exemplo, que as horas que se sucederiam dentro do templo Jokhang guardavam uma surpresa tão grande, que mudaria o meu destino e a própria concepção que eu fazia de mim mesma e da minha família.

* * *

Mesmo pisando em solo sagrado, minha mente está a quilômetros de distância daqui, dentro do trem, abrigada no acalento do abraço de Tian. Mal consigo disfarçar minha alegria diante do restante do grupo. A esperança de reencontrá-lo em apenas dois dias me consome. Meu coração acelera ao lembrar dos nossos corpos juntos. Me flagro sorrindo sozinha, mas sinto meu rosto ruborizar ao voltar pra realidade e perceber que estou cercada por pessoas que caminharam dias, meses, ou talvez anos, pra chegarem ao Jokhang. Como eu estou desconectada. De repente, me reconheço na adolescente idiota que um dia fui, sem maturidade pra perceber as oportunidades que a vida oferece. Ao invés de vivenciar plenamente o presente de estar no centro espiritual do Tibete, estou presa na ilusão de reencontrar uma pessoa que há menos de uma semana era um total estranho pra mim. E quem poderá me garantir que ele está pensando em mim da mesma forma que eu nele? Ou que conseguiremos nos reencontrar em meio às montanhas do Everest? Mesmo sabendo que estamos sem comunicação um com o outro, o silêncio das últimas horas inevitavelmente reacendeu minhas inseguranças. Mas chega de Tian por hora. Preciso controlar essa ansiedade e voltar ao foco da minha presença aqui: mamãe.

É fascinante perceber que estou caminhando nos mesmos lugares que ela um dia atravessou. Por estar localizado no coração de Lhasa, lembro de mamãe comentar que esse era um dos templos frequentados por meus avós durante a sua infância. Sempre que eles precisavam vir ao centro da cidade para comercializar os produtos agrícolas que plantavam em casa, traziam mamãe e seus irmãos e, juntos, paravam no Johkang para fazerem orações e ofertas. Certa vez, depois que perguntei sobre sua família, mamãe me contou que em uma dessas viagens ao Johkang, ela e Goba, seu irmãozinho que na época tinha uns 5 anos, se perderam dos outros, pois resolveram brincar de pique esconde entre os muros enormes do templo. Essa travessura infantil rendeu um castigo memorável que mamãe me contou rindo, não muito tempo antes de morrer: não foram embora até que cada um terminasse de fazer 108 prostrações, que na época, eles não tinham a menor ideia do significado.

Hoje sou eu quem estou pisando no templo onde um dia você se perdeu com seu irmão. Dá pra acreditar, mamãe? Estou em seu território e só agora consigo entender o porquê era tão importante pra você me trazer até aqui. Não era apenas pra me mostrar sua origem. Não era exclusivamente para me ensinar um pouco da sua fé. Você não queria só me preparar pra difícil perda que eu viria sofrer e pro árduo caminho que eu enfrentaria depois dela. Mas, sobretudo, era para que você também curasse algumas de suas feridas. Sim, as feridas que você tentou apagar durante todos esses anos. Eu entendo a sua coragem em retornar à terra natal apenas quando soube que já não tinha muito tempo de vida. Seria agora ou nunca. E não havia sido antes, justamente porque voltar aqui significava enfrentar os seus próprios fantasmas. Era reviver a angústia da decisão mais difícil que você teve que tomar na vida. Você, que precisou abdicar seus pais e irmãos pra poder construir a sua própria família em terra estrangeira. Você que passou tantos anos tentando me provar que não havia se arrependido dessa escolha. Sinto muito não ter dado tempo, mamãe. Espero que isso não tenha afetado a sua paz, antes da partida.

Se ao menos eu tivesse tido a sabedoria para te decifrar enquanto a tinha por perto, talvez eu tivesse tentado convencê-la de voltar aqui antes. Mas era sempre tão difícil descobrir o que se passava dentro de você. Se lembra quando eu te perguntei, depois de programarmos nossa vinda pra cá, se havia alguma chance de reencontro com a sua família? Depois de sua típica longa pausa em silêncio, você me ensinou mais uma das suas valiosas lições:

"Um macaco encontrou um coco em meio à floresta e, dentro dele, havia um pedaço de doce deixado por caçadores. O macaco, atraído pelo cheiro, colocou sua mão e o agarrou. Com a mão fechada, o buraco do coco não era grande o suficiente para que o macaco conseguisse retirá-la, então os caçadores o capturaram. Mas a realidade é que ele sempre esteve livre. Bastava abrir a mão para sair, mas seu apego o impediu de seguir. Qualquer escolha que fazemos na vida tem consequências, mas somos livres para decidirmos. Não podemos ter tudo, minha filha. Quando resolvi partir com seu pai, tinha consciência de que isso significaria abrir mão da minha vida no Tibete, então eu não olhei pra trás. Nenhum de nós está preso à roda da vida. Somos nós que a agarramos com força, por desejo e apego, e cabe a cada um de nós escutarmos o nosso coração e fazermos nossas próprias escolhas."

Será que você realmente era bem resolvida com isso? Nunca consegui compreender esse desapego quase egoísta. Em nenhum momento você imaginava o que teria sido a sua vida se tivesse ficado aqui? E você nunca quis ter notícias da sua família? Como você foi capaz de estar ausente por todos esses anos, mamãe? Não consigo acreditar que no fundo você não sofria. Será que algum dia eu vou conseguir atingir esse nível de evolução espiritual? Espero que eu não precise passar por mais nenhuma prova que me obrigue a tomar uma decisão tão difícil quanto foi a sua.

* * *

Ao entrar no Johkang, Sangmu nos deu uma breve explicação sobre o templo. Apesar de ser bem menor do que o Palácio Potala, aqui também é enorme, ocupando mais de 25 mil metros quadrados do centro de Lhasa. Sua arquitetura tem influência indiana, nepalesa e, é claro, tibetana, pois o templo foi fundado pelo mesmo rei que fundou o Potala, aquele das duas esposas estrangeiras. Sangmu nos disse que o Johkang foi construído no século VII, especialmente para abrigar uma imagem de buda trazida da China, por uma das esposas do rei. Esta imagem, chamada Jowo Rinpoche, está até hoje exposta no Johkang e é considerada o objeto mais sagrado do Tibete.

"Que privilégio poder vê-la pessoalmente. Pode tirar foto?" Isabel pergunta. Pelo menos dessa vez ela perguntou antes de fotografar.

"Como na maioria dos templos tibetanos, existem áreas permitidas e outras proibidas de serem fotografadas. Há ainda algumas pagas. Todas têm placas informando, então é só prestar atenção, Isabel. Por favor, evitem situações constrangedoras. Esse templo é bem vigiado. Aqui é o centro da resistência cultural tibetana e, dessa vez, não vou ficar o tempo todo com vocês. Por ser relativamente vazio, se comparado à outras atrações turísticas do Tibete, aqui no Johkang vocês podem fazer o roteiro sozinhos, mas preciso que estejam todos aqui nesse local dentro de uma hora." Sangmu nos deu essa ótima notícia e eu rapidamente já me dispersei do grupo, pois estava realmente interessada em observar o templo no meu próprio ritmo e sozinha.

O interior do Johkang é ainda mais belo. Já na entrada central há uma praça enorme e aberta, com um lindo jardim, de onde é possível ver os quatro cantos do prédio de quatro andares, cercado por montanhas e céu azul. Como já era de se esperar, todos os elementos tibetanos estão presentes, como o cheiro forte de incenso, velas, as imensas rodas de oração, as bandeirinhas coloridas e muitas imagens. Aqui também me sinto dentro de um labirinto, pois os longos corredores ligam várias torres idênticas umas às outras. As paredes, que vistas de fora são brancas, têm muito mais cor do lado de dentro, com seus telhados dourados e vermelhos e portas de madeira, cuidadosamente esculpidas há séculos. Das janelas, caem bandeiras enormes estampando os símbolos do Budismo tibetano e, nos terraços e varandas, plantas dão vida ao monastério mais bonito que vi até agora.

Monges circulam entre nós, carregando em suas mãos terços e rodas de oração. Sinto muito mais paz aqui do que no Palácio Potala. Além de ser silencioso, é possível ficar completamente a sós em vários cômodos. Para minha sorte e surpresa, até mesmo a estátua de Jowo Rinpoche está vazia. É uma imagem impressionante, em tamanho real, de Buda aos doze anos de idade. Ela é dourada e encravada com joias e pedras preciosas. Está localizada ao lado de uma estátua do rei Songtsen Gampo, fundador do Johkang.

Após contemplá-las por alguns minutos, caminho na direção sul do templo e encontro uma pequena capela. Ela parece estar vazia, então decido entrar. Realmente não há ninguém dentro do quarto escuro. Mais uma vez, sinto o sangue percorrer meu corpo e meu coração disparar ao me deparar com várias imagens de atos sexuais. São pinturas minuciosamente detalhadas das mais variadas posições que eu nem sabia que eram possíveis de serem feitas. Inevitavelmente minha mente viaja novamente pro toque de Tian e quero testar cada uma com ele. O imagino chegando de mansinho, silenciosamente, da mesma forma que me abordou no trem, sem que eu o notasse de primeiro. Fecho os olhos e chego a sentir o seu abraço por trás, arrancando a minha roupa e me tendo ali mesmo, naquela sala, que me parece ser dedicada ao sexo tântrico. Rapidamente uma série de reações químicas e físicas começa a acontecer dentro de mim e, perdida na minha própria imaginação, me vejo com Tian naquelas pinturas. É nele que estou pensando. Mas de repente escuto o barulho de passos se aproximando, então volto à realidade, abro os olhos e me sinto tão envergonhada. Para meu alívio, não há ninguém ali comigo. Os passos devem ter vindo do lado de fora da capela. Então aproveito esse momento para sair de fininho antes que alguém chegue na sala. Olho para os dois lados para garantir que ninguém me viu nem perto desse lugar e caminho para o lado oposto do templo.

De repente me sinto tão culpada pelo que acabei de experimentar naquela sala. É como se mesmo sem a presença física de alguém, eu ainda me sinta observada, vigiada. Nunca imaginei que o sexo também pudesse ser sagrado por aqui. E muito menos que poderia haver uma capela inteira dedicada a isso. Preciso tomar um ar e parar de pensar no Tian. Caminho em direção ao terraço e, aqui, encontro a vista mais bonita de Lhasa até agora. É possível ver toda a rua Barkhor, que inclusive é bem maior do que eu achava, o Palácio Potala e muitas montanhas cercando a cidade. Do terraço me sinto mais perto do céu. Sento em um banquinho observando os grandes morros perfurando nuvens e começo novamente a pensar em mamãe. Imagino o quanto deve ter sido difícil encontra-la quando se perdeu com o pequeno Goba em meio a essa imensidão. Não consigo nem pensar qual teria sido a sua reação se fosse eu quem tivesse feito uma arte dessas com ela. O quão desesperador deve ser pra uma mãe achar que perdeu o seu filho, ainda mais em um espaço tão grande cercado por milhares de peregrinos por todos os lados. Acho que o seu castigo nem foi tão ruim assim se comparado ao susto que vocês deram em seus pais, né, mamãe?

Como eu queria que estivesse aqui pra me contar outras histórias como essa, enquanto me guiasse por esse templo que você conheceu tão bem durante sua infância. Se bem que eu ficaria extremamente constrangida de te acompanhar até aquela capela que acabei de sair. Aliás, espero que você e seu irmão não tenham se perdido pela ala sul do templo. Aquela sala deveria ser interditada para crianças...

Ainda sentada no banquinho, permaneço em silêncio, contemplando a paisagem e sendo abraçada pelo sol e pela brisa leve do entardecer de Lhasa. Até que escuto mais uma vez alguns passos se aproximarem. Quando me viro para olhar quem se aproxima, me arrepio inteira ao reconhecer o rosto daquele monge. O mesmo rosto que havia me hipnotizado esta manhã no Palácio Potala e logo desparecera misteriosamente, como um vulto. Será que ele estava me seguindo? Quem será esse monge do olhar penetrante e do semblante sereno?

"Nós já nos vimos antes, não vimos? Não era você que estava hoje de manhã no Palácio Potala?" Eu pergunto, um pouco assustada, mas bem menos do que eu normalmente estaria. Já estou começando a me acostumar com esse tipo de encontro. Aliás, essa minha jornada tem sido uma verdadeira coleção de mistérios como este.

Ele se aproxima e, com um gesto, me pergunta se poderia sentar ao meu lado. Eu concordo com um gesto e ele me responde:

"Sim. Eu vi quando você me viu. Eu já a observava há um tempo. Fiquei muito surpreso ao te ver no Potala, pois eu nem sabia se a sua existência era real. Vim pra cá agora à tarde na esperança de reencontrá-la e tentar decifrar quem é a menina que há 6 meses invade o meu sonho, diariamente."

"Você sonha comigo?"

"Sim, nas mais variadas situações de perigo. Ora sendo perseguida por alguém, ou se afogando, ou sofrendo um acidente. Em todas eu te observo de longe, mas não consigo me mexer. Quero tentar me aproximar, te salvar, mas sou incapaz. Meu corpo está imóvel, mas eu estou lá em consciência. E ao despertar, é também a minha mente que acorda antes de todos os meus membros. Chego a me ver dormindo na cama."

"Mas então o que acontece comigo nos sonhos? Eu morro?"

"Eu sempre acordo antes do desfecho. Mas em alguns sonhos uma mulher sem rosto te salva." A essas alturas já tenho lágrimas nos olhos, mas tento não interrompê-lo. "Desde que os sonhos começaram, também te ofereço minhas orações diárias, pois temia pela sua segurança. Como eu não sabia se você realmente existia, rezava apenas para que, se a menina fosse real, que os males não lhe atingissem."

"Obrigada", digo baixinho, choramingando.

"Você está em perigo?"

"Não... pelo menos não que eu saiba... o que me atormenta é a solidão."

"Mas esse sentimento não é exclusivamente seu. E a solidão não é necessariamente ruim. Mas a maioria das pessoas não conseguem entender isso. E aí sofrem. Esta é, inclusive, a primeira das quatro nobres verdades ensinadas por Buda após sua iluminação: A vida é cheia de sofrimento. E esse sofrimento vem justamente do apego. Quando aprendemos que tudo é passageiro, deixamos de sofrer."

"Mas o que eu posso fazer pra esquecer a dor da solidão e conseguir ser feliz? Eu achei que tivesse reencontrado a felicidade quando conheci alguém especial, mas mais uma vez fui separada dele. Parece que a solidão me persegue."

"A causa do sofrimento é justamente o desejo e ignorância. Só o fato de ter condicionado à sua felicidade a algo exterior a você, já mostra que ela não é autêntica, mas sim está presa à ilusão do apego."

"De novo essa história do apego. Quando eu vou conseguir compreender isso?"

"Treinando a sua mente. Buscando a iluminação. E o maior inimigo da iluminação é o Eu. Uma vez que se compreende que somos todos parte de um todo, nos desapegamos da ilusão de pertença e percebemos que separações são apenas ilusões de ótica limitadas pelo tempo e pelo espaço. Tudo aqui é impermanente. E só é possível chegar à iluminação através do nobre caminho óctuplo, que conduz à extinção do sofrimento."

"E que caminho é esse? O que eu preciso fazer pra percorrê-lo?"

"Basicamente muita meditação, estudo e compaixão. A iluminação é um resultado da sabedoria e da compaixão."

"E você se considera totalmente desprovido de desejos e apego?"

"Não. Mas eu tento diariamente. Estou seguindo o caminho, mas não é assim tão fácil. Ainda me prendo a algumas experiências do passado e sei que é porque ainda estou apegado. Aliás, sinto que estou sendo testado desde que os sonhos começaram. Foi quando eu voltei a pensar intensamente em alguém que eu já havia conseguido me desconectar. E ela era justamente a pessoa que eu mais me sentia conectado nesta vida. Mas já fazem tantos anos da sua partida. Eu já havia aceitado há muito tempo. Até que comecei a sonhar com você, uma menina que, apesar de eu nunca antes ter conhecido, me lembra em tudo a ela.

Seus trejeitos, seu olhar. Você é igual à jovem versão dela, exatamente como quando partiu. Será possível que ela tenha renascido em você?"

Seus olhos também estão marejados, enquanto eu choro um pranto libertador. Será possível que ele esteja falando de mamãe? Quem será esse monge com que eu me sinto tão confortável e acolhida? Qual é a peça que está faltando ser desvendada nesse quebra cabeça que eu me meti, mesmo sem querer, desde a morte da minha mãe?

"Quem era ela?", me tremendo inteira, pergunto.

"Minha irmã. A alegria da minha infância, a melhor amiga que eu já tive."

"Tio Goba?", no momento em que grito essa frase, ele também cai em um pranto intenso. Ignoramos tudo ao nosso redor e nos abraçamos, um abraço apertado e consolador. Ainda descrentes do que acaba de acontecer, tentamos em vão iniciar uma conversa, mas nossas emoções nos impedem de falar qualquer frase coerente. Alguns minutos se passam até que ele consegue finalmente me fazer uma pergunta:

"Onde está sua mãe?"

Ainda chorando, retiro o vaso de cinzas da minha mochila e, antes que eu possa falar alguma coisa, seu rosto me mostra que ele já compreendeu.

"O que aconteceu com ela?"

"Câncer."

"Eu sinto muito." Com mais um abraço, ele me diz: "Temos tanto a conversar, que não sei nem por onde começar, mas já nos expomos muito por aqui. O Johkang é um templo muito controlado e os monges não são sequer autorizados a conversarem com estrangeiros."

"Ainda bem que eu não pareço estrangeira" falo, ensaiando um sorriso discreto. Ele retribui, mas continua em postura de alerta:

"Sim, mas não devemos abusar da sorte. Te proponho que marquemos um encontro em outro lugar, mais distante daqui. Quero saber tudo sobre você e sobre o que aconteceu na vida da minha irmã durante todos esses anos. Também posso te levar pra conhecer sua tia, seus primos e avós."

"Eu tenho avós? E tia, e primos?" Ao ouvir isso comecei a chorar mais uma vez. Mas agora são lágrimas de felicidade. Eu que passei vinte e três anos da minha vida acreditando não ter ninguém além dos meus pais, agora tenho uma família inteira. Será que eles vão gostar de mim? Será que vão entender o que eu digo? Como será que eles vivem? Onde moram? Não estou contendo a minha curiosidade e euforia. "E eu posso conhecê-los?"

"Se você quiser, daremos um jeito. Tenho certeza que eles também ficarão felizes em saber que você existe e em poder conhecê-la."

"Este talvez seja um dos momentos mais emocionantes da minha vida. Será que eu já posso ir embora com você agora? Mal posso esperar pra conhecer minha família. A propósito, meu nome é Jade, tio Goba."

"Que nome lindo. Combina com você. Eu também estou imensamente feliz em saber que tenho uma sobrinha. É um verdadeiro presente, pois nunca imaginei que algum dia eu voltaria sequer a ter notícias da minha amada irmã, muito menos que viria a conhecer a semente que ela deixou nesta vida. Mas infelizmente você não pode ir comigo agora. Temos que pensar em um plano pra que possamos circular sem que sejamos vistos juntos, pois pode ser perigoso para nós dois, e eu não vou permitir que você corra absolutamente nenhum risco. É o meu compromisso com a sua mãe. Tenho certeza que era ela que me enviava os sonhos, para que, mesmo inconscientemente, eu cuidasse de sua Jade."

"Eu entendo. E, sim, minha mãe está por trás de tudo. Ela provavelmente já sabia o que iria acontecer quando conseguiu me convencer de partir pra essa jornada. Mas o que você sugere que façamos, tio Goba? Você conhece melhor os riscos que corremos e a sua região."

"Com quem você está aqui?"

"Vim para o Tibete sozinha. Não te falei que a solidão me persegue?", dou um sorriso tímido e continuo, "mas como sou estrangeira, só consegui atravessar a fronteira com a China, acompanhada de uma agência de viagens. Aliás, já está passando da hora de reencontrá-los. O grupo todo deve estar esperando só por mim pra voltarmos pro hotel."

"Então não podemos demorar aqui. Não queremos levantar nenhuma suspeita. Qual o roteiro de vocês amanhã, você já sabe?"

"Me parece que vamos pra um monastério. Não tenho certeza do nome, mas acho que alguma coisa com Sera."

"Ah... o monastério Sera, o segundo maior monastério do Tibete. Realmente vale a visita, mas vou te levar em outro lugar especial. No monastério que eu moro e estudo, o Drak Yerpa. Lá eu sou autorizado a receber visita da minha família."

"Não sei como expressar minha gratidão, mas estou preocupada em como farei pra me separar do grupo. O que dizer pra minha guia para faltar em um dia de passeio? Já sei! Desde que cheguei tenho passado muito mal por causa da altitude. Posso enviar uma mensagem pra ela amanhã de manhã, dizendo que estou doente e acho melhor ficar em repouso no hotel, o que acha?"

"Não sou a favor de mentira, mas acredito que esta seja a única maneira de conseguirmos dispensá-los."

"Então é isso que nós faremos. Quando acordar envio uma mensagem a ela e, somente depois que eles saírem do meu hotel posso ir te encontrar. Onde eu te encontro? Como nós faremos pra chegar até o monastério?"

"Vamos nos encontrar no lado moderno de Lhasa. Lá é menos vigiado do que nas redondezas da Barkhor. Você pega um táxi até o portão Sul da Universidade de Tibete e me encontra lá às 9:30 da manhã. O resto deixa comigo." Com um último abraço nos despedimos e concordamos que eu faria tudo conforme combinamos.

Desço rapidamente as escadas e encontro meu grupo que ainda esperava o casal chegar. Eu estava em tempo. Assim que nos reunimos, pegamos a van de volta para o hotel e a minha cabeça não para de pensar nas inúmeras surpresas que têm acontecido na minha vida diariamente. Quero chorar e rir ao mesmo tempo! Me sinto tão grata por todos esses encontros, mas ao mesmo tempo, assustada. Ainda não fui atrás de Tian, mas amanhã vou seguir este estranho que imagino ser meu tio. Não tenho nem sequer provas concretas do nosso parentesco, mas sinto certeza no meu coração de que ele está falando a verdade. A esperança em conhecer a minha família e a possibilidade de que eu não esteja mais sozinha é o que me move agora. Dias intensos por aqui. Amanhã vou saber um pouco mais sobre a minha mãe e, no dia seguinte, viajo rumo ao Everest para encontrar o amor da minha vida.

Capítulo IX
A Escolha ou A Libertação

O silêncio da madrugada só não é mais angustiante do que o barulho do ponteiro do relógio me lembrando que já são 3 horas da manhã e eu atravesso mais uma noite em claro. Como se não bastasse a cabeça explodindo por falta de oxigênio, é óbvio que não consigo dormir em meio a esse turbilhão de emoções. Fecho os olhos e só penso em meus medos, dúvidas, e agora, na esperança de conhecer um pouco mais sobre minha própria história.

Não sei se estou mais ansiosa por reencontrar Tian ou meu tio. Até Sangmu percebeu que eu estava diferente. Quando chegamos no hotel, ela me chamou pra conversar e, antes mesmo de me passar o valor da minha mudança de roteiro, me perguntou se havia algo errado comigo e porque eu queria tanto ir pro Everest. Ainda bem que ela associou o meu comportamento a isso, e não demonstrou ter percebido nada do que se passou comigo no Jokhang. Eu apenas respondi que talvez essa seria a única oportunidade que eu teria na vida de ver a maior montanha do mundo. Ela pareceu entender, mas me preveniu mais uma vez sobre o problema da altitude: "Mas não esqueça de considerar a sua adaptação ao clima, Jade. Até o acampamento base do Everest é bem mais alto do que aqui e seu corpo vai sentir a diferença."

"Eu sei, mas quero ir mesmo assim." Encerrei o assunto lhe pagando a diferença e pedindo licença pra vir descansar. Mas antes que eu subisse pro meu quarto, ela me apresentou para o guia que nos acompanhará para o Everest depois de amanhã. Dawa não deve ter mais do que a minha idade e foi bem simpático, apesar de seu cansaço evidente, após um dia de passeios. A maioria das pessoas de seu grupo está hospedada no meu hotel, então já aproveitamos para combinarmos o horário de partida.

Para a minha surpresa e decepção, o Monte Everest está localizado a quase 800km de distância de Lhasa e esse trajeto não é totalmente percorrido no mesmo dia. O valor que eu paguei de diferença inclui não apenas o acampamento base, mas também vários outros pontos turísticos regionais, como monastérios, lagos, cordilheiras e pequenas cidades. Se por um lado isso vai me dar uma boa ideia da dimensão e da riqueza do Tibete, por outro vai ser bem mais cansativo e eu não vou reencontrar o Tian depois de amanhã, como eu esperava. Sei que estou sendo insensata, mas expectativa não cumprida significa frustração, e essa notícia caiu como um balde de água fria na minha cabeça.

E se chegarmos lá e Tian já tiver deixado o acampamento com a equipe da revista? Não sei se vou suportar a decepção de percorrer tudo isso e não conseguir encontrá-lo. Me agarro à esperança de que os alpinistas vão precisar se ambientar com o clima do acampamento antes de enfrentar a altitude da montanha. Prefiro acreditar na explicação de Tian, de que a equipe precisa passar alguns dias lá embaixo antes de começar a expedição. Essa vai ser a minha única arma pra driblar a ansiedade e o medo de um desencontro.

Depois de todas essas novidades, por fim fui informada de que deixaremos Lhasa em direção ao Monte Everest na madrugada de amanhã para quarta, às 5 horas da manhã. Nesse primeiro dia, vamos dirigir apenas 260km, beirando o grande rio Kyi Chu, até chegar ao famoso lago Yamdrok. Segundo Dawa, este lago é uma das atrações naturais mais belas e visitadas da região, pois além de ocupar uma área enorme e ter uma cor turquesa natural, é considerado também um lugar sagrado para os tibetanos. De lá é possível avistar a montanha glacial Nojin Kangtsang, com mais de sete mil metros de altura. Continuaremos na estrada até chegar em Gyantse, uma cidade que costumava ser uma base militar e possui uma das fortalezas mais preservadas do Tibete. Dawa falou que apesar de pequena, Gyantse é interessante, com monastérios importantes, bons restaurantes e hotéis. É nela que iremos passar a noite.

Ao perceber minha decepção, Sangmu me diz que essa alteração no roteiro é necessária para a aclimatização, pois a altitude irá gradativamente aumentar de Lhasa até chegar ao Everest. Por isso também as agências não levam os turistas direto da capital para o acampamento base, pois há uma diferença de mais de dois mil metros de altitude de um local para o outro. Gyantse está bem no meio, com quatro mil metros de elevação.

No dia seguinte iremos visitar mais monastérios em Shigatse, a segunda maior cidade do Tibete. Confesso que me canso só de ouvir Dawa descrever nosso roteiro. Por mim, poderia passar um dia inteiro descansando em Gyantse e depois ir direto pro acampamento base. Mas já aceitaram que eu mudasse a minha rota, então é melhor eu não reclamar e não propor mais nenhuma alteração. Dormimos em Shigatse e somente no dia seguinte vamos finalmente pro acampamento base do Evereste, que ainda estará a mais de 200km de distância dali.

Hoje ainda é segunda feira e desde que Sangmu me autorizou mudar o meu roteiro, não paro de pensar que vou ver Tian na quarta. Mas com todas essas paradas em outras cidades e monastérios, no final das contas só vamos chegar à base do Evereste na sexta. E minha viagem de volta para Xangai já é domingo. Isso quer dizer que só vou poder passar uma noite nos Himalaias e ainda correndo o risco de não conseguir encontrar meu Tian. Esse pensamento me consome e me tira o sono. Tomei nota de todo o nosso roteiro e enviei a ele por SMS, na esperança de que o veja a tempo e dê um jeito de estar no acampamento me esperando na sexta feira. Até lá, vou tentar distrair minha expectativa com meu encontro de amanhã.

* * *

Acordo às oito e meia da manhã e faço exatamente o que combinei com tio Goba. Envio uma mensagem pra Sangmu me queixando de indisposição e pedindo pra ficar no hotel durante todo o dia de hoje. Ela resiste um pouco, mas acabou sendo convencida pelo meu argumento de que preciso me recompor pra longa viagem de amanhã. Termino de me arrumar e saio discretamente pela porta lateral do hotel, tentando evitar ser vista por algum funcionário.

Foi mais fácil encontrar um tuc tuc do que um táxi pra me levar até o local marcado. E, como eu já estava um pouco atrasada, não hesitei em pegar essa motinha engraçada, com uma pequena carroceira atrás, onde fui sentada em meio a bandeiras e fitas coloridas. Pelo que percebi, esse tipo de transporte é bem comum tanto aqui como em Xangai, mas esta foi a primeira vez que tive a oportunidade de experimentar. Não é muito confortável, especialmente com o frio matinal do outono perfurando a pele com seu vento vindo das montanhas. Mas por outro lado, é a melhor maneira de observar melhor Lhasa.

Durante todo o percurso até chegar à universidade do Tibete, eu suo frio e meu coração está disparado. Tenho tantas perguntas a fazer. Vinte e três anos de curiosidade acumulada em relação à minha família. Vinte e três anos em que fui censurada de conhecer a história deles. Vinte e três anos que as minhas perguntas foram caladas ou desconsideradas. Você era desapegada, mas também foi egoísta, né mamãe? Porque fez isso comigo? Porque me privou desse direito? Ainda bem que tive a sorte de o destino me unir ao meu tio novamente, só assim vou conseguir entender um pouco do que a senhora guardava por trás de todo o mistério que te envolvia.

Antes mesmo da moto parar já avisto tio Goba me esperando. Ele está sentado em um banquinho em frente ao portão da universidade, com seu rosário na mão. Imerso em sua oração, ele sequer me vê descer e caminhar em sua direção. Ao contrário de mim, seu semblante é calmo e sereno. Me sinto envergonhada por estar tão ansiosa e ser incapaz de disfarçar. Me aproximo devagarzinho, com receio de interrompê-lo:

"Bom dia, tio Goba." Ele abre um sorriso largo e acolhedor, me enchendo de afeto e emoção.

"Bom dia, minha querida Jade. Que felicidade te ver mais uma vez. Hoje o dia vai ser curto para a quantidade de assuntos que temos pra conversar. Quero saber tudo sobre você e te contar tudo sobre a sua família tibetana."

"Eu também estou muito feliz e ansiosa. Quase não consigo dormir à noite."

"Não precisa ficar ansiosa. Já estamos unidos novamente e sua mãe deve estar tranquila porque nos encontramos. Ela queria que eu a encontrasse, por isso te enviava para os meus sonhos."

"A minha mãe nunca falava de vocês. Acho que ela foi egoísta"

"Não julgue a sua mãe, minha menina. Ela teve os seus motivos. Tenho certeza que ela só queria te proteger. Quando eu te contar a sua história, você vai entender melhor. Mas aqui não é muito seguro. Teremos mais privacidade no Drak Yerpa, um lugar lindo e especial em cima daquelas montanhas. É considerado o ponto mais sagrado de Lhasa. Tenho certeza que você vai gostar." Ele aponta para a direção do templo e eu consinto com a cabeça.

"Sim. Eu vou adorar conhecer a sua casa, tio."

"Então vamos."

Caminhamos juntos até a avenida, onde um carro já nos aguarda. Tio Goba conversa um pouco em tibetano com o motorista, que parece ser seu conhecido, e enfim começamos nossa jornada. À medida em que vamos deixando a cidade, os espaços se tornam mais amplos e vazios. Nos perdemos na imensidão dos campos e montanhas beirando a estrada, que se parece uma pintura em tela. A vida simples do Tibete rural, tão infinitamente oposta da minha realidade paulistana, tem o ritmo dos passos dos yaks, que pastam entre as plantações de cevada. Vez ou outra avistamos um peregrino caminhando em meio a esse cenário bucólico, ou uma tenda branca, morada itinerante dos nômades.

Os primeiros dez minutos de estrada foram de silêncio e contemplação. Mas pra mim, também de ansiedade, curiosidade e um pouco de medo: "Esse carro é um taxi, tio? O motorista é seu conhecido? Podemos confiar nele?"

"Sim, minha querida. Esqueci de apresentar vocês. Esse é meu grande amigo, Danpa. Nos conhecemos desde criança e ele faz corridas em Lhasa. Quando lhe expliquei que iria te encontrar e que a levaria para o Drak Yerpa, ele gentilmente se ofereceu em nos trazer."

"E quando Danpa está ocupado, como você normalmente faz esse percurso, tio?"

"Eu não vou em Lhasa todos os dias. Aliás, só estava lá essa semana porque fui revelado em minhas orações de que algum acontecimento importante iria se passar comigo no Potala Palace. Então fui e te encontrei. Mas normalmente, só vou na cidade pra visitar a família. E nós, monges do Drak Yerpa, só temos um dia por mês para fazer isso. Às vezes conseguimos organizar algum transporte, outras, Danpa está disponível. E quando não temos carona, fazemos o percurso a pé."

"Mas não é muito longe?"

"Quase trinta quilômetros, mas já estamos tão acostumados a percorrer longos trajetos a pé que não é nenhum incômodo. Pelo contrário, as caminhadas nos purificam."

"E vocês podem receber visitas?"

"Também só temos direito a uma visita por mês. E só alguns de nós. Porque outros optam em viver como ermitões e passam anos sem ter contato com ninguém dentro ou fora do monastério. Eles vivem em pequenas grutas e passam os dias em estado meditativo. Eu ainda não cheguei a esse ponto nos meus estudos."

"Mas então eu não vou te trazer problemas indo te visitar fora do período?"

"Não. As restrições acontecem basicamente porque o Drak Yerpa é um centro de treinamento religioso para a formação de Lamas, então muitos monges ficam reclusos na maior parte do tempo, imersos em seus estudos ou meditando. Mas o templo em si ainda é um ponto turístico importante do Tibete, então recebemos visitação todos os dias. Somente quando a visita é privada, ou seja, para algum monge, é que temos essa regra. Mas ninguém precisa necessariamente saber que você está lá por minha causa. Você poderia ser uma turista comum, e eu um monge fazendo algum trajeto dentro do monastério. Seremos discretos e caminharemos perto um do outro, sem permitir que notem que estamos juntos. Lá existem muitos locais remotos e escondidos, onde poderemos sentar e conversar um pouco sem sermos vistos ou interrompidos por ninguém."

Logo vejo que faz sentido o que tio Goba acabara de dizer. O Drak Yerpa é vasto e remoto. Possui alma e história pra contar, como um sábio monge tibetano. O acesso às grutas que abrigam templos, salas de estudo, de meditação e santuários é bem difícil. Ao descer do carro, sou instantaneamente contagiada pela aura mística do ambiente. A penumbra da manhã fria de outono é invadida pelas dezenas, centenas, milhares de bandeirinhas coloridas de oração que atravessam montanhas e perfuram nuvens. Avistando a imensidão do Drak Yerpa aqui debaixo, esqueço todo o exotismo dos lugares que visitei em Xangai e em Lhasa. As paisagens que avistei de dentro do trem não se comparam à magnitude desse monastério dividido em centenas de grutas espalhadas em falésias no topo do vale Yerpa. A paisagem me impressiona tanto que esqueço os medos, a ansiedade e a saudade da minha mãe. Esqueço até mesmo da minha indisposição física, mas ela rapidamente reaparece quando começamos a escalar os inúmeros degraus formados de rochas naturais e calcário. O trajeto até o alto de seus quase 4200 metros de altitude é feito no sentido horário, assim como são giradas as enormes rodas de oração que encontramos pelo caminho.

Enquanto subimos, não tenho muita energia para conversar e, obviamente, não consigo acompanhar o ritmo de tio Goba, que a cada dez degraus, precisa parar e me esperar. Além do cansaço físico potencializado pela carência de oxigênio, insisto em fazer pequenas pausas para contemplar a paisagem pincelada pelas cores do outono. Folhas laranjadas, amarelas e vermelhas contrastam com o azul penetrante do céu e o colorido das bandeirinhas. Em uma dessas pausas, observo um bando de pássaros negros que mais parece estar interpretando um balé no céu, com seu voo sincronizado. Ao perceber que meus olhos estão imersos na poesia visual, tio Goba se aproxima de mim, aponta para o topo de uma das montanhas e me fala:

"Eles estão voando para lá. Há séculos aquela serra é reservada aos funerais celestiais."

"Tem um funeral acontecendo agora? Os pássaros estão indo comer o corpo, é isso?" Eu digo sem disfarçar o meu horror.

"Então você sabe o que é um funeral celestial?"

"Minha mãe me falou disso antes da sua partida. Mas nunca imaginei que algum dia eu fosse estar tão próxima de um."

"Imagino que não tenha esse tipo de ritual no lugar onde você nasceu. Se tivesse, as cinzas da sua mãe já não existiriam."

"Mesmo se existisse esse tipo de ritual no Brasil, não acredito que eu teria autorizado fazer isso com o corpo da minha mãe."

"Jade querida, se o corpo adoece, ele adoece. Quando uma pessoa morre, ela está morta. Não há o que possa mudar isso. Sua mãe deixou o seu corpo no instante em que ela morreu, portanto oferece-lo à natureza seria apenas uma forma de gratidão e de aceitar que ela já não está mais aqui."

"Para mim não é assim tão simples. Não sou capaz de me desapegar da mesma forma que vocês. E não seria capaz de permitir que o corpo dela fosse entregue aos urubus. Estou satisfeita por tê-la cremado, por poder guardar esses últimos fragmentos de sua presença e levá-la comigo aonde quer que eu vá."

"Para quê? Apenas para manter a ilusão de que ela ainda está com você? De que ela ainda cuida de você? De que ela ainda vive e presencia o que você está experimentando? Ela não está mais aqui, minha querida. Esse vaso de cobre que você carrega na mochila abriga apenas cinzas. Não é a sua mãe que está aí. Ela já foi embora do mundo material faz tempo. E está tentando se preparar para voltar, mas o fato de você não aceitar isso, pode estar atrasando seu retorno. Ela deve estar preocupada em te deixar sozinha, com medo de que você não vá conseguir se cuidar. Você deveria mostrar pra ela que herdou sua fortaleza e coragem."

"Deveria se eu tivesse de fato herdado isso. Mas não herdei, tio. A verdade é que estou morrendo de medo e de tristeza por ter perdido a minha mãe. O que você está sugerindo que eu faça? Jogue fora as suas cinzas? Se eu fizer isso, vou perder tudo o que sobrou pra mim nessa vida. A única coisa que me resta são as cinzas da mamãe", o respondo quase gritando, em meio a lágrimas. Quem ele pensa que é pra me exigir uma coisa dessas? Esse homem que nunca participou da minha vida, que não me conhece e que não sabe o que eu e minha mãe vivemos juntas? Não acompanhou o sofrimento de ver o câncer a corroer por inteira. Não. Ele não tem esse direito.

"Se isso significar a morte da ilusão de que ela ainda vive, então sim. É isso que estou sugerindo. E acredite, minha sobrinha. Isso vai ser uma atitude libertadora tanto pra você quanto pra ela. Ou você nunca parou para pensar que talvez fosse isso que ela quisesse? Que você a deixasse partir? Talvez tudo que ela precise para poder renascer em paz é que você a deixe ir. Estou certo de que sua mãe não quer que você passe o resto da sua vida se lamentando por sua morte. E enquanto você não entender isso, ela não consegue renascer. Você quer ir comigo assistir ao enterro celestial? Podemos ir juntos e você pode observar de longe."

"Não. Obrigada. Não quero ver isso."

"Tudo bem. Então vamos continuar nossa caminhada."

Eu apenas consinto com a cabeça e prosseguimos lado a lado, calados. Leva um longo tempo até que eu consiga parar de chorar, mas tio Goba respeita meu momento. O silêncio é quebrado pelo som do mantra om mani padme hum ecoando no topo da falésia que acabamos de escalar. Sou absorvida pela sinfonia de vozes diferentes e pelo barulho das rodas de oração. Sem dizer nada, caminho em sua direção, enquanto tio Goba, imerso em sua quietude, segue meus passos.

Chegamos na fonte do som. Um salão enorme, dentro de uma das grutas, onde centenas de Lamas vestidos com seus sáris vermelhos estão concentrados em um círculo no eixo central. A maioria é criança, meninos de uns doze anos de idade, com suas cabeças raspadas e olhares curiosos. Apesar da grande quantidade, da pouca idade e da curiosidade exacerbada, os meninos não fazem barulho. Apenas observam e recitam o mantra. Uma cena tão comovente quanto uma procissão em dia de sol. Como é bela a fé. São muitos. O amontoado de gente me impede de ver exatamente o que eles estão observando, mas tio Goba acena para que eu o siga e, enfim, conseguimos nos infiltrar em meio aos pequenos aprendizes de monges.

Me deparo então com a mais bela criação em tempo real de uma obra de arte. As crianças cercam uns cinco Lamas adultos, que juntos e sentados no chão, constroem uma enorme mandala de areia multicolorida. Em suas mãos, mini funis de cobre preenchidos com os grãos de areia, são arranhados com uma varinha do mesmo metal. A vibração produzida pelo contato dos dois instrumentos, além de gerar um som harmônico, espalha a areia na superfície, formando os desenhos minuciosamente detalhados que compõem a mandala. O que mais me impressiona é justamente a riqueza de detalhes. Observando o ritmo da criação dos monges, estou certa de que uma obra dessa dimensão deve levar no mínimo uma semana para ser concluída.

Nunca em minha vida presenciei nada que se comparasse a esta experiência estética. Nem mesmo quando tive a oportunidade de assistir ao mais belo espetáculo de balé em São Paulo, me senti tão comovida e hipnotizada pela arte. Talvez porque não seja apenas arte, mas uma espécie de ritual. Uma epifania para seus criadores e expectadores. Estou em paz, mesmo chorando. Os monges artistas concluem sua obra, mas ninguém aplaude. Apenas observam em silêncio a gigantesca e colorida mandala, com seus desenhos de areia representando a roda da vida. Até o mantra se cessa durante o momento de contemplação. Meu coração palpita mais forte e os pelos do meu corpo se enrijecem. Sinto uma brisa leve penetrar em minha pele, junto com o silêncio ensurdecedor. Fecho os olhos e respiro fundo para senti-la melhor, mas ao abrir, já não posso evitar as lágrimas que correm compulsivamente sobre o meu rosto, ao perceber o que os monges estão fazendo agora. Eis aqui a minha epifania. Dentro desse instante curto e infinito, compreendo finalmente tudo o que minha mãe e tio Goba tentaram, em vão, me explicar. É como se eu tivesse sido cega durante toda a minha vida e somente agora, neste exato momento, me desse conta do presente. Pela primeira vez, experimento estar inteiramente presente em um lugar, em um instante, ao observar os monges artistas destruírem a sua obra de arte. E percebo enfim, a efemeridade da vida.

Eu, que sempre morri de medo e de dificuldade em encarar a natureza etérea de cada ser. Eu que perdi as contas de quantas vezes caí nas armadilhas do ego. Eu, que questionei a fé e me revoltei contra Deus e contra minha mãe. Eu que a culpei por sua doença, pelo abandono. Eu, que sempre senti mais presente em mim aquilo que, de fato, me falta. Eu, que sempre fui insatisfeita com a minha aparência, minha identidade, meu lugar no mundo. Eu, que fui egoísta, incompreensiva, instável e desequilibrada durante toda a luta da minha mãe. Eu que a julguei. Eu, eu, eu. Eu que precisava que estranhos me ensinassem a maior lição da minha vida. Eu que já não sou a mesma após essa jornada que começou ainda em São Paulo. Agora compreendo o desapego. Compreendo a inconstância e a impermanência de tudo ao nosso redor, ao observar horas, dias, talvez meses de trabalho, dissolverem-se em segundos e transformarem-se em milhares de partículas de areia misturadas e opacas, sem desenho ou significado algum. Isso é desapego. Isso é capacidade de se desvencilhar do ego. Quando esses artistas destroem a sua própria obra de arte, desmanchando a mandala e misturando as areias, eles estão na verdade, reproduzindo a vida e seu ciclo de nascimento, morte e renascimento. A constante mudança que é a nossa existência.

Um sentimento profundo de gratidão invade a minha alma. Enfim, tenho capacidade de ver. Meu primeiro impulso é querer abraçar tio Goba, mas sei que não podemos nos expor. Então me retiro discretamente da gruta, na certeza de que ele irá me seguir. Subo mais alguns metros das escadarias de pedra e encontro um banquinho providencialmente localizado em um ponto de contemplação, no topo de uma montanha. O sol de meio dia brilha no alto do céu, me abraçando. A vista para o vasto vale evoca mais uma vez a minha pequenez e vulnerabilidade. Sento quietinha. O vento é frio, mas por dentro estou com calor. Minhas lágrimas quentes e salgadas já não são auto piedosas, mas serenas. Mesmo com os olhos fechados, sei que tio Goba está ao meu lado, com seu silêncio típico e sua completude. Ele nunca invade o meu espaço, no entanto sempre está por perto, zelando, me observando com seus olhos de águia protetora, me guiando pro caminho da sabedoria e da aceitação. Deve ser um negócio de família, porque essa atitude é também tão típica da minha mãe. Como ele me faz pensar nela. Mesmo após tantos anos separados, ainda são tão semelhantes. Não sei exatamente se passamos cinco minutos ou meia hora sentados lado a lado em silêncio, escutando apenas a respiração um do outro. Até que finalmente consigo voltar a falar:

"Obrigada, tio Goba. Obrigada pela sua paciência e respeito com o meu momento. Desculpa o meu comportamento. Estou com vergonha de você, porque ainda estou muito machucada, então as vezes digo coisas sem pensar. Mas acabei de viver uma experiência transformadora e libertadora ao presenciar aqueles monges construírem e destruírem a sua obra. Naquele momento consegui entender o que você e minha mãe tentavam me explicar sobre impermanência e desapego."

Tio Goba abre um sorriso largo, revelando a sua doce alma e me responde baixinho: "Minha querida Jade, não há o que perdoar. Tudo tem o seu tempo. E você também não tem nenhum motivo para sentir vergonha de mim. Eu entendo o que você está passando. Da noite pro dia a sua vida se transformou. É normal que esteja se sentindo fragilizada. Mas lembre-se que toda vida é transformação. Ninguém pode fugir desse fato, mas cabe ao indivíduo escolher como lidar com as mudanças. A dor é inevitável, mas o sofrimento é opcional. Até o poderoso mar tem a mesma profundidade quando está tranquilo ou revolto. Assim acontece com as pessoas. Mas acredito que já estejas começando a perceber isso. Fico imensamente feliz que você tenha tido a sensibilidade de compreender tão bem o que você viu. Realmente a preparação da mandala é uma longa meditação sobre a nossa própria existência. O processo de criação é todo feito em estado meditativo e a ação de desmanchá-la é uma espécie de combate aos três venenos que nos impedem de encontrar a felicidade: o ego, o apego e a ignorância. Tudo o que aparece no plano material vai um dia desaparecer, porque a vida é impermanência. A criança um dia se torna velha, a beleza física passa, a saúde se transforma também em doença. Todos os pensamentos que surgem em nossa mente estão o tempo todo se transformando. É o que os monges tentam nos mostrar no ritual da mandala que você teve a sorte de ver."

"Realmente me sinto privilegiada por ter presenciado esse momento, tio. Me ajudou a entender um pouco a minha mãe e a vê-la com um olhar menos cruel e mais generoso."

"E eu tenho certeza que você vai entende-la ainda melhor depois dessa nossa conversa. Você quer saber mais sobre a história da sua mãe?"

"Claro, tio. Foi por isso que eu fui te encontrar esta manhã. Quero saber tudo sobre a minha mãe. Como ela conheceu o meu pai, de onde tirou tanta coragem para segui-lo e deixar pra trás seu país e sua família."

"Ah, Jade... uma coisa que nunca faltou na sua mãe foi coragem. Apesar dela nunca ter reconhecido isso. Acho que vocês duas têm mais essa semelhança. São muito mais fortes do que acreditam ser."

"Eu não sou corajosa, tio. Nem forte. E nem tenho a fé que minha mãe teve."

"Descobrir quem você realmente é ou o que pode vir a se tornar, requer desapego de quem você imagina ser, Jade. Se você não fosse forte ou corajosa, não estaria aqui sozinha agora."

"Obrigada, tio."

"Não há o que agradecer. Foi você quem fez isso por você e para você."

"Fiz isso pela minha mãe."

"Não, minha querida. Você fez por você. Sua mãe já não está entre nós. Era você quem precisava aceitar isso."

"Sim. Você tem razão."

"Quando sua mãe decidiu ir embora com seu pai, tivemos uma longa conversa, eu e ela. Sempre fomos muito próximos e, apesar de termos uma irmã mais velha, Neema sempre preferiu se abrir comigo do que com a Tserin. Talvez porque eu tenha sido um menino diferente. Eu sou o mais novo dos irmãos e o único homem. Mas desde criança fui muito sensível e sua mãe enxergava minha sensibilidade. Meus sonhos profetizavam acontecimentos da minha vida e, algumas vezes, da vida dos outros. Foi através de um deles, que, aos doze anos de idade, eu soube que jamais iria me casar e ter a minha própria família. Então decidi vir morar nesse monastério e estudar para me tornar um monge. O que eu achei mais difícil nessa decisão foi me separar da minha amada irmã Neema. Mas ela vinha me visitar com mais frequência do que os outros membros da família. Ah, as lembranças que tenho da sua mãe têm cheiro de segredos compartilhados. Éramos conectados. Somos ainda. Sempre que precisava de ajuda ou conselho, era a mim que sua mãe recorria. E não foi diferente quando tomou a decisão de seguir seu amado e deixar o Tibete. Assim como você, na época, ela também quis atribuir sua decisão à outra pessoa. Disse que estava fazendo isso por ele. Mas nós dois sabíamos que era também por ela. Pela sua felicidade e pela liberdade de escolher o seu próprio caminho."

"E o que você disse pra ela?"

"Eu não consegui disfarçar que me preocupei com a sua escolha, porque não fazíamos ideia do que a esperava em terras estrangeiras. Mas ela queria muito... E o desejo é como água salgada. Quanto mais se bebe, mais se sente sede. Eu sabia que não havia nada que eu ou qualquer outra pessoa pudesse dizer que fosse capaz de fazê-la mudar de ideia. Então só me restou apoiá-la. Por mais que soubesse que sentiria muito sua falta, nada era mais importante pra mim do que sua felicidade. E apesar do pouco tempo que ela conhecia o seu pai, eu sabia que estava feliz ao lado dele. Pelo menos mais feliz do que se tivesse seguido a escolha que meus pais haviam feito para ela."

"E que escolha era essa?"

"A mesma que fizeram pra nossa irmã mais velha. Hoje em dia muita coisa mudou aqui no Tibete e já é mais comum que as pessoas se casem por amor, mas ainda há muitos casamentos arranjados, como foi o da sua tia Tserin. Sua mãe e eu assistimos assustados Tserin deixar nosso lar com apenas dezesseis anos de idade, para se casar com um agricultor mais velho que a levou para a região remota do Vale Chumbi. Nos primeiros anos de seu casamento, nas raras vezes que a encontrávamos, Tserin insistia em dizer que mesmo tendo sido prometida, o amor entre ela e o marido se desenvolveu e brotou, como uma grande árvore em uma floresta."

"E vocês achavam que ela estava falando a verdade?"

"Eu até achava que Tserin estava feliz. Certamente havia mudado. Perdera o ar inocente de menina. Mas havia um brilho diferente em seu olhar que eu não conseguia decifrar. Sua mãe desconfiava um pouco dessa felicidade. Mas é porque tinha medo dela própria ser obrigada a se casar com alguém que jamais fosse capaz de amar."

"Dá pra entendê-la. Eu também não gostaria de ter que me casar com um estranho... e ainda por cima tão jovem."

"Mas essa não era a maior preocupação da sua mãe. Assim como o marido de Tserin, o pretendente que meus pais haviam escolhido para Neema também tinha irmãos mais novos. E no Tibete, é comum que uma família de irmãos divida a mesma esposa."

"O quê?" Perguntei em choque. "O que isso quer dizer exatamente, tio?"

"Quer dizer que apesar dos casamentos monogâmicos serem maioria, a poligamia também é uma prática aceita e bem comum por aqui. No Tibete antigo, os reis normalmente tinham mais de uma esposa. No Tibete moderno, tanto homens podem ter mais de uma companheira, como uma mulher pode ser casada com dois ou até três homens diferentes. É sinal de harmonia familiar que irmãos de uma mesma casa dividam a esposa."

"Que loucura, tio. E na casa da tia Tserin é assim?"

"É. Ela se casou oficialmente com o irmão mais velho. Mas ela é a única mulher em uma família de três irmãos. Então se torna esposa dos três."

"E eles têm filhos?"

"Quatro crianças lindas. Dois meninos e duas meninas."

"E como ela sabe quem é o pai de cada um?" De repente imagino como teria sido a vida de mamãe se ela tivesse ficado aqui. Como ela foi vanguardista em negar a escolha de seus pais e traçar seu próprio destino. Nunca imaginei que a natureza doce da minha mãe pudesse abrigar tanta coragem e audácia. Sou invadida por um imenso sentimento de orgulho por ser filha de uma mulher tão forte e decidida.

"Nesse tipo de família todos os homens são considerados pais. As crianças chamam todos eles de papai, sem diferenciação. E a esposa tem seu próprio quarto. Toda noite ela coloca um sinal na porta para indicar com qual marido irá dormir."

"Então se a minha mãe não tivesse ido embora com meu pai, ela também viveria em uma família assim?"

"Provavelmente."

"Mas então a minha mãe decidiu ir embora com meu pai só para evitar viver em uma relação poligâmica, foi isso que aconteceu realmente?"

"É impossível saber exatamente o que se passa no coração de outra pessoa, Jade. Mas eu não tenho dúvidas de que sua mãe descobriu o amor com o seu pai. Sim, é verdade que ela estava assustada por ter sido prometida em casamento, mas não acredito que este tenha sido o motivo exclusivo dela ter decidido ir embora. Na conversa que tivemos, percebi sinceridade e o amor que ela já sentia por seu pai. Ora, não era assim tão difícil para uma jovem se apaixonar por um atraente médico estrangeiro disposto a leva-la embora com a promessa de um novo começo e de um lindo futuro juntos em um país livre. Ela estava disposta a segui-lo para onde ele quisesse."

"Mas e seus pais aceitaram o relacionamento dela com meu pai?"

"Não foi muito fácil. Primeiro porque eles já haviam começado a negociação do casamento de Neema e, segundo porque os tibetanos, em especial os mais velhos, como seus avós, sempre foram suspeitos em relação a casamentos mistos, em especial com chineses."

"Porque?" Tio Goba hesita em me responder ao ouvir minha pergunta. Mas ele mesmo percebe que talvez já tenha falado um pouco demais e agora vai precisar lidar com a minha curiosidade. Disfarçadamente, olha para os lados para se certificar de que não estamos sendo observados ou seguidos, e continua:

"Porque de um tempo pra cá, o governo chinês, astuto como sempre foi, anda promovendo o casamento entre tibetanos e chineses para, aos poucos, aumentar a sua população e, consequentemente, o controle em nosso território. É quase uma forma de colonização que vem acontecendo desde a invasão da China na década de cinquenta. Com o pretexto de nos libertar do imperialismo inglês, eles invadiram nossas terras e, como um animal faminto persegue a sua presa, destruíram templos e assassinaram monges. Até Sua Santidade o Dalai Lama precisou partir em exílio para a Índia afim de sobreviver. Na década de cinquenta a invasão foi explícita, mas hoje em dia é mais sutil, e uma das suas formas mais comuns é através da imigração de chineses para cá e do incentivo aos casamentos mistos no Tibete."

"Que coisa horrível, tio. Mas então corre o risco do meu pai ter sido enviado pra cá pelo governo chinês ou você acha que o ele realmente veio estudar medicina tibetana?"

"Outra pergunta sem resposta, minha querida. Não sei. Mas sei que seu pai chegou a estudar por um período no Mentsekhang, nosso famoso instituto de medicina e astronomia que já existe há cem anos aqui em Lhasa."

"É. Pelo menos eu sei que o seu conhecimento de medicina não era fachada. Meu pai era apaixonado por isso. Tanto que abriu uma clínica no Brasil que misturava técnicas da medicina tradicional chinesa com a tibetana, utilizando ervas e minerais nos tratamentos. Eu acabei seguindo o seu caminho e buscando a cura dos males na natureza. Tive sucesso em muitos tratamentos que realizei, mas infelizmente não consegui salvar a mamãe."

"Sua mãe apenas cumpriu mais uma das etapas do ciclo da vida. Nascimento e morte. Agora aguarda o renascimento. Você fez tudo o que estava ao seu alcance para salvá-la, estou certo disso. Mas o ciclo da vida é inevitável, minha querida. Não se culpe. A escuridão é necessária para que se valorize a luz. E quanto ao seu pai, não acho que você deva se preocupar com isso. Não creio que ele tenha sido parte desse plano de colonização. Tivemos pouco convívio, mas pude perceber que ele era um homem honesto e íntegro. O que ele e sua mãe sentiam um pelo outro era verdadeiro e recíproco... Mas por falar no seu pai, por onde ele anda? Porque não veio com você? É a sua vez de me contar um pouco sobre os dois. Eles foram felizes? Ele cumpriu sua promessa de um futuro promissor para sua mãe?"

"Meu pai morreu quando eu tinha apenas oito anos. Não tenho muitas lembranças, mas acredito que eles foram felizes sim. A vida de imigrante não é fácil, mas papai conseguiu se estabelecer e conquistar seu lugar em uma cidade quase tão grande e competitiva quanto Xangai, deixando um legado para nós. Sua morte foi uma fatalidade, um acidente de carro. Mamãe ficou um tempo em choque, mas em geral foi bem resignada. Depois que ele partiu, só restou nós duas para cuidarmos uma da outra. E quando ela também partiu, fiquei sozinha."

"Sinto muito, minha querida. Mas fico feliz em saber que seu pai foi um homem bom e honrou o que prometeu à sua mãe e a nós. Imagino o quanto esta perda deve ter sido difícil para uma garotinha, mas não quero que você se sinta sozinha. Não mais. Você tem uma nova família no Tibete. Pode até morar aqui, se quiser. Não seria muito complicado provar para as autoridades nosso grau de parentesco e, consequentemente, conseguir legalizar a sua situação como imigrante. Se tiver interesse nisso, pode contar com todo o meu suporte"

"Obrigada, tio. Mas sinceramente não sei se seria capaz de ser feliz aqui."

"Jade, minha doce sobrinha... Procurar a felicidade é como procurar um chapéu que esteve o tempo inteiro em sua cabeça. Todos nós temos a capacidade de sermos felizes independente de onde estivermos. Felicidade não pode ser condicionada a alguém ou a algum lugar. Aquieta a sua mente e conhece-te a ti mesma. Assim você encontrará a felicidade dentro de você. Mas eu respeito a sua decisão e entendo os seus receios. Você tem outra referência de liberdade, muito diferente do que a de qualquer tibetano."

"O que aconteceria comigo se eu imigrasse pra cá, tio? Estaria fadada a um destino parecido com o da minha tia Tserin? Não quero isso pra mim. Eu já conheci o amor. E o meu amor é indivisível. Eu não poderia ter mais de um marido. Também não tenho vontade de me casar, a não ser que seja com o homem que amo."

"Você não precisa se impressionar com o que houve com a Tserin. Como eu te disse antes, as coisas mudaram de um tempo pra cá e você já não seria obrigada a casar com quem você não quisesse. Embora tivesse que abrir mão do que sua família construiu no Brasil, aqui você já não estaria sozinha. A vida é amarga no Tibete, mas se focarmos no que gostamos, ela pode ser adocicada. Quem sabe não há um futuro promissor te aguardando por aqui? Talvez você pudesse até estudar ou trabalhar no mesmo instituo que seu pai estudou. Você ainda é muito jovem, Jade. Tem uma infinidade de possiblidades pela frente."

Uma enxurrada de pensamentos invade minha cabeça e num instante me imagino vivendo nesse lugar. Será que eu seria capaz de me adaptar? Acho que não. É tão infinitamente diferente de São Paulo que não acredito que eu saberia sequer como me comportar, o que vestir, o que falar, no que acreditar. Por outro lado me parece bem tentadora a ideia de começar tudo de novo, reiniciar a minha vida, como uma nova Jade. E, dessa vez, com o amparo de tio Goba, tia Tserin, meus avós e primos. Sem contar o fato de não precisar mais pegar metrô e enfrentar poluição e violência diariamente. Talvez esta possibilidade não seja tão ruim. Afinal, realmente não tenho mais nada ou ninguém no Brasil. Mas como será viver em um país oprimido, onde a única esperança das pessoas está na fé? Uma fé que eu não conheço, não sinto e não compreendo? Não creio que esteja pronta para me reinventar dessa forma... Ou quem sabe não seja isso que eu precise para superar a minha perda e me reconstruir? Ah, se pelo menos mamãe ainda estivesse aqui. Com ela eu teria coragem de encarar essa mudança. Mas sem ela, a única pessoa que eu gostaria de seguir lado a lado é o Tian. Será que ele quer estar comigo tanto quanto eu quero estar com ele? Com o Tian eu não hesitaria em atravessar desertos, enfrentar o frio e escalar montanhas, porque em seus braços eu me sinto segura. De mãos dadas com ele eu iria pra qualquer lugar. Assim como mamãe atravessou o mundo pelo meu pai, eu iria com Tian pra Beijing, pra Lhasa, pro Monte Everest. O amor não faz sentido se não o expulsarmos de nós e o presentearmos a alguém. E é pra ele que quero presentear o meu amor. E se isso significar sair da minha zona de conforto, virar meu próprio mundo de cabeça pra baixo, me recriar e recomeçar minha vida em um outro lugar, estou disposta. Tanto quanto minha mãe esteve. É isso. Vou encontrar o Tian e propor ficar com ele aqui, na China, ou em qualquer lugar do mundo. Se ele aceitar e quiser começar uma vida comigo ao seu lado, em sua terra, eu aceito também. Estarei com o meu amor e já não mais serei sozinha. Já não estarei longe da minha nova família. Esta família que eu nem sequer sabia da existência, mas que se tornou a maior surpresa do meu destino e o meu maior presente.

Tio Goba me traz de volta do meu devaneio e me fazer um convite difícil de ser recusado: "Jade querida, você gostaria de ir conhecer os seus avós?"

"Claro que sim, tio! Eu adoraria! Onde eles estão? Moram longe daqui?"

"Sim. Eles moram um pouco longe. Já não dá mais tempo de ir hoje. E mesmo se desse, de qualquer forma precisamos te levar de volta pro hotel antes do anoitecer, pois no final do dia, quando o seu grupo chegar do passeio, tenho certeza que a guia vai no seu quarto procurar saber como está a sua recuperação."

"Mas então quando poderíamos ir visitá-los?"

"Podemos tentar amanhã, mas precisamos de um novo plano, porque estamos nos arriscando muito dessa forma."

"O problema é que vou partir esta madrugada para o acampamento base do Monte Everest, tio."

"Ah, você acrescentou o Monte Everest em seu roteiro?"

"Sim. Saímos esta noite, mas só vamos chegar ao acampamento na sexta feira. O guia me informou que as rotas nunca são diretas de Lhasa até lá."

"Não. Realmente vocês precisam parar antes em algumas cidades para se aclimatizarem. Você acha que está bem para ir ao acampamento, Jade? Lá tem mais de mil metros a mais do que aqui."

"Eu acho que sim, tio. Sei cuidar bem da minha saúde. O problema agora é que estou me sentindo em uma encruzilhada. Se eu ficar, terei tempo o suficiente para conhecer o resto da minha família com você, já que volto pra Xangai só no domingo. Mas esta opção também significa perder a única possibilidade que me resta de reencontrar uma pessoa muito especial pra mim, que está agora lá no acampamento. Não sei o que escolher."

"Mas se você só vai chegar aos Himalaias na sexta feira e sua viagem de volta pra Xangai é no domingo, quer dizer que você já vai ter que voltar do acampamento para Lhasa no sábado. É isso mesmo?"

"É..."

"E você tem certeza que vai conseguir encontrar essa pessoa?"

"Não tenho. Esse é o problema. Eu quero, mas não sei se vai ser fácil encontra-lo. Nunca fui até lá, então não sei o tamanho do acampamento e como as pessoas estão organizadas. Não sei se estão em barracas, quartos ou pousadas. Também não sei se há alguma forma de comunicação com ele. Você sabe como é, tio? Já esteve lá?"

"Minha querida, esta é uma decisão tem que partir de você. Mas creio que preciso te alertar de alguns fatos sobre o acampamento. O primeiro deles é em relação à estrada até chegar lá. Pelo menos cem quilômetros de todo o percurso é feito em estrada de chão bem precária. O que poderia levar de uma a duas horas, pode durar um dia inteiro, dependendo das condições do clima. Em dias chuvosos, por exemplo, é comum que algumas vans fiquem atoladas no meio da estrada montanhosa. Da última vez em que fui, a van que nos transportava furou o pneu e, a simples ação de trocá-lo em uma altitude de mais de cinco mil metros e uma temperatura baixa, nos roubou quase duas horas de viagem e muita disposição física. Resumindo, mesmo que vocês saiam bem cedo de Shigatse na sexta feira, é bem possível que só cheguem ao acampamento no final do dia ou início da noite. Ao chegar lá, você vai ver que as condições de hospedagem também são bem primitivas. Não existem hotéis. A única pousada fica a quase cinco quilômetros do acampamento. Se a pessoa que você está procurando estiver acampada, então a pousada já não é uma opção. Você provavelmente vai ter que se hospedar em uma das dezenas de tendas que abrigam no mínimo dez pessoas cada uma. Estas tendas são, na realidade, casas de famílias nômades que passam seis meses por ano morando no acampamento do Everest e tirando seu ganha pão das hospedagens de turistas. Mas não tem nenhum luxo. O frio da terra das neves é quebrado com um aquecimento rústico feito com fogão a vapor e cobertores de pele de yak. A comida é local e feita pelas famílias anfitriãs. Os banheiros são do lado de fora das tendas, em pequenos buracos no chão ou valas cobertas por algumas lonas. Não há chuveiros e o principal problemas que atinge quase cem por cento dos turistas que visitam a base do Everest é, mais uma vez, a doença da altitude, que é potencializada pelas condições do clima. Além de tudo isso, muitas pessoas percorrem todo esse caminho, mas saem de lá frustradas por não conseguirem ver o Everest, pois não há garantias de que as nuvens não irão cobri-lo."

"Mas quando eu chego até lá, você acha que é fácil encontrar alguém se esta pessoa estiver hospedada em uma dessas tendas?"

"Quando você chegar, já vai estar escurecendo. A eletricidade no acampamento é através de gerador e a iluminação é bem limitada fora das tendas. Se você não tiver uma lanterna, é difícil até mesmo encontrar os banheiros no meio da noite. Para encontrar alguém você provavelmente teria que entrar em cada uma das tendas para procura-lo. E com a indisposição física causada pela altitude e pelo frio, você provavelmente não vai ter energia pra fazer isso."

A essas alturas já estou chorando, mas continuo fazendo perguntas, para tentar me convencer de que vou conseguir encontrar Tian: "Mas será que tem alguma forma de comunicação que chegue a todas as tendas, tio? Será que eu conseguiria anunciar em algum lugar que estou procurando por uma pessoa específica e pedir pra que ele me encontre em um local marcado?"

"A comunicação também é muito precária por lá, minha querida. Não há sinal telefônico. Muitas pessoas utilizam rádios. Talvez você consiga encontrar alguém que te ajude na localização usando um walkie-talkie, mas mais uma vez, não creio que terá tanto tempo assim. Deve chegar na sexta e já voltar no sábado pela manhã. Se você estiver querendo ir para conhecer as cidades e monastérios que atravessarão pelo caminho, ou na esperança de ver o Everest, eu até acho que vale a pena. Mas não te aconselho a criar expectativas em relação a encontrar alguém no acampamento, pois vai ser difícil."

Esta enxurrada de realidade me engole e um sentimento de impotência me preenche. Mais uma vez me afogando em lágrimas, questiono a decisão que já havia tomado e que, inclusive, já até comprei. Definitivamente não estou em condições de fazer essa escolha agora, então proponho a tio Goba que me leve de volta ao hotel antes que anoiteça. Prometo manter-lhe informado através de seu amigo Danpa, que gentilmente me deu o seu telefone e se propôs a transmitir nossas mensagens um para o outro, até que eu finalmente decida o que fazer. Com um abraço apertado e lágrimas nos olhos, tio Goba se despede de mim e me assiste partir em direção a Lhasa com Danpa, que já me esperava na base do Drak Yerpa.

A estrada íngreme que corta montanhas em direção à Lhasa é ainda mais bonita agora, quando o sol começa a se despedir de mais um dia. Logo, o vale Yerpa, multicolorido pelas milhares de bandeirinhas de oração, vai ficando pra trás, enquanto meu coração se enche de gratidão e melancolia. Atravessamos pequenos vilarejos com seus campos de cevada até chegarmos no ponto do caminho onde estamos paralelos ao rio Lhasa. Gentilmente peço a Danpa que pare o carro um pouquinho, pois preciso de um tempo sozinha.

* * *

Sentada em uma pedra na margem do rio, mais uma vez retiro o vasinho com as cinzas da mamãe de dentro da mochila. Ele está embrulhado em algumas bandeirinhas de oração que eu ganhei de uma senhora na base do Drak Yerpa. Escrevo o nome de mamãe, papai, Tian e tio Goba em cada uma delas e as penduro em uma árvore, enquanto faço uma oração. Nem tio Goba, nem eu sabemos se ainda voltaremos a nos ver. Também não sei se vou conseguir um dia reencontrar meu amado Tian. Hoje sei que não tenho controle sobre os encontros da vida.

Já estou começando a me acostumar com o estranho sentimento de dividir momentos tão íntimos e reveladores com pessoas estranhas. Também já estou me acostumando em não mais vê-las como estranhas, mas como pessoas simplesmente, com um tanto a oferecer e a aprender. Meu desafio agora é conseguir me despedir e, eventualmente, me desapegar desses arautos que me ensinam lições, me decifram, me ajudam a me conhecer ou ainda se transformam, mesmo sem saber, em uma catarse dos meus próprios medos, inseguranças e preconceitos.

Se lembra que quando criança, você e papai costumavam me contar a antiga lenda chinesa do fio vermelho do destino, mamãe? Vocês me diziam que quando nascemos, os deuses prendem um fio vermelho em nossos tornozelos e o conectam à cada uma das pessoas cujas vidas estamos destinadas a tocar. O fio pode se esticar ou se embaraçar, mas jamais quebrará. A vida de vocês dois estava conectada pelo fio vermelho. E a minha, à de vocês. E a vida do velhinho do parque Trianon, conectada à minha, assim como a do senhor que perdeu o trem em Xangai. Ou a moça ruiva, que estava conectada comigo e com sua irmã. E Tian e tio Goba, enfim... Como uma grande colcha de retalhos, pessoas diferentes passam por nossas vidas, deixando um pouquinho delas e levando um pouquinho de nós. Mesmo que nunca voltemos a nos ver, mesmo que os retalhos não combinem uns com os outros, o fio vermelho do destino os costura juntos para que possam trocar, aprender, se complementar, deixar histórias, saudade e compor a colcha de retalhos que é a vida de cada um.

Quando te perdi mergulhei na escuridão, mamãe. Fui engolida por um abismo tão grande que nunca imaginei ser capaz de sair. Mas entendi que precisava escalá-lo para poder conseguir decifrar você. Precisava me despir dos meus medos e inseguranças, invadindo o universo misterioso que foi um dia habitado por você e meu pai. Assim como Alice que caiu na toca do coelho e precisou se reinventar através do desconhecido, eu também tive que encarar o desafio de atravessar o mundo sozinha e me entregar a esse lugar enigmático. Só assim consegui me libertar da revolta que me consumia por já não tê-la comigo.

Senti medo, insegurança, solidão, autopiedade. Me senti patética. Mas os retalhos da minha colcha começaram a ser costurados e então voltei a ter esperança. Desconstruí minhas próprias verdades e convicções. Passei a dar oportunidade para outras pessoas se expressarem e entrarem na minha vida, sem querer nada em troca. Tentei igualar meu olhar ao deles. E assim, aprendi mais sobre você, sobre papai, sobre mim mesma e, consequentemente, sobre os outros. E quando me propus a fazer isso, descobri que quando nos despimos de pré-conceitos, nos rebaixamos à posição de aprendiz, sem necessariamente nos sentirmos rebaixados. Perdemos a petulância, descemos do pedestal e aprendemos a nos adaptar às mais variadas condições. Basicamente voltamos a ser crianças. Reaprendemos a ver o mundo com um olhar menos cruel. Perdemos a vergonha ou o medo de interagir com o outro. Não nos preocupamos se estamos parecendo ridículos ou não. Muitas vezes precisamos reaprender a falar, ler, escrever, entender, se fazer ser entendido e, principalmente, ouvimos mais que falamos. Observamos mais que julgamos.

Talvez esta tenha sido a maior lição desta jornada que me vi repentinamente obrigada a fazer após a sua morte. Aliás, agora finalmente consigo aceitar que você morreu. Entrego as suas cinzas para o rio Lhasa, aonde tudo começou. Aonde a sua vida foi ligada a de papai, através das águas. Aonde você nasceu e descobriu o amor, junto com ele. Aonde eu também descobri o amor com Tian. Aonde aprendi que a vida é efêmera, mas doce e colorida como as pequenas bandeirinhas que eu te ajudava a pendurar no telhado de casa todo início de ano. Daqui eu te libero para que você siga o misterioso ciclo da vida em paz. Adeus, mamãe. Estou bem.

Grupo
Editorial
LETRAMENTO